Schattenbombe

Hannes Nygaard ist das Pseudonym von Rainer Dissars-Nygaard. Er wurde 1949 in Hamburg geboren und hat sein halbes Leben in Schleswig-Holstein verbracht. Er studierte Betriebswirtschaft und war viele Jahre als Unternehmensberater tätig. Nach einigen Jahren in Münster/Westfalen lebt er nun auf der Insel Nordstrand (Schleswig-Holstein).
www.hannes-nygaard.de

Dieses Buch ist ein Roman. Handlungen und Personen sind frei erfunden. Ähnlichkeiten mit lebenden oder toten Personen sind rein zufällig.

HANNES NYGAARD

Schattenbombe

HINTERM DEICH KRIMI

emons:

Bibliografische Information der Deutschen Nationalbibliothek
Die Deutsche Nationalbibliothek verzeichnet diese Publikation
in der Deutschen Nationalbibliografie; detaillierte bibliografische
Daten sind im Internet über http://dnb.d-nb.de abrufbar.

© Emons Verlag GmbH
Alle Rechte vorbehalten
Umschlagmotiv: photocase.com/lichtsicht
Umschlaggestaltung: Tobias Doetsch
Gestaltung Innenteil: César Satz & Grafik GmbH, Köln
Druck und Bindung: CPI – Clausen & Bosse, Leck
Printed in Germany 2014
ISBN 978-3-95451-289-8
Hinterm Deich Krimi
Originalausgabe

Unser Newsletter informiert Sie
regelmäßig über Neues von emons:
Kostenlos bestellen unter
www.emons-verlag.de

Dieser Roman wurde vermittelt durch die Agentur EDITIO DIALOG,
Dr. Michael Wenzel, Lille, Frankreich (www.editio-dialog.com).

Für
Prof. Dr. med. Karl-Heinz Dietl und
Dr. med. Karl-Georg Gärtner

Die Welt ist eine Bühne,
aber das Stück ist schlecht besetzt.

Oscar Wilde

EINS

Die Deckenlampe gab ein mattes Licht ab, die Leuchtstoffröhren unter den Hängeschränken tauchten alles in gleißende Helle. Cornelia Laimpinsls Blick streifte ihr Spiegelbild in der dunklen Fensterscheibe, ohne es bewusst wahrzunehmen. Hinter dem Glas zeichneten sich die hell erleuchteten Fenster des runden Büroturms mit seinen drei Seitenflügeln ab. Im gegenüberliegenden Wiker Gewerbegebiet herrschte schon rege Betriebsamkeit. Schemenhaft waren im Hintergrund die hohen Schornsteine zu erkennen, die nahe der Uferstraße fast parallel zum Beginn der Holtenauer Schleusen standen.

»Räumst du das Frühstücksgeschirr weg?«, fragte sie in den Raum, ohne ihren Ehemann anzusehen.

»Ich muss auch los«, erwiderte Thomas Laimpinsl. »Nicht nur du hast einen Job.«

»Hör doch auf. Haushalt, Kinder und Beruf … Das ist einfach zu viel.«

»Du ruhst dich im Büro aus, trinkst in aller Ruhe deinen Kaffee, und mittags ist der Tag für dich gelaufen.«

»Thomas! Ich habe dir oft erklärt, dass du falschliegst. Der Haushalt erledigt sich nicht von allein. Wenn du nach Hause kommst, muss alles perfekt sein. Die Wohnung soll sauber sein, die Wäsche erledigt, und ich war zum Einkaufen …«

»Die Aufgabe teilen wir uns«, unterbrach sie ihr Mann.

Cornelia Laimpinsl lachte bitter auf. »Du fährst zum Getränkemarkt und holst Bier.«

»Und Wasser und Saft«, ergänzte Thomas Laimpinsl.

»Wann warst du das letzte Mal im Supermarkt?«

Ihr Ehemann zog es vor zu schweigen.

»Herrje noch mal. Wo habe ich meine Schlüssel?« Cornelia Laimpinsl klang gereizt.

»Wenn du alles besser organisieren würdest, ginge es dir schneller von der Hand.«

»Klugscheißer!«

»Bist du im Büro auch so hektisch?«

»Spar dir deinen Kommentar. Wir können ja mal tauschen.« Sie sah sich suchend um. »Verdammt, wo sind die Schüssel?«

Thomas Laimpinsl streckte die Hand mit der Zigarette aus und zeigte auf ein zusammengeknülltes Geschirrtuch, das auf der Arbeitsfläche lag. »Da drunter. Max hat damit gespielt. Ich habe sie ihm abgenommen.«

Seine Frau war im Flur verschwunden. Kurz darauf tauchte sie wieder auf und zerrte am Ärmel der gefütterten Nylonjacke, bis sie ihren Arm ganz durchgesteckt hatte.

»Sag der Bittner, sie soll Max nicht so lange in der nassen Windel herumlaufen lassen.«

Laimpinsl nahm einen tiefen Zug von der Zigarette. Mit dem Qualm, den er in die Küche blies, antwortete er: »Wäre es nicht sinnvoll, wenn du mit der Tagesmutter sprechen würdest? Ich meine, so von Frau zu Frau?«

»Was soll ich noch alles machen? Der Tag hat nur vierundzwanzig Stunden.«

»Ach, du armes Mädchen.« Es klang spöttisch.

Cornelia Laimpinsl ging nicht darauf ein. »Wann kommst du heute Abend nach Hause?«, fragte sie.

»Weiß nicht.«

»Und hör endlich auf, in der Küche zu rauchen. Die ganze Wohnung stinkt nach Qualm.«

»Hast du genug gemeckert?«

»Das ist ekelhaft. Denk an die Lebensmittel, die da offen herumliegen.« Sie wartete die Antwort nicht ab, sondern rief ins Wohnzimmer hinein: »Los, Sabrina, komm. Wir müssen los.«

Statt einer Antwort drangen nur die schrillen Stimmen einer Comicserie aus dem Raum, begleitet von irgendwelchen unnatürlichen Geräuschen.

»Sabrina. Komm endlich.«

»Gleich«, ertönte die Stimme der Vierjährigen.

Cornelia Laimpinsl lief ins Wohnzimmer und stieß dabei gegen die Ecke des Esstisches. »Mist«, fluchte sie, bevor sie ihre Tochter am Arm packte und unsanft vom Sofa zerrte.

»Lass mich. Ich will das sehen.« Sabrina versuchte sich zu befreien und schrie auf, als ihre Mutter fester zugriff.

»Ab morgen gibt es kein Fernsehen mehr vor der Kita. Damit das klar ist.«

»Ich will nicht in die blöde Kita. Ich will die Sendung mit dem blauen Elefanten sehen.«

»Nix da. Aus und vorbei.«

»Du bist doof.«

Sabrina versuchte, sich mit aller Macht gegen ihre Mutter zu stemmen.

»Los«, schnauzte Cornelia Laimpinsl ihre Tochter an. »Ich kann nicht jeden Morgen zu spät kommen, nur weil ihr nicht in die Gänge kommt. Ich habe schon genug Ärger am Hals.« Als sie an der offenen Küchentür vorbeilief, rief sie ihrem Mann zu: »Vergiss nicht, die Bittner anzusprechen. Ich muss jetzt.«

»Jaja«, klang es verdrießlich aus der Küche.

Ob es in anderen Familien auch üblich war, sich ohne Gruß oder gar Kuss zu verabschieden?, überlegte sie kurz, bevor sie ins Treppenhaus trat. Sabrina hing wie ein nasser Sack an ihrer Hand und stolperte die Treppe hinab. Wie schön wäre es, wenn sie nicht die Halbtagsstelle beim Steuerberater hätte annehmen müssen. Auch Max, dem Zweijährigen, würde es besser bekommen, wenn sie sich ganz seiner Erziehung widmen könnte.

»Es bekommt den Kindern gut, wenn sie von klein auf soziale Kontakte pflegen«, hatte Thomas ihren Einwand abgetan.

»Aber mir wächst es allmählich über den Kopf«, hatte sie geantwortet.

»Stell dich nicht so an. Millionen andere Mütter kommen gut mit der Kombination von Haushalt und Beruf zurecht.«

Dabei hatte er unerwähnt gelassen, dass die Familie auf das Zusatzeinkommen angewiesen war. So üppig war das Gehalt nicht, das die Gewerkschaft ihrem Mitarbeiter Thomas Laimpinsl am Ende des Monats überwies.

Die zerschrammte Haustür fiel hinter Cornelia Laimpinsl ins Schloss, als sie ins Freie trat. Sie zerrte ihre Tochter hinter sich her durch den schmalen Vorgarten, an den Mülltonnen vorbei, die hinter einem Drahtgeflecht ihren Platz gefunden hatten.

»Lass dich nicht so ziehen«, murrte sie und schlängelte sich zwischen zwei parkenden Autos hindurch zur anderen Straßenseite.

Ortsfremde staunten, wenn sie vor dem Haus standen, bergab blickten und am Ende der Straße riesige Schiffe entlangfuhren. Der Nord-Ostsee-Kanal war nur wenige Meter entfernt, und die aufgetürmten Container überragten die schlichten Wohnhäuser um ein Vielfaches. Die Frau hatte keinen Blick dafür. Dies war nicht die erste Wohnlage. Immer wieder studierte sie am Wochenende die Wohnungsanzeigen, aber alle Träume zerstoben aufgrund des überschaubaren Familieneinkommens.

Dunkle Wolken hingen bedrohlich am Januarhimmel über Kiel. Die Sonne würde erst in einer Stunde aufgehen. Auch dann würde es nicht hell werden. Während – gefühlt – an jedem anderen Ort eine strahlende Sonne vom tiefblauen Firmament auf die glitzernde Schneedecke schien, wurde an der Förde der Nieselregen vom eiskalten Ostwind durch die Straßenschluchten getrieben. Der Radiosprecher hatte über aktuelle Temperaturen von zwei Grad gesprochen. Gefühlt erschien es Cornelia Laimpinsl weit unter dem Gefrierpunkt.

»Steig ein. Mach schon«, schalt sie ihre Tochter.

Umständlich kletterte Sabrina in den Kindersitz.

»Bist du angeschnallt?«

»Mach du«, erwiderte das Kind.

»Mensch, ihr trampelt alle auf meinen Nerven herum.« Sie zwängte sich an der vorgeklappten Lehne des Fahrersitzes vorbei in den Fond des alten Polos und sicherte ihre Tochter. Dann nahm sie hinter dem Lenkrad Platz.

Es bedurfte mehrerer Versuche, bis der Motor stotternd ansprang.

»Verdammte Kiste!« Fluchend rangierte sie aus der Parklücke heraus. Sie fuhr ein Stück die Straße abwärts und wendete am Ende der Häuserzeile, wo sich ein kleines Eiscafé hinter einer knallblauen Fassade befand.

An der Kreuzung der Prinz-Heinrich-Straße, die nach dem Großadmiral und Bruder des Kiel-vernarrten Kaiser Wilhelm benannt war, warf sie einen kurzen Blick über die Schulter.

»Hast du die Tupperdose mit deinem Obst?«

»Nein«, antwortete Sabrina gleichgültig vom Rücksitz.

»Warum nicht?«

»Ich will nicht das doofe Obst. Und die Wurzeln mag ich auch nicht.«

»Kind, du weißt, dass man in der Kita Wert auf gesunde Ernährung legt.«

»Ich mag das nicht«, erwiderte die Tochter trotzig.

»Willst du bis zum Mittag hungern?«

»Ich will ein Schokokussbrötchen.«

Cornelia Laimpinsl fluchte, weil die Scheibenwischer Schlieren über die Scheibe zogen und sich das Licht der Lampen und Rücklichter der vorherfahrenden Autos wie in einem Kaleidoskop darin brach.

»Das ist ungesund.«

»Ich will aber.«

»Das gibt wieder endlose Diskussionen mit den Betreuerinnen in der Kita«, murmelte Cornelia Laimpinsl leise zu sich selbst. Sie überlegte, ob sie unterwegs an der Bäckerei halten und den Wunsch der Tochter erfüllen oder ein Exempel statuieren sollte. Wie sie sich auch entschied ... Es war falsch.

Ihre Aufmerksamkeit wurde vom Verkehr gefordert. Sie trat auf die Bremse, als ein Bus aus einer Haltebucht wieder in den fließenden Verkehr einscheren wollte. Fließender Verkehr? Sie lachte bitter auf. Der Bus musste warten. Wenn es auch nur dem morgendlichen Stress geschuldet war, aber warum sollte sie zurückstecken? Heute nicht. Nein! Sie hupte kurz und schlängelte sich, ganz dicht an der Stoßstange des Vordermannes klebend, am Bus vorbei.

Durch das Bremsmanöver war ihre Handtasche, die auf dem Beifahrersitz lag, umgekippt. Zu allem Überfluss meldete sich auch noch das Handy. Sie tastete mit der rechten Hand nach dem Gerät, fand es schließlich und nahm das Gespräch an.

Während Cornelia Laimpinsl noch suchte, tönte die Stimme ihrer Tochter vom Rücksitz. »Man darf nicht im Auto telefonieren.«

»Halt die Klappe«, rief ihre Mutter nach hinten.

»Das sag ich Papi.«

»Verflixt. Bist du jetzt leise?« Sie holte tief Luft. »Oh, Entschuldigung, Herr Habicht. Das galt meiner Tochter.«

Wolfgang Habicht, der Chef der Steuerberaterkanzlei, in der sie arbeitete, klang unzufrieden.

»Kann es sein, dass Sie mit der Doppelrolle in Familie und Beruf überfordert sind?«

»Nein, ganz bestimmt nicht. Ich bringe Sabrina schnell zur Kita, und dann bin ich im Büro.«

»So!« Es klang spitz. »Da wollten Sie schon vor einer halben Stunde sein. Meinen Sie, es macht mir Spaß, an einem Montagmorgen in aller Herrgottsfrühe hier zu erscheinen und auf Sie zu warten? Ich hatte Sie extra herbestellt, damit wir die Unterlagen für die Steuerprüfung bei Burghoff zusammenstellen. Um neun schlägt dort das Finanzamt auf.«

Cornelia Laimpinsl wurde es siedend heiß. Als sie am Freitag das Büro verlassen hatte, war Habicht ihr bis zur Treppe gefolgt.

»Können Sie noch ein wenig bleiben?«, hatte er gefragt. »Am Montag darf nichts schiefgehen. Um neun Uhr stehen die Prüfer bei Burghoff auf der Matte. Es ist zwar nur eine Routineprüfung, aber es macht einen schlechten Eindruck, wenn die Unterlagen nicht parat liegen.«

Cornelia Laimpinsl hatte ihren Chef flehentlich angesehen. »Es tut mir leid, Herr Habicht«, hatte sie geantwortet und verstohlen auf ihre Armbanduhr geblickt. »Freitag. Da macht die Kita pünktlich zu. Ich bekomme Ärger, wenn ich meine Tochter nicht abhole.«

»Was meinen Sie, wie unsere Kanzlei aussehen würde, wenn jeder so denkt? Ein paar Minuten ... Da bricht die Welt nicht zusammen. Eine Kita ist ein Dienstleistungsbetrieb. Die sollen froh sein, wenn überhaupt noch Kinder erscheinen. Freitagmittag.« Habicht hatte den Kopf geschüttelt. »Sie arbeiten nur halbtags. Wissen Sie, dass ich als Selbstständiger auf ein Wochenpensum von siebzig Stunden komme? Locker.« Es folgte ein Schnauben. »Aber das versteht die Frau eines Gewerkschaftsfunktionärs nicht.«

»Bitte, Herr Habicht. Nur dieses eine Mal. Es ist eine Ausnahme. Ganz bestimmt. Ich bin am Montag früher im Büro und erledige alles. Sie können sich darauf verlassen.«

Und? Sie hatte es vergessen. Habichts Ärger war berechtigt. Aber wer nahm auf sie Rücksicht? Wer sah, wie sie sich abmühte, ihre Kraft gleichmäßig zu verteilen und allen gerecht zu werden? Wenn wenigstens ein Mal – nur ein Mal – von irgendeiner Seite ein Wort des Dankes erklingen würde ... Das Hoffen war vergebens.

»Herr Habicht, ich ...«, begann sie eine Entschuldigung und suchte nach den richtigen Worten.

»So geht das nicht weiter«, schimpfte ihr Chef. »Wir werden uns ernsthaft unterhalten müssen, Frau Laimpinsl.«

»Das sag ich Papi – das sag ich Papi«, ertönte vom Rücksitz kindlicher Singsang. »Du hast im Auto telefoniert. Und außerdem hast du mir nichts zum Essen für die Kita mitgegeben.«

Es reichte. Cornelia Laimpinsl traten Tränen in die Augen. Sie war am Ende ihrer Kräfte. Warum richtete sich alles gegen sie? Die Tränen in den Augen verstärkten den Effekt, den die Wassertropfen auf der Windschutzscheibe auslösten. Alles um sie herum verschwamm. Das aufspritzende Wasser, die Schlieren ...

»Geben Sie mir Gelegenheit, es Ihnen zu erklären. Bitte ...«, sagte sie ins Mobiltelefon und versuchte, den weinerlichen Ton zu unterdrücken.

»Du bist doof«, schrie Sabrina von hinten und trat mit beiden Füßen gegen die Vorderlehne. Cornelia Laimpinsl bekam einen heftigen Stoß ins Kreuz.

Im selben Moment sah sie die grellen Bremslichter des vorausfahrenden Fahrzeugs aufblitzen. Erst jetzt? Oder hatte sie die Bruchteile von Sekunden nicht aufgepasst, die das Auto früher gebremst hatte? Hatte sie sich ablenken lassen?

Sie trat das Bremspedal durch und spürte, wie der Polo über den nassen Asphalt schlitterte. Nein!, schoss es ihr durch den Kopf. Nicht auch noch das.

Bitte, Gott, hilf mir!

Die grellen roten Lichter kamen immer näher. Das mittlere

Bremslicht in der Heckscheibe des Vordermannes sprang sie förmlich an. Dann …

Kaffeeduft lag in der Luft und vermischte sich mit dem Geruch frischer Brötchen. Dazwischen versuchte sich das kräftige Aroma des herzhaften Tilsiters durchzusetzen. Die Mischung verschiedener Gerüche entsprach dem Chaos, das auf dem Küchentisch herrschte.

Margit Dreesen warf einen Blick darauf. Wie an jedem Morgen würde sie Ordnung schaffen, wenn der Letzte das Haus verlassen hatte. Sie wurde nicht müde, jeden Tag aufs Neue den Frühstückstisch liebevoll herzurichten. Einzig Lüder wusste es zu würdigen. Die vier Kinder im Alter von neunzehn bis sieben Jahren betrachteten den gedeckten Tisch als Durchgangsstation. Selbst Sinje, die Jüngste, nahm nicht mehr am liebevoll gedeckten Tisch Platz, sondern tauchte im Vorbeilaufen auf, beklagte sich, dass noch kein Toast mit Nuss-Nugat-Creme geschmiert war, und verschwand wieder, um ihre Schulsachen zusammenzusuchen. Wie gut, dass Lüder als ruhender Pol am Tisch saß, Kaffee trank und genussvoll die vier Brötchenhälften zu sich nahm.

Vom Flur drang ein sonores »Tschö« herüber, ohne dass Thorolf, der Älteste, sichtbar wurde.

»Warte, du Döspaddel«, rief Viveka ihm hinterher. »Nimm mich mit.«

»Dann komm in die Gänge.«

Immerhin streckte die Zweitälteste noch kurz den Kopf zur Tür hinein, gab ihrer Mutter einen Kuss und verschwand mit ihrem Bruder.

Margit seufzte. Es herrschte ein munteres Treiben in dem älteren Einfamilienhaus am Hedenholz im Kieler Stadtteil Hassee.

»Sag mal, Engelchen«, sagte Margit und schmunzelte, als Lüder eine Augenbraue in die Höhe zog. Das »Engelchen« mochte er nicht hören. »Wenn Thorolf nächstes Jahr mit der Schule fertig ist, würde ich gern wieder mitarbeiten.«

»Das hat noch Zeit«, wiegelte Lüder ab. »Genieße es doch,

wenn du ein wenig mehr Luft hast. Mir musst du nichts erzählen. Ich sehe, wie anstrengend der Job als Familienmanagerin ist.«

»Da bist du wohl der einzige Mann, der das erkennt. Trotzdem! Ich möchte auch ein wenig Bestätigung im Beruf.«

»Die bekommst du doch hier auch.«

»Von dir. Aber für die Kinder ist das selbstverständlich. Hotel Mama hat täglich vierundzwanzig Stunden geöffnet.«

»Lass uns bei einer Flasche Rotwein darüber reden. Ich muss jetzt los.«

»Ja«, erwiderte Margit. »Abgesehen davon würden einige zusätzliche Euros uns noch ein paar Dinge ermöglichen, über die wir jetzt nachdenken müssen.«

Lüder stand auf, nahm Margit in den Arm und drückte sie an sich. Sie hatte recht. Auch wenn viele Menschen mit weniger Geld auskommen mussten, waren etwas weniger als viereinhalbtausend Euro brutto einschließlich aller Zulagen nicht viel für die sechsköpfige Familie. Aber viele Polizisten aus dem Wach- und Wechseldienst mussten für geringere Bezüge im Zweifel ihre Gesundheit riskieren oder sich beschimpfen lassen.

»Ich habe schon etwas angeleiert«, sagte er. »Wir haben bald wieder ein zweites Auto.«

»Der Bulli war älter als du«, sagte Margit.

»Schön, dann habe ich noch ein wenig Zeit, bis ich auch auseinanderfalle.«

Im Flur stieß er mit Sinje zusammen. Die gemeinsame Tochter unternahm akrobatisch anmutende Verrenkungen, um den Schulranzen auf dem Rücken in die richtige Lage zu rütteln.

Lüder beugte sich hinab. »Bekomme ich ein Küsschen?«

Sinje drehte den Kopf zur Seite. »Nein. Bäh. Ich bin doch kein Baby mehr.« Dann eilte sie in die Küche, um sich von ihrer Mutter mit einem Kuss zu verabschieden.

Lüder lächelte. »Das ist das Los der Väter«, sagte er und streichelte dem Mädchen im Vorbeilaufen über den Kopf. »Da fehlt doch noch einer von der Truppe.«

Margit stöhnte laut auf. »Wie immer.« Sie holte tief Luft. »Jonas!«

»Was'n los?«, kam nach einer angemessenen Verzögerung aus dem Obergeschoss.

»Mach zu. Die Schule wartet nicht.«

»Immer diese Hetze. Warum solche Panik?« Der Junge lief die Treppe herunter, dass die gesamte Konstruktion vibrierte.

»Für dich hat Peter Henlein das Nürnberger Ei erfunden«, sagte Lüder.

»Danke. Hab keinen Hunger«, erwiderte Jonas. Er war sein leiblicher Sohn aus seiner geschiedenen Ehe. Margit hatte die beiden Großen mitgebracht, und nur Sinje war ihr gemeinsames Kind.

»Du Traps. Das Nürnberger Ei ist eine Taschenuhr, die der Feinmechaniker Peter Henlein erfunden hat.«

»Das Ding taugt nichts«, sagte Jonas im Vorbeigehen. »Wetten, dass es nicht internetfähig ist? Auf welchem Betriebssystem läuft das Ding?«

»Ignorant. Das war im sechzehnten Jahrhundert.«

»Also in deiner Jugend.« Jonas baute sich vor seinem Vater auf. »Hast du mal etwas Kleingeld? Ich muss in der Pause zum Bäcker. Wir haben heute lange Schicht.«

Lüder zeigte mit dem Daumen über die Schulter in Richtung Küche. »Das ist alles, was du brauchst.«

»Öde.« Immerhin klatschte Jonas seinen Vater ab, bevor auch er das Haus verließ.

»Bande«, rief ihm Lüder hinterher. Dann holte er seinen Aktenkoffer, verabschiedete sich von Margit mit einem Kuss und wollte das Haus verlassen.

»Hast du heute etwas Besonderes auf deinem Arbeitsplan?«, rief sie ihm hinterher und folgte zur Haustür.

Lüder zog die Stirn kraus. »Schietwetter«, sagte er. »Nicht einmal auf den Winter kann man sich verlassen. Nasskalt. Regen. Wenn es wenigstens schneien würde.« Er drehte sich noch einmal um. »Heute?«, besann er sich auf Margits Frage. »Nichts. Nur langweilige Büroarbeit.«

Er sah mit Belustigung, wie Margit erleichtert durchatmete. Sie war stets froh, wenn sie ihn am Schreibtisch im Landeskriminalamt wusste.

Lüder wies in Richtung des unsichtbaren Stadtzentrums. »Was ist denn da los? So viele Martinshörner. Wir haben weder Schnee noch Eis.« Er spitzte die Lippen. »Tschüss, mein Schatz.« Margit winkte noch einmal zum Abschied, bevor sie ins warme Haus zurückkehrte.

Lüder zog den Kopf zwischen den Schultern ein und ging die wenigen Schritte bis zu seinem 5er-BMW, warf den Aktenkoffer auf den Rücksitz und stieg ein. Er startete den Motor und ließ die Scheibenwischer den Wasserfilm beseitigen. Gern hätte er die Garage genutzt, aber der Raum war mit dem Fuhrpark der Kinder vollgestopft. Er lächelte.

Trotz mancher Unruhe würde er kein Mitglied seiner Familie missen wollen. Was passierte im nächsten Jahr, wenn Thorolf die Schule abgeschlossen hatte und mit dem Studium beginnen würde? Lüder tastete sich langsam vom Grundstück rückwärts auf die Straße. Mit einem Seitenblick sah er, dass im Nachbarhaus bei der resoluten Frau Mönckhagen auch schon Licht brannte.

Intuitiv folgte er der Nebenstrecke, überquerte die Autobahn und registrierte den Stau, der sich vom Ende der Schnellstraße bis hierher gebildet hatte. Auch auf der Hofholzallee ging es nur zäh voran. Lüder musste eine Weile warten, bis sich jemand erbarmte und ihn links abbiegen ließ. Es war ein ekliges Wetter. Die Scheibe war von innen beschlagen, von außen spritzte der Schmutz gegen das Glas. In das Flopp-Flopp der Scheibenwischer mischten sich immer wieder die durchdringenden Töne von Einsatzfahrzeugen.

Er wählte den Umweg Hasseldieksdamm und nahm nur im Unterbewusstsein die wie tot wirkenden Bäume wahr, die diesen Weg im Sommer zu einem kleinen Ausflug ins Grüne werden ließen. Auch hier floss der Verkehr nur mühsam. Stoßstange an Stoßstange rollte die Fahrzeugkolonne Richtung Zentrum. Endlich konnte er abbiegen und erreichte sein Ziel, das Polizeizentrum Eichhof, in dem neben zahlreichen anderen Dienststellen auch das Landeskriminalamt untergebracht war.

Er parkte seinen Wagen und ging schnellen Schritts zu dem Gebäude, das seine Dienststelle beherbergte. »Moin«, grüßte er im Vorbeigehen durch die offene Tür die Mitarbeiterin des Geschäftszimmers.

»Hallo, Herr Dr. Lüders«, erwiderte Edith Beyer.

»Kaffee fertig?«

»Klar. Wie immer.«

Nach wenigen Schritten hatte er sein Büro erreicht. »Kriminalrat Dr. Lüders. Abteilung 3. Staatsschutz« stand auf dem Schild an der Tür.

Lüder legte die Kleidung ab und startete seinen Rechner. Bei diesem Wetter hatte er darauf verzichtet, sich den Satz Zeitungen zu besorgen, die er morgens nach dem Eintreffen auf der Dienststelle durchzusehen pflegte. Montag. Am Wochenende ruhte das politische Geschäft. Der Sport bestimmte den Inhalt der Zeitungen. Lüder war sich sicher, darüber würde ihn Friedjof auch ungefragt informieren.

Er hatte sich gerade an seinem Schreibtisch niedergelassen, als von der offenen Tür die Stimme des Abteilungsleiters erklang.

»Guten Morgen, Herr Lüders. Hatten Sie ein schönes Wochenende?« Dr. Starke klang salbungsvoll.

Wie immer war der Kriminaldirektor tadellos gekleidet. Die elegante Kombination mit der braunen Hose und dem etwas helleren Sakko, das leicht ins Gelbliche gehende Oberhemd und die perfekt passende Krawatte harmonierten mit seinem sonnengebräunten Teint.

»Moin«, erwiderte Lüder. Er legte keinen Wert auf eine Unterhaltung mit seinem Vorgesetzten. In der Vergangenheit hatte sich der Kriminaldirektor zu oft als menschlich unzureichend erwiesen.

Dr. Starke trat an den Schreibtisch heran. »Die Woche fängt bewegt an«, sagte er. »Haben Sie die zahlreichen Einsatzfahrzeuge gesehen? Feuerwehr, Rettungswagen, und unsere Kollegen sind im Dauereinsatz.«

Natürlich hatte Lüder die Signalhörner gehört. Allerdings war ihm der Grund für den Einsatz bisher verborgen geblieben. Er wollte sich jedoch keine Blöße geben und deutete ein Nicken an.

»Eine Großschadenslage. Das haben wir nicht oft in Kiel.«
Lüder sah aus dem Fenster. Es war stockfinster. Die Sonne
würde heute um halb neun Uhr aufgehen. Das war aber ein
theoretischer Zeitpunkt. Bei dieser Wetterlage und dem wol-
kenverhangenen Himmel würde das Licht im Büro vermutlich
den ganzen Tag über brennen.

»Hat man schon einen Überblick?«, fragte Lüder ausweichend.

»Noch ist alles diffus. Die Einsatzkräfte sind vor Ort. Zunächst gilt es, sich um die Opfer zu bemühen. Ich habe aber
vorsichtshalber ein paar Mitarbeiter meiner Abteilung dorthin
geschickt.«

Lüder stutzte. Was war geschehen, dass sich das LKA ein-
mischte?

»Sie werden in den nächsten Minuten ausrücken.«

»Der polizeiliche Staatsschutz?« Das war ungewöhnlich.

»Prophylaktisch. Deshalb würde ich auch Sie bitten, sich
einmal vor Ort umzusehen.«

»Warum?«

»Noch haben wir kein Lagebild. Ich möchte dennoch informiert werden. Das bedeutet nicht, dass sich daraus etwas für
uns ergeben könnte. Sehen Sie sich das einmal an.«

»Gut«, sagte Lüder. Es machte keinen Sinn, mit dem Vorgesetzten zu diskutieren. Abgesehen davon trieb ihn viel zu sehr
die Neugierde. Was hatte Kiel an diesem Montagmorgen so
erschüttert?

Lüder rief Thomas Vollmers auf dem Handy an.

»Das ist ungünstig«, meldete sich der Hauptkommissar.

»Sind Sie schon auf dem Weg zu …?«, sagte Lüder und ver-
zögerte seinen Satz absichtlich.

»Ich weiß nicht, was ich auf der Wik soll, dort an der Kreuzung Elendsredder und Holtenauer. Noch hat niemand den
Überblick. Offensichtlich gibt es Tote und Verletzte. Mehr weiß
ich nicht.«

»Danke«, sagte Lüder. Jetzt kannte er zumindest den Ort des
Geschehens. Tote und Verletzte. Das hörte sich nicht gut an.

Er zog sich seinen Parka an und stapfte zum Auto. Es war ein Slalom, als er, den Blick gesenkt, versuchte, den zahlreichen Pfützen auszuweichen.

Er verließ das Polizeizentrum, fuhr an der Hauptfeuerwache am Westring vorbei und bog in die Hauptverkehrsader ab. Er hatte keinen Blick für die Gebäude der Universität, die den Weg säumten, für das Audimax oder den etwas weiter im Hintergrund liegenden Wasserturm. Nach dem Passieren einer kurzen Querstraße erreichte er die Holtenauer Straße, die sich wie das Rückgrat des Kieler Verkehrs vom Norden, nahe dem Nord-Ostsee-Kanal, bis zum Dreiecksplatz am Rande der Innenstadt entlangzog.

Lüder fuhr stadtauswärts bis zur Kreuzung Elendsredder. Nomen est omen, dachte er bitter. Ausgerechnet auf einer Straße mit diesem Namen musste sich so etwas Schreckliches ereignen.

Er stellte seinen BMW direkt vor der Abzweigung ab, die ein wenig abfallend Richtung Förde führte. Unweit von dort begann das Hindenburgufer, Kiels Promeniermeile am Wasser. Einen Steinwurf entfernt befand sich der Marinestützpunkt Tirpitzhafen.

Die Kreuzung bot einen grauenvollen Anblick. Ähnliche Bilder lieferte das Fernsehen in die Wohnstuben, wenn es von einem verheerenden Bombenanschlag auf einem belebten Marktplatz im Irak, in Afghanistan oder an anderen Brennpunkten der Welt berichtete. Doch dies war Kiel, eine deutsche Provinzhauptstadt, fernab von den Orten kriegerischer Auseinandersetzungen.

Auf dem Bildschirm wirken Katastrophen immer erschreckend. Aber sie sind weit weg. Vor Lüders Augen breitete sich die grauenvolle Wirklichkeit aus. Hautnah.

Überall lagen Trümmer herum. Auf der Kreuzung standen Feuerwehrfahrzeuge. Im Regen liefen Rettungskräfte über die Straße. Ärzte und Rettungsassistenten bemühten sich um Verletzte, soweit sie noch nicht zum Sammelplatz verlegt oder in den Rettungswagen lagen und dort versorgt wurden oder gar schon in die Krankenhäuser gebracht worden waren. Kommandos erschallten. Immer wieder huschten die Strahlenfinger der rotierenden Blaulichter über die Szene.

Lüder trat an einen älteren Polizeihauptmeister heran, der ein wenig abseits stand.

»Können Sie mich ins Bild setzen?«, bat er.

Der Beamte musterte ihn skeptisch. »Presse? Oder nur neugierig?«

»Letzteres, aber dienstlich.« Lüder zog seinen Dienstausweis hervor und zeigte ihn dem Beamten.

»Entschuldigung«, sagte der. »Aber die Presseleute versuchen es mit allen Tricks. Verstehe ich ja, dass die an ihre Story kommen wollen. Sollen sich an die Pressestelle wenden.« Er reckte sich. »Viel gibt es noch nicht zu sagen. Nach ersten Informationen war es ein Verkehrsunfall. Ein Kleinwagen ist dem Vordermann hinten reingefahren. Dann gab es eine Explosion.«

»Bitte?«, fragte Lüder ungläubig.

Der Polizist zuckte hilflos mit den Schultern. »Sie sehen selbst. Hier herrscht ein heilloses Durcheinander. Zunächst gilt es, sich um die Opfer zu kümmern. Die Rettungskräfte haben absoluten Vorrang.«

Trotz der frühen Stunde und des unwirtlichen Wetters hatte sich eine große Menge Schaulustiger eingefunden. Vielleicht waren es nicht nur Anwohner, sondern auch Beschäftigte des nahen großen Gebäudekomplexes des Behördenzentrums Kiel-Wik, dessen Hauptgebäude in den trostlosen Kieler Winterhimmel ragte. Hier residierten nicht nur das »Landesamt für Vermessung und Geoinformation« und der in Anbetracht maroder Straßen im Land oft gescholtene »Landesbetrieb Straßenbau und Verkehr«, sondern auch das »Ministerium für Energiewende, Landwirtschaft, Umwelt und ländliche Räume«. Böse Zungen sprachen auch vom »Rest«.

Auf dem Zebrastreifen standen die Überreste zweier Fahrzeuge, dahinter ein roter Mercedes-Gelenkbus der Kieler Verkehrsgesellschaft. Von den Autos waren nur noch die Gerippe erkennbar. Ein leichter Schaumfilm lag über den Wracks. Mehrere Feuerwehrmänner standen davor, und aus der Distanz sah es so aus, als stocherten sie in den Überresten herum. Weitere Uniformierte kamen hinzu und bauten einen Sichtschutz auf.

Von den beiden Fahrzeugen war nicht mehr viel zu erkennen. Mit ein wenig Phantasie konnte man im hinteren einen Polo erkennen, das zweite Auto war nicht zu identifizieren. Lediglich das Fließheck zeichnete sich noch ab.

Lüder wurde vom Geschehen auf der Kreuzung abgelenkt. Unter die Feuerwehrleute mischten sich Polizisten, dazwischen agierten die Rettungskräfte. Etwas abseits waren mehrere von ihnen damit beschäftigt, offenbar leichter Verletzte zu versorgen und sie zu einem Sammelplatz zu geleiten. Lüder vermutete, dass es sich bei den Verletzungen um Schnittwunden handelte.

Lüder ging auf einen älteren Beamten der Schutzpolizei zu, der ein wenig abseits vor dem grauen Gebäude einer Kindertagesstätte stand und die Aktivitäten beobachtete.

»Gibt es Zeugen?«, fragte er den Hauptmeister.

»Weiß nicht.« Der Beamte sah sich um und zeigte auf einen Rettungswagen, der auf dem Gehweg vor einer Litfaßsäule stand. Im Hintergrund waren ein paar moderne Plastiken zu erkennen. »Das nächste Fahrzeug war ein Bus. Da drüben … Das ist der Fahrer.«

Auf dem Trittbrett des Rettungswagens saß ein Mann.

Lüder ging zu ihm.

»Können Sie mir ein paar Fragen beantworten? Mein Name ist Lüders. Ich komme von der Kriminalpolizei.«

»Ich habe nicht viel mitbekommen. Es ging alles so schnell«, erklärte der Mann – Lüder schätzte ihn auf etwa fünfzig Jahre – in der Uniform der Kieler Verkehrsgesellschaft.

»Herr äh …?« Lüder zog fragend eine Augenbraue in die Höhe.

»Özer Ünal.« Der Fahrer schluckte heftig. »Das ging alles so schnell. Ich habe das noch gar nicht richtig verkraftet. Der Polo hat sich an der vorherigen Station Knorrstraße bei der St. Lukaskirche noch an meinem Bus vorbeigedrängelt. Ich hatte geblinkt, wollte gerade aus der Haltebucht raus, als der Polo sich noch dazwischenquetschte. Stellen Sie sich vor, ich wäre mit dem voll besetzten Bus da hineingeraten. Was wäre das für eine Katastrophe geworden.« Ein Schauder durchlief den Mann.

»Es ist nicht gesagt, dass Sie den Vordermann angefahren hätten«, versuchte Lüder, den aufgebrachten Mann zu beruhigen. Doch Ünal winkte ab.

»Ich musste mich auf den Verkehr konzentrieren. Aber als der Polo sich vorbeizwängte, da habe ich das Kind gesehen. Ganz deutlich. Hinten auf dem Rücksitz des Polos.« Ünal schlug die Hände vors Gesicht und schluchzte. »Ein kleines Kind. Bestimmt ging es noch nicht zur Schule.« Er beugte sich vor. »Wie mein Enkelkind Nesrin.« Plötzlich packte er Lüder an den Oberarmen und schüttelte ihn. »Was ist mit dem Kind?«

»Die Ärzte kümmern sich um das Kind. Es ist in guten Händen.«

»Ich will es sehen.«

»Das geht nicht. Lassen Sie es in der Obhut der Rettungskräfte.«

Lüder war unwohl bei dieser Lüge. Immerhin hatte er erfahren, dass in einem der Fahrzeuge ein kleines Kind mitgefahren war. Er versuchte, sein Erschrecken zu verbergen. Die Hoffnung, dass das Kind glimpflich davongekommen war, schien nicht sehr groß.

»Wie ist es zu dem Unfall gekommen?«

»Das weiß ich auch nicht genau. Es war voll auf der Straße. Dichter Verkehr. Wenn es dunkel ist und regnet, sind Staus nicht ungewöhnlich. Alles schleicht. Es war eine einzige Schlange. Die Haltestelle ist, von oben vom Kanal kommend, hinter der Kreuzung. Die Ampel war rot. Wir mussten alle halten. Ich stand etwa auf Höhe des Drogeriemarktes.« Ünal streckte die Hand aus und zeigte auf die andere Straßenseite. Dabei verdeckte der Bus den Blick. Wie zum Hohn prangte auf der Fahrerseite des zerstörten Busses der Werbespruch: »KVG – fahr ich gern«.

»Der Polo, er war direkt vor mir, ist dem Vordermann hinten rein, als wir wieder anfuhren. Der Erste musste noch einmal bremsen, weil ein Nachzügler aus dem Elendsredder rauskam und nach links in die Holtenauer einbog. Wir waren gar nicht schnell. Höchstens dreißig. Wenn überhaupt.« Ünal schüttelte heftig den Kopf. »Kann vorkommen, dass man in den Koffer-raum des Vordermanns rutscht. Nicht aufgepasst. Abgelenkt. Das Kind. Was weiß ich. Dann gibt es Blechschaden. Das ist ärgerlich. Aber dies hier? Vom Aufprall habe ich gar nichts mitbekommen. Der Zweite vor mir bremste. Komisch, habe ich noch gedacht. Warum reagiert der Polo nicht? Plötzlich knallte es, und eine Stichflamme schoss in die Höhe. Da zerbarst auch schon die Scheibe, und mir flogen die Splitter um die Ohren. Was für ein Glück, dass ich einen größeren Abstand zum Polo hatte.«

»Haben Sie gesehen, was für ein Auto der Vordermann war?«

»Nein. Es war zu dunkel. Außerdem habe ich nicht darauf geachtet.«

»Es ist genug«, mischte sich ein bärtiger Mann ein, auf dessen Jacke in roter Signalfarbe »Notarzt« stand.

Lüder legte dem Busfahrer die Hand auf die Schulter. »Alles Gute«, sagte er, und zum Arzt gewandt: »Der Mann muss von einem Mitarbeiter des Kriseninterventionsteams betreut wer-den.«

»Wir haben alles im Griff«, erklärte der Mediziner unwirsch. »Wer sind Sie überhaupt?«

»Lüders. Kriminalpolizei.«

»Hat das nicht Zeit bis später? Räumen Sie das Feld und lassen Sie uns arbeiten.«

Lüder antwortete nicht. Der Arzt hatte recht. »Ach, noch etwas«, rief er ihm hinterher. »Wissen Sie etwas von einem kleinen Kind? Oder anderen Insassen des Polos?«

Der Notfallmediziner reagierte nicht auf die Frage.

Lüder steuerte eine Gruppe Feuerwehrmänner an, die an einem ihrer Fahrzeuge standen. »Freiwillige Feuerwehr Kiel-Suchsdorf« stand auf dem rot lackierten Wagen. An der dahinter-liegenden Hausfront prangte unter dem Schriftzug »Wiker Post«, der auf eine Gaststätte an der Kreuzung verwies, die übergroße Werbung eines Security-Unternehmens. Bei diesem Ereignis hatte niemand Sicherheit versprechen können, überlegte Lüder.

»Können Sie mir sagen, wer die Einsatzleitung hat?«

Einer der Männer in schwerer Einsatzschutzkleidung mit

gelben Reflektorstreifen zeigte in Richtung eines VW-Busses, der vor der Bäckerei stand, die die ganze Straßenecke einnahm.

»Da drüben. Der T4«, erklärte er.

Jetzt sah Lüder auch die Aufschrift »Einsatzleitung« an der Seitenfront. Er ging hinüber. Vor der offenen Tür stand ein Feuerwehrmann und beugte sich in das Fahrzeuginnere. Er musterte Lüder, als der neben ihn trat, und sah ihn fragend an.

»Lüders. Ich bin von der Polizei«, stellte er sich vor. »Können Sie mir einen kurzen Überblick geben?«

Der Feuerwehrmann zeigte ins Fahrzeuginnere. »Unsere Amtsleitung. Der Oberbrandrat. Er leitet den Einsatz persönlich.« Dann trat der Mann einen Schritt zur Seite.

Das Innere war mit Technik vollgestopft. Funkgeräte, Telefone und mehrere Computer beherrschten das Bild. Am eingebauten Tisch saßen zwei Männer in Einsatzschutzkleidung.

»Lüd…«, wollte Lüder wiederholen, aber der Mann mit den grauen Strähnen im Haar winkte ab.

»Mühlhoff. Oberbrandrat. Ich leite den Einsatz. Machen Sie es bitte kurz«, bat er.

»Wissen Sie schon, was hier passiert ist?«

»Ganz grob. Es hat eine Explosion gegeben. Darin waren zwei Fahrzeuge verwickelt. Durch die Druckwelle sind weitere Passanten verletzt worden, überwiegend Glassplitter, aber auch mehrere Knochenbrüche. Wir haben zudem eine Reihe von Patienten, die unter Schock stehen. Darum kümmern sich die Rettungskräfte.«

»Eine Explosion«, wiederholte Lüder mehr zu sich selbst. »Kann es sein, dass durch einen simplen Auffahrunfall der Benzintank in die Luft fliegt?«

»Ausgeschlossen«, sagte Mühlhoff. »Das gibt es nur im Film. Die Autos sind schon seit Jahrzehnten so sicher konstruiert, dass so etwas nicht passiert.«

»Und ein Fahrzeug mit Gastank?«

Der Oberbrandrat schüttelte den Kopf. »Wir gehen davon aus, dass es eine Bombenexplosion war. Oder ein anderer Sprengstoff.«

»Bitte?«

»Ich bin mir ziemlich sicher«, bestätigte Mühlhoff. »Die gewaltige Druckwelle und die enorme Hitzeentwicklung, die sofort eintrat, lassen kaum einen anderen Schluss zu. Wir haben mit Schaum gelöscht, weil wir nicht sicher waren, um welchen Gefahrstoff es sich handelte. Da waren zwei Pkws beteiligt und kein Gefahrguttransporter mit entsprechender Kennzeichnung.«

»Sie sind sich wirklich sicher?«

»Ja«, antwortete der Oberbrandrat knapp. »Der Löschzug von der Hauptfeuerwache am Westring ist sofort ausgerückt. Es sind nur wenige Minuten vergangen, bis das erste HLF ...«

»Das was?«, unterbrach Lüder.

»Hilfeleistungslöschgruppenfahrzeug«, erklärte der Oberbrandrat. »Wir waren im Nu am Einsatzort. Aufgrund der Meldungen in der Leitstelle Mitte wurde vom Disponenten eine entsprechende Alarmierung veranlasst und zusätzlich die Freiwillige Feuerwehr Suchsdorf angefordert. Außerdem wurden Rettungswagen hergeschickt. Für die Sonderkomponente MANV ...«

»Dahinter verbirgt sich was?«

»Massenanfall von Verletzten. In solchen Fällen wird eine Sammelstelle eingerichtet. Diese Aufgabe übernimmt in Kiel die Freiwillige Feuerwehr Meimersdorf. Die Sammelstelle wurde in der Turnhalle der Timm–Kröger-Schule errichtet. Dort sitzt auch der Orgl.«

Lüder musste nicht nachfragen. Der Orgl war der organisatorische Leiter des Rettungsdienstes, der für die Koordination des Rettungswesens zuständig war. Dann wurde der Oberbrandrat abgelenkt.

»Florian Kiel elf null eins hört«, meldete er sich, als es aus einem der Lautsprecher quakte.

»Mehr können wir nicht sagen«, mischte sich der zweite Mann ein. »Alle Anzeichen sprechen für Herrn Mühlhoffs Annahme. Sehen Sie auf die Wracks. Wir waren schon hier, als die Reifen platzten. Vier Mal pro Auto. Buff. Jetzt ist alles verbrannt. Das ging überraschend schnell.«

»Was ist mit den Insassen?«

Der Feuerwehrmann verzog das Gesicht zu einem gequälten Ausdruck. »Hoffnungslos«, sagte er.

Mehr nicht. Er sah über die Schulter. Mühlhoff war beschäftigt.

»Kommen Sie mal mit«, forderte der Feuerwehrmann Lüder auf und ging voran. Inzwischen war der Sichtschutz um die beiden Autos aufgestellt.

»Wie heißen Sie?«, fragte Lüder.

»Heuberger«, erwiderte der Mann in der Uniform. »Brandamtmann.«

Aus der Nähe sahen die Stahlgerippe noch furchteinflößender aus.

»Es hat nicht nur eine gewaltige Druckwelle gegeben, sondern auch eine extreme Hitzeentwicklung. Im Nu hat alles in Flammen gestanden. Es muss eine riesige Stichflamme gegeben haben. Die Insassen hatten keine Chance.«

Das hatte auch der Busfahrer berichtet.

»Wir haben es nicht oft, dass in so kurzer Zeit Explosion, Druckwelle, Hitze und Feuer ein so verheerendes Unheil anrichten.« Sie waren nicht direkt an die Wracks herangetreten, von denen immer noch eine gewaltige Hitze ausstrahlte.

»Wo sind die Insassen?«, fragte Lüder erschüttert.

»Weg«, erwiderte Heuberger. »Sie haben sich aufgelöst. Wenn Sie genau hinsehen, erkennen Sie inmitten der Trümmer einzelne Knochen. Ein Stück Wirbelsäule, etwas vom Becken. Dort drüben«, er streckte den Arm aus, »hat man einen Teil eines Oberarms gefunden. Der muss abgerissen worden sein und wurde weggeschleudert.«

Ein Beamter der Spurensicherung, der ihr Gespräch mitbekommen hatte, räusperte sich. »Wir haben einen Kopf gefunden.«

»Ein Erwachsener? Ein Kind?«, fragte Lüder.

»Das lässt sich nicht einwandfrei sagen«, erwiderte der Beamte mit belegter Stimme. »Das war kein Unfall. Hier ist ohne Zweifel eine Bombe hochgegangen.«

»Davon sind wir auch überzeugt«, bestätigte Brandamtmann Heuberger. »Wollen Sie noch etwas sehen?«

»Danke«, winkte Lüder ab.

Hier konnte er nichts mehr ausrichten. Es war unfassbar. Eine Bombe. Und das im harmlosen Kiel. Die Landeshauptstadt war alles andere als ein politischer Brennpunkt oder ein lohnendes Ziel für potenzielle Attentäter. Und schon gar nicht die Wik. In den noch zahlreich vorhandenen Altbauten lebten nicht die Menschen mit überdurchschnittlichen Einkommen. Hier ging es bürgerlich zu. Zwischen die alteingesessenen Bewohner hatten sich zusehends auch Menschen mit Migrationshintergrund gemischt.

Lüders Gedanken schweiften kurz nach Hamburg-Harburg ab. Dort hatten maßgeblich an den Attentaten auf das World Trade Center Beteiligte gelebt. Mit ein wenig Phantasie konnte man die Wik mit dem Teil Harburgs vergleichen, in dem drei der Attentäter unauffällig gelebt hatten, bevor sie am 11. September 2001 jenen terroristischen Anschlag ausführten, der die Welt veränderte.

Lüder ging zu einem Rettungswagen, einem Mercedes Sprinter der Kieler Feuerwehr, und sprach einen Mann an, auf dessen Jacke die Aufschrift »Notarzt« prangte. Keiner hatte einen Blick für die durch Graffiti verunstaltete Front einer älteren Rotklinker-Häuserzeile, vor der der Wagen stand.

»Wer leitet den medizinischen Einsatz?«

Der Arzt sah sich kurz um. »Da müssen Sie zum Sammelplatz in der Turnhalle. Die Straße runter bei der Schule. Dr. Jacobsen ist der leitende Notarzt.«

Es war ein kurzer Fußweg, bis ein Schild »Sporthalle« den Zugang anzeigte. Links lagen die erleuchteten Klassenräume, im Hintergrund zeichnete sich die in kräftigem Blau gehaltene »Tallinnhalle« ab. Der Mediziner stand vor einem Notarzteinsatzwagen, einem Volkswagen T5, kurz NEF genannt, der auf dem Schulgelände parkte.

»Lüders. Landeskriminalamt. Haben Sie schon einen Überblick über die Opfer?«

Dr. Jacobsen holte tief Luft. »Sind Sie wirklich vom LKA oder von der Presse?

Lüder zeigte dem Arzt seinen Dienstausweis.

»Wir haben zwei Tote, von denen wir es definitiv wissen.

Einer muss in einem der Autos gesessen haben. Das zweite Todesopfer ist ein Passant, der an der Ampel stand und die Straße Richtung Behördenzentrum überqueren wollte. Er stand direkt neben den explodierenden Fahrzeugen und hielt noch die Brötchentüte in der Hand.«

»Was ist mit den Insassen?«, unterbrach ihn Lüder.

Der Arzt zuckte mit den Schultern. »Vermutlich gibt es mehr Opfer. Schließlich muss in jedem Wagen mindestens ein Fahrer gesessen haben.«

»Im hinteren Fahrzeug soll auch ein Kind mitgefahren sein.«

»Dazu kann ich nichts sagen«, sagte der Arzt mit traurigem Blick. »Definitiv wissen wir von zwei Toten. Ein weiteres Opfer ist schwer verletzt worden. Verbrennungen, Knochenbrüche und innere Verletzungen. Dreizehn weitere, überwiegend aus dem Bus, haben Schnittwunden, die wir versorgt haben. Es grenzt fast an ein Wunder, dass eine größere Schülergruppe, die zuvor die Holtenauer Straße überquert hatte und Richtung Timm-Kröger-Schule unterwegs war, unversehrt geblieben ist. Was wäre das für ein entsetzliches Blutbad geworden!« Dr. Jacobsen holte tief Luft. »Wir haben eine Reihe von Menschen in die Krankenhäuser eingeliefert. Darunter auch einige mit Schocksymptomen. Ich mache diesen Job schon eine ganze Weile, aber so etwas habe ich noch nicht erlebt.«

»Alles Gute«, wünschte Lüder und wandte sich ab. Es war die Aufgabe der Experten, in mühevoller Kleinarbeit weitere Erkenntnisse zu sammeln und ein genaues Bild zu erstellen.

Inzwischen war ein Fernsehteam des NDR eingetroffen. Zeitungsreporter hatten sich eingefunden, und Hörfunkmitarbeiter berichteten von dem schrecklichen Ereignis.

Erschüttert machte er sich auf den Weg zurück zum Landeskriminalamt und suchte den Abteilungsleiter auf. Entgegen seiner sonstigen Gewohnheit hatte Dr. Starke die Tür zu seinem Büro nicht geschlossen.

»Herr Lüders«, empfing er ihn und zeigte auf einen der Besucherstühle. »Einen Kaffee«, rief er Edith Beyer zu, ohne zu fragen, ob er ein Getränk wünsche. Dann ließ sich der Kriminaldirektor berichten.

»Das deckt sich mit dem Zwischenbericht, den unsere Sprengstoffexperten übermittelt haben«, erklärte Dr. Starke. »Wir werden eine Sonderkommission unter meiner Leitung errichten.« Er sah auf die Uhr. »Ich muss gleich ins Lage- und Führungszentrum. Im Augenblick ist die Situation noch unübersichtlich. Unabhängig von allen anderen Maßnahmen, die wir eingeleitet haben und noch treffen werden, bitte ich Sie, als Einmann-Task-Force zu agieren und Erkundigungen einzuziehen.«

Lüder nickte, obwohl er für sich keine großen Erfolgsaussichten sah. Er ging die wenigen Schritte zu seinem Büro und startete erneut seinen Rechner. Die Wartezeit nutzte er, um Geert Mennchen anzurufen.

Mit dem Regierungsamtmann vom Verfassungsschutz hatte Lüder in der Vergangenheit erfolgreich zusammengearbeitet. Mennchen zeigte sich bereits informiert. Das beschränkte sich allerdings darauf, dass im Kieler Norden etwas Fürchterliches geschehen war.

»Man geht davon aus, dass eine Bombe explodiert ist«, erklärte Lüder. »Da ein normaler Bürger kaum mit Sprengstoff in der Öffentlichkeit hantiert, kann ein terroristischer Hintergrund nicht ausgeschlossen werden.«

»In der Nähe befindet sich das Umweltministerium«, gab Mennchen zu bedenken.

»Daran habe ich auch gedacht«, stimmte Lüder zu. »Ich war vor Ort. Es war eine heftige Explosion, die die beiden beteiligten Fahrzeuge förmlich zerrissen hat. Außer ein paar Fensterscheiben im Eckhaus sind aber keine gravierenden Schäden im Umfeld entstanden. Daher würde ich ausschließen, dass die Explosion dem Ministerium galt.«

»Haben Sie einen anderen Verdacht?«, fragte Mennchen.

»Nein«, gestand Lüder. »Das Ganze ist mir ein Rätsel. Wie ein Attentat sieht es nicht aus. Es soll nicht makaber klingen, aber dafür gibt es zu wenig Opfer. Und der Tatort ist auch nicht spektakulär. Wer eine Bombe hochgehen lässt, will damit ein Zeichen setzen.«

»Könnte es ein krimineller Akt gewesen sein?«

»Das ist generell nicht auszuschließen. Aber warum sind dann zwei Fahrzeuge beteiligt? Wenn jemand in die Luft gesprengt werden soll, dann sucht man sich andere Plätze, aber nicht diese Kreuzung. Dafür ist auch die Gegend nicht interessant genug. Wäre ein Prominenter beteiligt, wüssten wir es bereits. Dem Anschein nach handelt es sich aber um zwei ganz alltägliche Fahrzeuge, darunter ein Polo. Noch kennen wir die Identität der Opfer nicht. Da die Aufklärung der Tat aber drängt, würde ich von Ihnen gern wissen, ob Sie Gruppierungen oder einzelne Personen unter Beobachtung haben, denen Sie solche Taten zutrauen.«

»Wir haben derzeit verschiedene Gruppen im Visier. Das Spektrum ist breit. Es reicht von links über rechts bis hin zu religiösen Fanatikern.«

»Hat sich jemand in jüngster Zeit besonders hervorgetan?«, wollte Lüder wissen.

»Lassen Sie mich nachdenken«, bat Mennchen zum Abschied. »Ich melde mich.«

Lüder loggte sich in das polizeiliche Informationssystem IN-POL ein, den elektronischen Datenverbund zwischen Bund und Ländern, und durchsuchte es nach Hinweisen auf mögliche Täter aus extremistischen oder terroristischen Kreisen. Er fand eine Reihe von Ansatzpunkten, die ihm aber zunächst zu vage erschienen. Interessanter war die Abfrage nach Personen, die in Verbindung mit Sprengstoffen auffällig oder bereits straffällig geworden waren.

So viel Glück hatte er nicht erwartet. Eggert Höpke hieß der Mann, der vor zwei Jahren eine Bewährungsstrafe erhalten hatte, weil er in seiner Wohnung Sprengstoffe gelagert hatte. Er war den Ermittlungsbehörden ins Netz gegangen, weil er in einer Badebucht am Strand von Dameshöved selbst gebastelte Sprengkörper zur Explosion gebracht hatte. Man konnte ihm zudem die Täterschaft für weitere Aktionen nachweisen, bei denen Papierkörbe und in einem Fall auch ein Briefkasten in die Luft geflogen waren. Personen waren nie zu Schaden gekommen, aber Höpke wurde durch den Richter ein fast krankhaftes Interesse für Explosivmittel attestiert. Lüder wunderte sich über die derzeitige Adresse: Knorrstraße in Kiel–Wik. Die Seitenstraße war nur wenige hundert Meter vom Ort der Explosion entfernt, genau genommen eine Bushaltestelle weit. Auf den einunddreißigjährigen Eggert Höpke war ein Škoda Fabia Kombi zugelassen, ein älteres Modell.

Lüder wählte die Handynummer von Hauptkommissar Weber an. Der Kollege aus der Abteilung galt als einer der Sprengstoffexperten und gehörte zu den Beamten, die von Dr. Starke vorausgeschickt worden waren.

»Weber.« Es klang gereizt.

»Lüders. Können Sie meine Vermutung bestätigen, dass neben dem Polo ein Škoda Fabia Kombi beteiligt gewesen sein könnte.«

»Moment«, knurrte Weber, um sich kurz darauf wieder zu melden. »Das ist gut möglich.«

»Gibt es schon irgendwelche weiteren verwertbaren Erkenntnisse?«

»Wir gehen davon aus, dass hier APEX in die Luft geflogen ist. Vermutlich wurde es in einem der Fahrzeuge unsachgemäß transportiert. Aber seien Sie vorsichtig mit dieser Information. Das ist alles noch nicht abgesichert, sondern mehr ein Bauchgefühl.«

»Wissen Sie, ob man schon etwas über die Identität der Insassen des zweiten Fahrzeuges weiß?«

»Wir wissen nicht einmal, wer im ersten Wagen saß«, spottete Weber.

Lüder bedankte sich. Anschließend nahm er Kontakt zu Thomas Vollmers auf. Der Kieler Hauptkommissar, Leiter des K1 der Bezirkskriminalinspektion Kiel, war ebenfalls am Tatort.

»Wollen Sie wissen, was hier passiert ist?«

»Ich war vor Ort, auch wenn ich Sie nicht gesehen habe«, sagte Lüder. »Außerdem habe ich einen Verdacht im Zusammenhang mit den Ereignissen.«

»Bitte?« Vollmers unternahm keinen Versuch, seine Überraschung zu verbergen. »Wir haben noch keinen richtigen Überblick, und Sie sind schon weiter?«

»Ich fahre zur Kreuzung und treffe Sie dort«, sagte Lüder.
»Bis gleich.«

Der Unglücksort war immer noch weiträumig abgesperrt, auch
wenn mittlerweile weniger Einsatzkräfte vor Ort waren. Das
medizinische Personal war abgezogen. Verletzte gab es nicht
mehr zu versorgen. Lediglich ein Feuerwehrfahrzeug parkte
noch am Rande der Kreuzung. Polizisten sicherten den Tatort.
Spurensicherer und Sprengstoffexperten hatten das Regiment
übernommen.

Hauptkommissar Weber, den Lüder kurz ansprach, zuckte
mit den Schultern. »Wir müssen auf die Laborauswertungen
warten. Ich bleibe aber bei meiner Meinung.«

Vollmers erwartete Lüder voller Ungeduld. »Lassen Sie hören«, forderte er Lüder zum Sprechen auf.

»Kommen Sie mit.«

Unwillig trat Vollmers zur Seite.

»Wir müssen ein Stück gehen.«

Sie waren auf den Bürgersteig getreten. Lüder ging langsam
die Holtenauer Straße aufwärts.

»Hier sind wir ungestört«, sagte der Hauptkommissar und
blieb vor einer Pizzeria an der nächsten Straßenecke stehen.

»Seien Sie nicht so ungeduldig.« Lüder ging weiter und achtete nicht auf das Knurren Vollmers'. Ein Vergnügen war der
Gang bei diesem Kieler Schmuddelwetter nicht.

Auf der gegenüberliegenden Straßenseite tauchte die Lukaskirche mit ihrer außergewöhnlichen Architektur auf, Heimstätte
der heute fusionierten Apostel- und Emmaus-Gemeinden. Vor
der Kirche lag das Wartehäuschen der Bushaltestelle, an der der
Polo sich am Stadtbus vorbeigedrängelt hatte.

Sie hatten die Straßenecke erreicht, an der eine Selbstbedie-
nungsgeschäftsstelle der Kieler Volksbank untergebracht war.
Unter dem Straßenschild war ein weißes Hinweisschild »Unicef«
angeschraubt. Der Pfeil zeigte in die Nebenstraße.

»Knorrstraße«, las Vollmers mürrisch vor und folgte Lüder,
der abgebogen war.

Die kopfsteingepflasterte Straße säumten zahlreiche Altbauten, die nur sporadisch von dazwischengequetschten Häusern jüngeren Datums unterbrochen wurden.

Über einem Ladengeschäft prangte der Schriftzug »Unicef« sowie das Logo der Kinderhilfsorganisation. Im Schaufenster lagen Werbeplakate aus. Ein Aufsteller vor der Tür verkündete, dass die neuen Grußkarten eingetroffen seien.

»Man vermutet, dass in einem der Fahrzeuge ein Kind gesessen haben soll«, sagte Lüder.

»Schlimm«, antworte Vollmers einsilbig.

Zwei Häuser weiter war ein Schaufenster mit lauter Engelfiguren zugestellt. Auch die schmutzigen Vorhänge, die den Blick ins Innere verwehrten, stellten die Himmelswesen dar. Alles machte einen schmutzigen und ungepflegten Eindruck, so als hätte schon seit Jahren niemand mehr Staub gewischt.

Lüder zeigte auf einen Balkon auf der gegenüberliegenden Straßenseite. Jemand hatte dort eine Piratenflagge angebracht.

Er blieb vor einem der Altbauten stehen und betrachte die Klingelschilder. Bei einigen fehlte jeder Hinweis auf einen Namen, andere waren mit handschriftlichen Zetteln überklebt. Es wirkte trostlos.

Vollmers sah ihn mit großen Augen an. Der Hauptkommissar schwieg immer noch, als Lüder auf einen der beschrifteten Knöpfe drückte. Der Summer ertönte und gab den Zutritt in ein muffig riechendes Treppenhaus frei, dem eine Auffrischung durch einen Maler gutgetan hätte.

Die Tür der Erdgeschosswohnung war geöffnet. Eine Frau mit aufgeschwemmten Gesicht und einer mehr als rundlichen Figur sah ihnen entgegen.

»Guten Tag«, grüßte Lüder. »Wir wollen zu Herrn Höpke. Er hat aber nicht geöffnet.«

»Der ist heute Morgen weg«, sagte die Frau. »Ich hab das zufällig mitgekriegt. Er hat da drüben geparkt. Vor der türkischen Gaststätte.« Lüder hatte die Leuchtreklame »Bosporus« gesehen. »Hab mich noch gewundert. Der ist mehrfach gelaufen und hat irgendwas zum Auto geschleppt.«

»Ist er zur Arbeit gefahren?«, fragte Lüder.

»Zur Arbeit?«, echote die Frau. Lüder warf einen Blick auf das

Türschild. »Nissen« las er. »Nee. Ich weiß nicht, ob er gearbeitet hat. Ich meine, so richtig. Er ist nie morgens weg und abends wieder zurück. So regelmäßig. Das war immer ein Kommen und Gehen.«

»Sie meinen die vielen Besucher, die bei Herrn Höpke waren?«

»Wieso Besucher?« Frau Nissen tat überrascht. »Davon habe ich nichts mitgekriegt. Da war nie einer. Hab jedenfalls nix gesehen. Ich mein, der war immer allein. Keine Freundin, keine anderen Leute. Typischer Einzelgänger. Komisch, nich? So alt ist der doch nicht.« Plötzlich stutzte sie. »Sagen Sie mal. Was wollen Sie denn von Höpke?«

»Nichts weiter. Nur so«, erwiderte Lüder. »Vielen Dank und einen schönen Tag.«

»Merkwürdige Leute«, grummelte Frau Nissen hinter ihnen her, als die beiden Beamten die Treppe hochstiefelten.

Lüder klingelte an der Wohnungstür ohne Namensschild. »Diese muss es sein«, sagte er dabei, da auf der gegenüberliegenden Seite ein spanischer Name auf einem Stück Karton stand.

Nichts rührte sich. Ein weiteres Klingeln sowie Klopfen an der Tür waren ebenfalls erfolglos.

»Ich vermute, hier ist Gefahr im Verzug«, sagte Lüder.

»Worauf begründen Sie Ihre Annahme?«, fragte Vollmers skeptisch. »Es wäre gut, wenn Sie mich einweihen würden.«

»Es ist nicht ausgeschlossen, dass hier einer der Beteiligten am Unfall auf der Kreuzung wohnt«, erklärte Lüder und versuchte, die Tür mittels einer Kreditkarte zu öffnen. Vergeblich.

Große Jäger wäre es gelungen, dachte er und probierte es auf andere Weise. »Haben Sie darin Erfahrung?«, wandte er sich an den Hauptkommissar.

Vollmers hob abwehrend die Hände. »Das ist nicht meine Welt. Wir arbeiten anders.«

»Ich auch«, bestätigte Lüder. Er war im Zweifel. Alles beruhte auf einer sehr vagen Annahme. Kein Richter würde für eine solche Aktion sein Einverständnis erklären. Für einen Moment war er unentschlossen. Dann gab er sich einen Ruck, nahm zwei

Schritte Anlauf und ließ sich gegen die Tür fallen, die krachend aufsprang und gegen die Flurwand stieß.

»Na ja«, sagte Vollmers und zeigte auf das zersplitterte Holz. »Das wird teuer. In jeder Hinsicht.«

Stimmt, dachte Lüder. Auch disziplinarisch, wenn ich mich geirrt habe.

Der Flur war dunkel. Die Luft war abgestanden. Gleich der erste Raum, dessen Tür offen stand, überraschte die beiden.

»Donnerwetter«, staunte Vollmers beim Blick in die Küche. Auch Lüder war beeindruckt. Das hatte er nicht erwartet. Schnell durchsuchten sie die anderen Räume. Niemand hielt sich in der Wohnung auf.

Die Küche bestand aus einer Arbeitsfläche, in die eine Spüle sowie eine Platte mit vier konventionellen Elektrokochstellen eingelassen war. Ober- und Unterschränke waren kunststoffbeschichtet. Ein weiteres offenes Regal, ein Tisch und zwei unterschiedliche Stühle aus Stahlrohr vervollständigten die Einrichtung. Im Unterschied zu anderen Küchen schien diese aber weniger der Zubereitung von Speisen gedient zu haben. Auf der Arbeitsfläche und dem Tisch standen Glaskolben, Fläschchen, Reagenzgläser, Tiegel, eine Feinwaage, ein kleiner Lötkolben, Feinmechanikerwerkzeuge und andere Gerätschaften herum.

»Das ist ein richtiges Labor«, staunte Vollmers. »Wohnt hier Dr. Mabuse?«

»Vielleicht nicht gerade der, aber sicher ein anderer Teufel.« Lüder zeigte auf einen Plastikbehälter. »Wasserstoffperoxid«, las er vor. »Ob das eine höhere Konzentration als die dreiprozentige Lösung hat, die es in der Apotheke gibt?«, fragte er in den Raum.

»Es ist schwierig, da heranzukommen«, erwiderte Vollmers. »Bei diesem Versuch sind die Attentäter der Sauerlandgruppe auch aufgeflogen.«

»Dieser Sprengstoffbastler scheint gute Kontakte gehabt zu haben«, sagte Lüder und öffnete die Tür einer Abstellkammer. Er prallte zurück. »Unfassbar. Das ist das reinste Sprengstofflager. Mein Gott. Wenn das in die Luft geflogen wäre ... Die halbe Straße wäre verdampft.«

Lüder bemerkte den Schreck, der den erfahrenen Hauptkommissar erfasst hatte.

»Haben Sie diese Adresse schon länger beobachtet? Oder wie sind Sie so schnell darauf gestoßen?«

»Wenn jemand zuvor Verdacht geschöpft hätte, wäre es angesichts des Vernichtungspotenzials unverantwortlich gewesen, aus taktischen Gründen auch nur eine Stunde mit der Räumung zu zögern. Nein. Ich bin erst nach der Explosion darauf gestoßen.«

»Wir müssen sofort veranlassen, dass das hier sichergestellt wird.«

Lüder nickte. »Ich werde umgehend den Kampfmittelräumdienst unserer Abteilung anfordern.« Er verließ die Wohnung, um von der Straße aus zu telefonieren. Da die Mitarbeiter des polizeilichen Staatsschutzes, dem auch diese Spezialeinheit zugeordnet war, bereits mit der Aufklärung an der nahen Kreuzung beschäftigt waren, rief er den Abteilungsleiter an und berichtete.

»Um Himmels willen«, war die erste Reaktion Dr. Starkes. Der Kriminaldirektor ließ sich die genaue Anschrift durchgeben. »Wie sind Sie auf diese Sache gestoßen?«, wollte er wissen.

»Wir sollten zunächst die Bergungsmaßnahmen einleiten«, schlug Lüder vor. »Ich gehe davon aus, dass ein Teil der Häuser in der Knorrstraße evakuiert werden muss.«

»Sie sind sich ganz sicher? Ich meine, das ist eine Riesenmaßnahme.«

»Übernehmen Sie die Verantwortung dafür, wenn es hier knallt? Wegen einem herrenlosen Koffer, den eine alte Frau auf dem Bahnsteig vergessen hat, werden stundenlang Fernzüge umgeleitet. Und hier ist die Gefährdung offensichtlich.«

»Ich werde alles veranlassen«, erwiderte der Abteilungsleiter.

»Wollen wir die Bewohner schon informieren?«, fragte Vollmers, als sie vor dem Haus auf die Einsatzkräfte warteten.

»Wir sind äußerlich Zivilisten. Ich möchte keine langen Diskussionen oder gar Panik«, sagte Lüder. »Die wenigen Minuten warten wir noch ab.«

Vollmers schüttelte den Kopf. »Na so was«, murmelte er unablässig.

Es dauerte nur wenige Minuten, bis die ersten Feuerwehrfahrzeuge eintrafen.

»Das nenne ich einen bewegten Tag«, erklärte der Zugführer, als Lüder ihn ins Bild gesetzt hatte. Er folgte Lüder in die Wohnung und besah sich die Anlage.

»Das sieht man nicht alle Tage. Heißa.« Anschließend schickte er seine Männer aus, die Bewohner zu informieren. Sie wurden durch die inzwischen eintreffenden Polizeikräfte unterstützt. Andere Beamte hatten die Straße abgesperrt. Kurz darauf traf zur Unterstützung auch das Technische Hilfswerk ein.

Innerhalb weniger Stunden erlebte der Stadtteil einen zweiten Großeinsatz. Manche Bewohner waren nur schwer zu überzeugen, dass sie ihre Wohnungen verlassen mussten. Anderen musste geholfen werden. Lüder war erstaunt, was sich hinter den Fassaden der Häuser verbarg, wie viele alte oder gebrechliche Menschen dort hausten. Er stand ein wenig abseits und hatte den erfahrenen Einsatzkräften das Feld überlassen.

»Ich werde hier nicht mehr gebraucht«, verabschiedete sich Hauptkommissar Vollmers.

»Danke«, sagte Lüder. »Sie waren eine wertvolle Hilfe. Wie immer«, fügte er an.

»Ach«, wehrte Vollmers ab, als er ging.

Lüder wartete noch eine Weile, bis er Hauptkommissar Weber, der inzwischen auch hierhergewechselt war, ansprechen konnte.

»Ich glaube nicht an Zufälle«, sagte der Sprengstoffexperte. »Es sieht so aus, als wäre dies das Labor, in dem der Hexenmeister das Zeug zusammengemixt hat, mit dem er ein paar hundert Meter weiter in die Luft geflogen ist.«

»Dabei unterstellen Sie, dass es sich um denselben handelt«, antwortete Lüder.

»Richtig, ich bin kein Jurist, der alles in Zweifel zieht und für den der Beweis hundertprozentig erbracht sein muss. Wie viele Bombenbastler wohnen auf der Wik und transportieren ihr Höllengut im Kofferraum durch den Berufsverkehr? Und dann trifft es Unschuldige, weil sie zufällig den Bruchteil einer Sekunde nicht aufpassen und dem Vordermann hinten reinfahren. Nach dem, was ich hier sehe, hat der Typ eine APEX-Bombe gebastelt. Das ist Acetonperoxid.« Weber zeigte mit dem Daumen über die Schulter. »Das hat der Höllenengel in der Abstellkammer gelagert wie andere Leute ihr Olivenöl. Es handelt sich um einen hochexplosiven Stoff mit extremer Schlagempfindlichkeit. Wir nennen es Initialsprengstoff. Der lässt sich durch einen Schlag oder durch Wärme zur Explosion bringen. Kennen Sie den Film ›Lohn der Angst‹? Ein Klassiker, in dem vier Männer Lastwagen mit Nitroglyzerin über die Berge bringen sollen. So ähnlich ist es in unserem Fall. Kein normaler Mensch transportiert so etwas im Kofferraum. Nicht nur das. APEX explodiert. Aber zusätzlich hat der Typ noch eine ganze Ladung Brandbeschleuniger dabeigehabt, sonst hätte es nicht so heftig gebrannt. Schlimmer geht es nicht. Eine absolut tödliche Kombination. Unfassbar, dass jemand auf so etwas kommt.«

»Sind das Vermutungen?«, fragte Lüder.

Weber schüttelte müde den Kopf. »Da oben, in seinem Schlafzimmer …«

»Wo?«, fragte Lüder.

»Im Kleiderschrank. Dort hat er Brandbeschleuniger gelagert.«

»Welcher Art?«

Weber erklärte es. »Das Zeug können Sie sich überall besorgen. Ist es nicht verrückt, dass sogar Dreizehnjährige Bomben bauen? Sie müssen weder Chemiker noch hochbegabt sein.« Er tippte sich an die Stirn. »Ganz im Gegenteil. Wer so etwas macht, ist nicht ganz richtig im Oberstübchen. Es kommt oft genug vor, dass so ein Knallfrosch beim Basteln einige Finger oder gar die ganze Hand verliert. Aber dies hier? Nee.«

»Sie meinen, in dem Škoda Fabia wurden die beiden Substanzen transportiert?«

»Ja. Das ist ziemlich sicher.« Der Hauptkommissar war immer noch fassungslos. »Wir hören jeden Tag, dass im Irak oder in Afghanistan Bomben explodieren. Aber selbst da fahren die Leute nicht mit so einem brisanten Gemisch herum.«

»Hatte er eine fertige Bombe im Auto?«

»Sie meinen, ob er sie zünden wollte?« Weber schüttelte den

Kopf. »Nein. Das nicht. Da ist keine Bombe gezündet worden. Das war ein Unfall. Man hat die Gefahren der Fracht nicht richtig eingeschätzt. Dummheit? Leichtsinn? Unkenntnis? Ich weiß es nicht. Aber auf jeden Fall tödlich.«

Nachdenklich ging Lüder durch den Regen zurück zur Kreuzung mit den beiden zerstörten Fahrzeugen. Hier hatten die Aufräumarbeiten begonnen.

Vor seinem geistigen Auge zeichnete sich ein Bild der Ereignisse ab. Eggert Höpke war kein harmloser Knallfrosch, der aus Freude am Experimentieren einem hochbrisanten Hobby nachging. Dafür war seine Wohnung zu professionell ausgestattet, die dort eingelagerten Materialien waren zu gefährlich. Was hatte Höpke geplant? Warum hatte er mit so extrem gefährlichen Stoffen hantiert und sie in seinem Auto transportiert? Wollte er an einen einsamen Ort fahren, um etwas auszuprobieren? Oder hatte er vor, etwas in die Luft zu jagen?

Ein Schauder durchfuhr Lüder. Falls diese Vermutung zutraf, mussten sie herausfinden, wem der Anschlag galt.

Weber ging davon aus, dass die zu bastelnde Bombe eine hohe Sprengwirkung hatte und in Verbindung mit dem Brandbeschleuniger auch zu einem sich schnell entwickelnden Brand führen sollte. Im Unterschied zu der Papierkorbbombe, die vor vielen Jahren am Eingang des Oktoberfestes Todesopfer gefordert hatte, oder der Nagelbombe, die der NSU in der Kölner Keupstraße gezündet hatte, schien es, als sollte Höpkes Höllenmaschine nicht der Tötung von Menschen, sondern der Zerstörung von Sachen dienen. Ein Trost war das nicht.

Es sah so aus, als hätte Höpke das explosive Material am Morgen in seinen Škoda geladen und wäre dann vom Parkplatz bis zur Hauptstraße gefahren. An der Lukaskirche war er vermutlich links in die Holtenauer Straße Richtung Innenstadt abgebogen. Er hatte dabei den Linienbus überholt, der gerade aus der Haltebucht vor der Kirche abfahren wollte. Im letzten Moment hatte sich auch noch der Polo am Bus vorbeigezwängt. An der nächsten Kreuzung, dem Elendsredder, mussten die beiden Pkws an der roten Ampel halten. Etwas später folgte der Bus, der langsamer war und daher ein wenig mehr Zeit bis zu dieser Stelle benötigte. Als die Ampel auf Grün umsprang, fuhren die Fahrzeuge an. Im letzten Moment kam jedoch noch ein Abbieger aus dem Elendsredder und nahm dem Škoda die Vorfahrt. Als der bremste, fuhr der Polo dem Vordermann durch eine Unachtsamkeit hinten ins Heck. Dieser Schlag führte zu der folgenschweren Katastrophe.

Was wird hier gespielt?, fragte sich Lüder. Woher wusste Dr. Starke am frühen Morgen von einer Bombenexplosion, sodass er schon die Experten seiner Abteilung zum Tatort geschickt hatte? Das war zu einem Zeitpunkt, als die Nachrichtenlage noch sehr diffus war. Es hätte auch eine Gasexplosion oder sonst ein Unfall sein können.

Kiel.

Wik.

Eine Bombe.

Das war die unwahrscheinlichste Annahme.

Nachdenklich fuhr er ins Landeskriminalamt zurück.

ZWEI

Lüder hatte keine zehn Minuten an seinem Schreibtisch gesessen und noch einmal versucht, Informationen über Eggert Höpke zusammenzutragen, als Dr. Starke erschien.

»Es herrscht viel Unruhe bei den Verantwortlichen«, sagte der Kriminaldirektor. »Niemand kann sich erklären, was dort geschehen ist. Uns fehlt jeglicher Hintergrund für die Tat.«

»Ich würde es nicht Tat nennen«, korrigierte ihn Lüder. »Es war nicht beabsichtigt, sondern ein Unfall. Wenn wir unterstellen, dass Höpke selbst am Steuer saß – vieles spricht dafür –, können wir ausschließen, dass es ein Selbstmordattentat war.« Lüder zeigte auf den Bildschirm. »Der Mann war uns als Bombenbastler bekannt, aber ohne jeden politischen Hintergrund. Er taucht nirgendwo auf und war nie einer extremistischen Gruppierung nahe. Es gibt keine Hinweise auf die Rocker- oder Ultraszene, keine Kontakte zur braunen Ideologie oder darauf, dass er sich zum Beispiel den Islamisten angeschlossen hat.«

»Letzteres schon gar nicht«, bestätigte Dr. Starke. »Ich habe vor wenigen Minuten einen Zwischenbericht der Spurensicherung erhalten. Man hat in der Wohnung christliche Symbole gefunden. Ein Kreuz. Engelfiguren.«

Lüder lehnte sich zurück. »Kollege Vollmers und ich haben darauf verzichtet, uns umzusehen. Uns war daran gelegen, den Gefahrenherd für die Bevölkerung zu beseitigen.«

»Das war richtig«, bestätigte der Kriminaldirektor.

Überflüssigerweise, dachte Lüder.

»Nicht überall, wo Christentum draufsteht, ist es auch drin«, dozierte Lüder. »Aus den Vereinigten Staaten schwappt eine Welle der Evangelikalen herüber. Das sind Leute, die – unter dem Zeichen des Kreuzes – auch nicht vor Gewalt zurückschrecken. Was haben wir als Kinder gesungen? Willst du nicht mein Bruder sein, so schlage ich dir den Schädel ein.«

Dr. Starke ging nicht drauf ein. »Gibt es nicht eine Stelle in der Bibel, wo von ›Feuer und Schwert‹ die Rede ist?«

Lüder antwortete nicht. Auf diesem Gebiet fühlte er sich nicht textsicher.

»Sicher kennt Pastor Röder sich da besser aus.«

»Pastor Röder?«

»Ja. Er gehört zum Kriseninterventionsteam und hat sich bereit erklärt, die schwierige Aufgabe zu übernehmen und die Angehörigen zu benachrichtigen.«

»Höpkes Angehörige?«, fragte Lüder erstaunt.

Dr. Starke schüttelte den Kopf. »Die vom Opfer aus dem Polo.«

»Wie hat man die identifizieren können?«

»Anhand der Fahrgestellnummer, die entschlüsselt werden konnte. Das Fahrzeug ist auf Thomas Laimpinsl zugelassen, wohnhaft in der Schleusenstraße.«

»Und der ist im Polo ums Leben gekommen?«

»Das steht noch nicht fest«, gestand der Abteilungsleiter ein. »Wir wissen nur, dass er der Fahrzeughalter ist. Ob er tatsächlich im Auto saß …?« Hilflos zuckte er mit den Schultern.

»Und Pastor Röder soll herausfinden, wer dort getötet wurde?«

»Nicht ganz«, druckste Dr. Starke herum. »Ich habe mir gedacht, dass Herr Röder Sie begleitet, wenn Sie zur Schleusenstraße fahren.«

Lüder seufzte. Irgendjemand musste die Nachricht überbringen. »Wo erreiche ich Herrn Röder?«

Der Kriminaldirektor schien erleichtert zu sein. »Im Café an der Unglückskreuzung.«

Die Kreuzung war immer noch gesperrt, obwohl die Aufräumarbeiten fortgeschritten waren. Das Café war gut besucht. Natürlich waren die Geschehnisse vor der Tür das beherrschende Gesprächsthema. Lüder ging langsam durch den Raum und sah im hinteren Bereich einen grauhaarigen Mann mit einer großen Brille sitzen. Er trug ein kariertes Hemd, darüber einen Pullover. Gedankenverloren rührte er in seinem Caffè Latte.

»Herr Röder?«, fragte Lüder und trat an den Tisch heran.

Der Mann sah auf und nickte. »Sie sind von …?«

43

»Lüders«, unterbrach Lüder ihn. »Ich glaube, wir müssen die Einzelheiten hier nicht erörtern.« Unmerklich nickte er in Richtung der anderen Gäste. »Sie sind informiert?«

»Im Groben.«

Wunderbar, dachte Lüder. Mir geht es ähnlich.

Pastor Röder nahm noch einen Schluck und ließ den Rest seines Getränks stehen. »Ich habe solche Missionen schon öfter ausgeführt«, sagte er, als sie die Holtenauer Straße überquerten und zu Lüders Auto gingen. »Nach außen muss man den Starken spielen. Aber im Inneren kostet es jedes Mal wieder Überwindung. Routine wird es nie.«

Sie fuhren die Holtenauer Straße bis zum Ende und passierten dabei die Knorrstraße, die immer noch abgesperrt war. Über die folgende lebhafte Kreuzung hinweg, an der der Querverkehr zur Hochbrücke floss, erreichten sie die Schleusenstraße, die in einem sanften Gefälle direkt zum Nord-Ostsee-Kanal abfiel. Auf der linken Seite zog sich eine lange Front roter Backsteinhäuser entlang. Lüder ließ den BMW langsam vorbeirollen und suchte nach der angegebenen Hausnummer.

Im gleichen Moment, als er sie entdeckt hatte, rief Pastor Röder: »Da drüben ist es.«

Sie fanden direkt vor dem Haus einen Parkplatz.

Lüder zog den Kragen seines Parkas enger zusammen, als er ausstieg. Der unangenehme Nieselregen hatte sich in einen nassen Schneeregen verwandelt. Es war immer noch erstaunlich dunkel für die Tageszeit. In dem zweigeschossigen Gebäude waren viele Parteien untergebracht. Neben dem ausgebauten Dachgeschoss fanden sich auch im Erdgeschoss Wohnungen. An einem Fenster stützte sich ein weißhaariger älterer Mann auf der Fensterbank ab. Neugierig sah er den beiden entgegen. Breite Hosenträger spannten sich dabei über seinen mageren Brustkorb.

Lüder betätigte den Klingelknopf neben dem Namensschild »Laimpinsl«. Nichts rührte sich. Er versuchte es ein weiteres Mal. Vergeblich.

Pastor Röder hatte sich dem Fenster zugewandt und fragte durch die geschlossene Scheibe: »Wissen Sie, ob jemand von der Familie Laimpinsl zu Hause ist?«

Der alte Mann zuckte ratlos mit den Schultern und legte eine Hand hinter das Ohr. Röder wiederholte seine Frage. Der Mieter schien ihn nicht zu verstehen, öffnete aber umständlich das Fenster.

»Was haben Sie gesagt?«, fragte er mit brüchiger Stimme.

»Wir wollen zu Laimpinsl«, antwortete Lüder.

»Jetzt? Die sind nicht da.«

»Wo können wir jemanden erreichen?«

»Die arbeiten. Beide. Wo die Kinder sind? Weiß nicht.«

»Wissen Sie, wo das Ehepaar Laimpinsl beschäftigt ist?«

»Woher denn? Hier spricht man nicht mehr miteinander. Er, glaube ich, arbeitet bei der Gewerkschaft. Aber Frau Laimpinsl? Keine Ahnung.«

»Und die Kinder?«, fragte Lüder.

»Ja«, sagte der Mann. »Zwei Kinder.« Lüder hatte nicht danach gefragt, aber die Information war hilfreich.

»Wie alt?«

»Ein Mädchen. Geht noch nicht zur Schule. Und so ein Hosenscheißer. Ein Junge. Kann noch nicht lange laufen.«

Oh Gott, überlegte Lüder. Wenn der Busfahrer es richtig beobachtet hat, dann hatte das Mädchen mit im Auto gesessen. Ein zweites Fahrzeug war nicht auf die Familie Laimpinsl zugelassen. Was war mit dem Jungen? War der auch mitgefahren?

Lüder wünschte dem Mann noch einen schönen Tag. Zu Röder gewandt ergänzte er: »Dann versuchen wir bei der Gewerkschaft unser Glück.«

Die Fahrt verlief schweigend. Jeder hing seinen Gedanken nach. Lüder wählte den Weg über die Feldstraße, die parallel zur immer noch gesperrten Holtenauer verlief und auf der sich das zusätzliche Verkehrsaufkommen bemerkbar machte.

Das Gewerkschaftshaus, in dem die bedeutendsten Gewerkschaften residierten, lag etwas abseits des Stadtzentrums in der Legienstraße, unweit des Kleinen Kiels, einem Brackwassersee.

»Wissen Sie«, unterbrach Röder das Schweigen, »wie geschichtsträchtig das Gewerkschaftshaus ist?«

Lüder ließ den Pastor erzählen, obwohl ihm die Historie bekannt war.

»Vom Gewerkschaftshaus ging der entscheidende Anstoß zur Ausrufung der ersten Deutschen Republik am 9. November 1918 aus. Und 1956 war es die Streikzentrale des Arbeitskampfes, der zur Durchsetzung der heute selbstverständlichen Lohnfortzahlung im Krankheitsfall führte.«

»Sie sind evangelischer Geistlicher?«, fragte Lüder, statt auf die Erklärung einzugehen.

»Ja, aber das ist bedeutungslos. Gleich ob katholisch oder evangelisch … Das hier ist Christenpflicht. Niemand, der sich in den Dienst dieser Sache gestellt hat, fragt nach der Religion. Es geht nur um das Humanitäre.«

Lüder parkte auf dem Gelände der Kriminalpolizeistelle Kiel, wenige Schritte vom Gewerkschaftshaus entfernt. Hier, in der »Blume«, wie das markante Gebäude in der Blumenstraße kurz genannt wurde, hatte auch Hauptkommissar Vollmers seinen Dienstsitz. Von dem etwas höher gelegenen Areal führte ein Fußweg zum Kleinen Kiel und weiter zum Rathausplatz hinab, der sinnigerweise »Beamtenlaufbahn« hieß, wie ein Straßenschild verriet.

Sie betraten das Gebäude und mussten mehrfach fragen, bis sie den Gesuchten gefunden hatten.

Die Bürotür stand offen. Lüder klopfte gegen den Türrahmen. Der Mann mit den schulterlangen Haaren und dem struppigen Bart eines Studenten sah auf. Er trug ein buntes Hemd. Die Jeans wies Löcher auf. War es modisches Accessoire? Oder Verschleiß? Lüder hatte stets Probleme, dies auseinanderzuhalten.

Der Mann sah sie fragend an.

»Herr Laimpinsl?«

Er nickte. Lüder trat ein, gefolgt von Röder. Der Pastor schloss die Tür hinter sich.

»Mein Name ist Lüders. Ich komme von der Polizei. Das hier«, stellte Lüder seinen Begleiter vor, »ist Pastor Röder.«

»Pastor? Ein Pfaffe?« Es klang aggressiv.

Lüder ging nicht darauf ein.

»Ich fürchte, wir müssen Ihnen eine schlechte Nachricht überbringen. Haben Sie einen Polo?«

»Ja, sicher. Ich verstehe nicht, was …« Laimpinsl brach mitten im Satz ab.

»Ist Ihre Frau heute Morgen damit gefahren?«

»Ja. Doch. Sie war spät dran. Sie musste zur Arbeit. Und vorher zur Kita.«

»Mit Ihren beiden Kindern?«

»Ja. Äh. Nein. Nicht mit beiden. Max ist zwei. Er ist bei einer Tagesmutter in der Arkonastraße. Gleich vornean bei der Bushaltestelle. Bittner heißt die Frau.«

Das lag ein wenig abseits des Weges, den Lüder vermutet hatte.

»Da hat Ihre Frau den Jungen hingebracht?«

»Nicht Cornelia. Ich war das. Zu Fuß. Cornelia ist mit Sabrina, unserer Tochter, zur Arbeit gefahren. Das heißt, sie ist zur Arbeit. Zuvor hat sie Sabrina zur Kita Trudelmaus gebracht. Die ist in der Blücherstraße. Das ist ein Stück weg, aber es ist schwierig, hier in Kiel einen Platz zu bekommen. So auf die Schnelle. Motzeck, mein Chef, hat sich dafür eingesetzt. Er hat Verbindungen zum Arbeiter-Samariter-Bund, der die Kita betreibt. Sonst – wie gesagt – ist es schwer in Kiel. Aber sagen Sie mal, was soll das alles?«

Ünal, der Busfahrer, schien richtig beobachtet zu haben. Wenn die Mutter ihre Tochter zur Kita in der Blücherstraße bringen wollte, war das Kind zum Zeitpunkt der Explosion noch im Auto. Lüder sah Röder an und nickte ihm unmerklich zu.

»Herr Laimpinsl«, sagte der Pastor ruhig und gefasst, »heute Morgen hat sich ein schlimmer Unfall ereignet. Es gibt Befürchtungen, dass Ihre Frau und Ihre Toch…«

Laimpinsl sprang unvermittelt auf. Er streckte den Arm in Lüders Richtung aus, als wolle er ihn durchbohren.

»Er soll aufhören«, schrie er. »Ich will nicht mit dem Pfaffen sprechen. Raus! Verschwinde.«

Lüder und Röder hielten erschrocken inne. Die Reaktion kam überraschend.

»Herr Laimpinsl«, sagte der Pastor vorsichtig. »Ich bin nicht als Geistlicher hier, sondern …«

»Raus. Hau ab!« Laimpinsl sprang auf Röder zu und packte

ihn am Revers. Lüder drängte sich dazwischen, löste vorsichtig, aber bestimmt Laimpinsls Hände und schob ihn ein Stück zurück. Dann zwinkerte er Röder zu. Der Pastor machte einen hilflosen Eindruck. Resigniert drehte er sich um und verließ den Raum.

»Setzen Sie sich«, forderte Lüder den Mann mit dem unverkennbaren schwäbischen Dialekt auf. Er wartete, bis Laimpinsl Platz genommen hatte.

»Herr Röder hat mich auf meinen ausdrücklichen Wunsch begleitet. Er ist aus rein humanitären Gründen mit zu Ihnen gekommen.«

Laimpinsl deutete die Geste des Ausspeiens an. »Humanitär. Das ganze Gesindel soll mir gestohlen bleiben.«

»Ist Ihre Frau heute Morgen gegen halb acht die Holtenauer Richtung Stadtmitte gefahren?«

»Ja. Vermutlich«, erwiderte Laimpinsl ausweichend. »Ich nehme es an.«

Lüder räusperte sich. Aber der Kloß im Hals wollte sich nicht lösen. »Haben Sie keine Nachrichten gehört?«

»Ich arbeite hier. Da ist nichts mit Entertainment.«

»In der Früh hat sich auf der Kreuzung Elendsredder ein schwerer Unfall ereignet.«

»So ein Dreck. Der ganze Verkehr war zusammengebrochen. Ich bin mit der 32 in die Stadt. Die hat ewig gebraucht. Ich weiß auch nicht, was auf der Feldstraße los war.«

»Wie ich schon sagte … In der Parallelstraße gab es einen Unfall. Wir vermuten, dass Ihre Frau darin verwickelt war.«

»Meine Frau? Das kann nicht sein.«

Lüder nickte ernst. »Doch.«

»Ja – was ist denn nun? Was soll der Scheiß? Was heißt hier: ›Wir vermuten‹? Hat sie oder hat sie nicht?«

Wie sollte Lüder es ihm erklären?

»Die Umstände des Unglücks ergeben noch kein klares Bild. Wir tappen noch im Dunk…«

Erneut war Laimpinsl aufgesprungen. »Sind heute alle verrückt? Erst der Heilige und nun Sie. Ihr seid doch nicht ganz dicht.«

48

Die Tür öffnete sich, und ein kleiner drahtiger Mann betrat den Raum. Er trug eine Stoffhose und ein buntes Hemd, dessen Ärmel hochgerollt waren. Die grauen Haare hatten sich in einem Haarkranz um den Kopf gelegt. In der Mitte über der Stirn war eine kleine Insel mit Haaren verblieben.

»Was geht hier vor?«, fragte er mit fester Stimme, die den Berliner verriet. Er ließ seinen Blick kreisen und versuchte, die Situation zu erfassen.

»Wer sind Sie?«, fragte Lüder.

»Ich will wissen, wer Sie sind.«

»Lüders. Polizei Kiel.«

»Polizei?«, echote der Mann. »Motzeck. Ich bin hier der Verantwortliche.« Er warf einen Blick auf Laimpinsl. »Thomas! Was soll das Geschrei?«

»Wir haben Herrn Laimpinsl aufgesucht ...«

»Wir?«, unterbrach Motzeck.

»Mein Begleiter«, Lüder vermied es, vom »Pastor« zu sprechen, »vom Kriseninterventionsteam und ich.«

Motzeck zog eine Augenbraue in die Höhe. Abrupt änderte sich sein Gesichtsausdruck, als Lüder das »Kriseninterventionsteam« erwähnte. Der Mann schien sofort verstanden zu haben. »Ist etwas passiert?«, erkundigte er sich.

Lüder nickte. »Frau Laimpinsl und Tochter. Ein Unfall.«

»Verstehe«, murmelte Motzeck. »Schlimm?«

Erneut nickte Lüder. »Sehr schlimm.«

»Doch nicht etwa ...?«

»Leider doch.« Lüder hatte plötzlich einen sehr trockenen Hals.

»Mein Gott«, murmelte Motzeck, ging zu Laimpinsl und legte ihm vertraulich die Hand auf die Schulter.

»Hör auf mit Gott«, schrie Laimpinsl. »Ich kann das nicht mehr hören. Gott! Gott!«

»Das war nur so dahergesagt«, versuchte Lüder, ihn zu besänftigen.

»Ich will da nichts mehr von hören. Gott! Der hat meine Ehe zerstört. Verflucht noch mal.«

»Ich verstehe nicht«, sagte Lüder.

»Mensch. Cornelia gehört zu den Zeugen Jehovas. Jedes Wochenende war sie unterwegs zu irgendwelchen Versammlungen. Und unsere Tochter hat sie mitgeschleppt. Eine Vierjährige. Das ist doch hirnrissig. Da haben sie der Kleinen eine Gehirnwäsche verpasst. Wenn sie wieder nach Hause kamen, hat Sabrina sich vor mich hingestellt und gesagt, Jehova hätte mich verflucht, weil ich gegen ihn bin. Ich bin da nicht mehr gegen angekommen. Ich will weg. Mich scheiden lassen. Wieder zurück nach Schwaben. Die Leute hier sind alle plemplem. Alle.«

»Herr Laimpinsl. Ich versuche, Ihnen zu erklären, dass Ihre Frau tot ist. Und Ihre Tochter ebenfalls.«

»Mein Gott.« Dem Mann fiel nicht auf, dass er das zuvor geschmähte Wort selbst benutzte. »Tot?«, fragte er ungläubig.

»Davon gehen wir aus.«

Laimpinsl schlug die Hände vor das Gesicht. »Tot«, wiederholte er langsam. »Gott sei Dank.«

Lüder war sprachlos. Da starben Frau und Tochter, und der Mann schien froh darüber zu sein.

Lüder warf Motzeck einen fragenden Blick zu.

»Habe ich doch eben erklärt. Wenn meine Frau schwer verletzt würde, müsste sie leiden. Ihre sogenannte Religion verbietet eine medizinische Behandlung. Meine Schwiegereltern hätten alles unternommen, um so etwas zu verhindern. Aber für Sabrina, da entscheide ich. Unternehmen Sie alles, um das Kind zu retten, ja?«

Es war sinnlos. Laimpinsl hörte nicht zu. Er musste sich beruhigen. Und Lüder fühlte sich hilflos.

Kurz entschlossen ging er vor die Tür und bat Pastor Röder, sich um den Mann zu kümmern. Mit einem Achselzucken schlich der Geistliche herein, stellte sich hinter Laimpinsl und sprach ihn mit sanfter Stimme an. Der Mann ließ es geschehen. Diesmal sträubte er sich nicht gegen die Ansprache.

»Kommen Sie«, forderte Motzeck Lüder auf und führte ihn in sein eigenes Büro. Schwer atmend ließ sich der Gewerkschaftler in den Schreibtischstuhl fallen. »Da glaubt man, schon alles erlebt zu haben, und dann so etwas. Wie ist das geschehen?« Es klang nicht neugierig, sondern nach Anteilnahme.

»Das wissen wir noch nicht«, wich Lüder aus. »Gab es Ehe-probleme bei Laimpinsls?«

»Nicht nur das. Thomas wollte wieder zurück. Er ist hier nicht glücklich. Seine ganze Lebenssituation ist fürn Arsch.« Motzeck stutzte. »Verzeihung«, sagte er, »aber ich bin einer vom alten Schlag. Ein Ossi. Dazu stehe ich auch. Ich habe Nieten gekloppt auf der Volkswerft Stralsund. Und mich für die Kollegen eingesetzt. So bin ich zum FDGB gekommen.« Er hob abwehrend die Hände hoch. »Sparen Sie sich irgendwelche Kommentare. Meine Kraft setze ich für die Interessen der hart arbeitenden Leute da draußen ein. Mit Leib und Seele. Thomas, also Laimpinsl, hat in Tübingen Soziologie studiert. Ich habe keinen blassen Schimmer, wie er an die Kielerin Cornelia geraten ist. Er hat wohl geglaubt, sie von den Zeugen Jehovas abbringen zu können. Vergeblich. Die Ehe stand vor dem Aus. Thomas wollte wieder zurück in den Süden. Er ist hier nicht glücklich geworden. Nicht mit seiner Ehe, nicht mit der Mentalität der Menschen, nicht mit der Arbeit, mit nichts.«

»Hat er schon die Initiative ergriffen?«

»Hm.« Motzeck starrte auf den Schreibtisch und malte mit dem Finger unsichtbare Figuren auf die Tischplatte.

»Ihnen liegt noch etwas auf dem Herzen?«, riet Lüder.

»Ich weiß nicht, ob ich es erwähnen soll.« Der Gewerkschaft-ler hob den Kopf und sah Lüder an. »Ich hatte letzte Woche ein Gespräch mit Thomas.«

»Und?«

»Ich habe ihm gesagt, er soll es sich überlegen, ob er nicht freiwillig geht.«

»Sie wollten ihm kündigen?«

»Nein«, wehrte Motzeck ab. »An so etwas denken wir nicht. Aber irgendwie …« Erneut begann er, Figuren zu malen.

»Was liegt gegen Laimpinsl vor?«

»Ich habe Ihnen vorhin erzählt, dass ich ein Ossi bin. Wenn Sie so wollen, könnte man mich als Linken bezeichnen.«

Lüder lächelte. »Ein Kommunist?«

»Nein«, sagte Motzeck. »Kein Ewiggestriger. Aber jemand

mit einer sehr sozialen Ader. Laimpinsl hingegen ist ein Ewiggestriger.«

»Ist das nicht weit hergeholt? Ein junger Mann. Soziologie-
studium. Gilt man dann gleich als verdächtig für die linke Ecke?«

»Nichts links«, sagte Motzeck leise. »Die andere Seite.«

»Bitte?« Lüder war überrascht.

»Leider. Thomas hat sich offen gegen Migranten gestellt und
behauptet, sie würden als Armutsflüchtlinge unsere Sozialkassen
plündern. Es fehle ihnen der Wille zur Integration. Ausländer
würden mit Sozialdumping unseren Leuten die Arbeitsplätze
wegnehmen. Die ganze bekannte Litanei.«

»Deutschland den Deutschen?«, fragte Lüder.

»So ungefähr. Thomas hat sich strikt geweigert, die Interessen
von Arbeitnehmern wahrzunehmen, die keine deutschen Wurzeln haben. Das können wir als Gewerkschaft nicht akzeptieren.«

»Das ist eine überraschende Nachricht.«

»Ich erzähle es nicht, um Thomas schlechtzumachen, sondern
um Ihnen zu erklären, warum er sich so sonderbar verhält. Das
ist alles zu viel.«

»Gehört Thomas Laimpinsl einer rechtsextremistischen
Gruppierung an?«

Motzeck zog die Stirn kraus. »Das kann ich nicht bestätigen.
Jedenfalls ist er ins Visier der anderen Seite geraten. Autonome
haben ihm gedroht. Außerdem steht er auf der Abschussliste
einer kosovarischen Großfamilie aus Gaarden.«

»Sagten Sie *Abschussliste*?«

Motzeck hielt inne. »Das war nur so dahergesagt«, versuchte
er, es zu relativieren.

»Dazu würde ich gern noch Einzelheiten hören.«

Der Gewerkschaftler stand auf. »Tut mir leid. Mehr weiß ich
nicht. So! Und nun muss ich mich um Thomas kümmern. Auch
wenn wir unsere Differenzen haben, bleibt er ein Mensch, der
Hilfe und Zuspruch in dieser Situation benötigt.« Motzeck ging
zur Tür und hielt sie auf. Dann zeigte er Richtung Treppe. »Da
geht es raus.«

Ohne ein weiteres Wort verschwand er in Richtung Laimpinsls Büro.

Lüder überlegte kurz, ob er folgen sollte. Er entschied sich dagegen. Hoffentlich hatte Pastor Röder Zugang zu Laimpinsl gefunden.

Nachdenklich ging Lüder durch den Schneeregen zur »Blume«, holte seinen BMW und fuhr ins Landeskriminalamt.

Wie sicher waren sich die Experten, als sie die Meinung vertraten, die Bombe sei im Škoda explodiert? Sicher hatte Höpke hochexplosives Material transportiert. Und wenn der Anschlag Laimpinsl galt? Normalerweise fuhr der Mann mit dem Polo. War es denkbar, dass im Polo etwas explodiert war und dass ausgerechnet Höpke mit seiner brisanten Fracht unterwegs war? Das waren zu viele Zufälle, befand Lüder. Dann fiel ihm wieder ein, was Motzeck gesagt hatte: Laimpinsl stand auf der »Abschussliste«.

Lüder nahm gleich nach seiner Rückkehr auf die Dienststelle Kontakt zum Verfassungsschutz auf.

»Wie heißt der Mann?«, fragte Geert Mennchen. »Wie Leim und Pinsel?«

Lüder buchstabierte den Namen.

»Es gibt schon merkwürdige Namen. Wie kommt man dazu, Laimpinsl zu heißen?«

»Seien Sie froh, dass Sie sich nicht mit ›ä‹ schreiben«, lästerte Lüder. »Mennchen ist auch nicht alltäglich. Ich glaube, ich bin der Einzige, der einen normalen Namen hat.«

»Na ja. Das klingt auch so, als hätte sich der Standesbeamte verschluckt. Zurück zum Thema. Mir selbst sagt der Name nichts, aber er ist uns schon einmal begegnet. Ich habe nebenbei in unsere Daten gesehen. Laimpinsl steht nicht unter Beobachtung, allerdings ist sein Name unterstrichen.«

»Rot?«

»Eher braun.«

»Gibt es ein Dossier über ihn?«

»Nein. Er wird als peripherer Kontakt zur rechten Szene geführt. Wir haben keine Erkenntnisse darüber, dass er sich dort aktiv engagiert. Er hat sich jedoch mit Äußerungen hervorgetan, die auf eine gewisse Sympathie schließen lassen.«

»Woher haben Sie die Informationen? Ist Laimpinsl öffentlich aufgetreten?«

»Wir haben unsere Quellen«, wich Mennchen aus. »Er soll mit Ismail Shabani aneinandergeraten sein.«

»Shabani«, wiederholte Lüder.

Der Name war auch der Polizei bekannt. Shabani gehört der ethnisch-albanischen Minderheit an, die sich im Kosovokrieg gegen die damals herrschenden Serben gestellt hatte. Er war 1999 nach Deutschland geflüchtet, als unter bis heute nicht geklärten Umständen zahlreiche Massaker an der Bevölkerung verübt wurden, die zur Intervention durch die NATO geführt hatten. Nicht entkräftet wurden Vorwürfe gegen ihn, dass er seinerseits an Attentaten auf serbische Polizisten beteiligt gewesen sein soll. Seitdem lebte er in Kiel, war in zwielichtige Geschäfte verwickelt, ohne dass man ihm bisher etwas hatte nachweisen können.

»Haben Sie Informationen über Shabanis politische Aktivitäten?«, fragte Lüder.

»Jein. Öffentlich hetzt er gegen den Westen und wird dabei von islamistischen Hardlinern unterstützt. Er macht keinen Hehl aus seiner Verachtung für unsere Lebensform.«

»Seitens der Polizei steht er im dringenden Verdacht, an Waffengeschäften beteiligt zu sein. Außerdem finanzieren sich sein Clan und er durch Prostitution und Menschenschmuggel. Sämtliche Ermittlungen gegen ihn sind bisher daran gescheitert, dass wir keine Zeugen finden konnten. Shabanis Drohungen scheinen zu wirken. Uns sind zwei Fälle bekannt, in denen es zu Verstümmelungen gekommen ist. Wir gehen davon aus, dass Shabanis Leute dahinterstecken. Er kennt nur das Gesetz der rohen Gewalt. Mich wundert es nicht, wenn sich die Bürger fragen, warum solche Leute nicht zurückgeschickt werden.«

»Ich werde Sie auf dem Laufenden halten«, versprach Mennchen, ohne auf Lüders Einwand einzugehen.

Wenn Laimpinsl bei Shabani in Ungnade gefallen war, hatte er sich mächtige und gefährliche Feinde angelacht, überlegte Lüder, bevor er Vollmers anrief.

»Wir haben etwas herausgefunden. Es war reine Routine«,

begann der Hauptkommissar. »Die Kollegen vom Unfalldienst haben geprüft, ob jemand telefoniert hat. Volltreffer. Die Frau hat zur fraglichen Zeit ein Telefongespräch geführt. Das kann der Grund für ihre Unachtsamkeit gewesen sein, aufgrund der sie dem Vordermann reingefahren ist. Wir haben die Spur aufgegriffen, da wir die Bestätigung hatten, dass es das Telefon von Frau Laimpinsl war. Es liegt ja noch kein Beweis vor, dass sie am Steuer saß. Dieses Indiz spricht aber dafür.«

»Mit wem hat sie telefoniert?«

»Wolfgang Habicht. Steuerberater. Dort war sie beschäftigt. Wir haben inzwischen mit ihm gesprochen. Er hat sie angerufen, weil sie ihren Pflichten nicht nachgekommen ist. Er war wohl ziemlich sauer. Daraus hat er keinen Hehl gemacht. Plötzlich war das Gespräch beendet. Er hatte angenommen, dass sie einfach aufgelegt hätte, weil sich aus dem Hintergrund die Tochter eingeschaltet hat. Wenn sie Beruf und Familie nicht unter einen Hut bekomme, müsse sie nach Alternativen suchen. Es gebe genug andere Frauen, die mit Kusshand diese Aufgabe übernehmen würden.«

»Wie hat er auf die Nachricht vom Unfall reagiert?«

»Das hat ihn doch betroffen gemacht. Aber, so soll er betont haben, ein Verschulden seinerseits sieht er nicht.«

»Ich erspare mir einen Kommentar«, sagte Lüder und rief zu Hause an.

»Was ist mit dir los?«, wunderte sich Margit. »Um diese Zeit?«

»Ich wollte nur hören, ob alles okay ist.«

»Ja. Natürlich. Ich bin gerade dabei, die Wäsche zu waschen, habe die Betten abgezogen, und du hast mich beim Staubsaugen erwischt.«

»Lass es ruhig angehen. Mach eine Pause, trink einen Kaffee. Es muss nicht alles an einem Tag erledigt werden.«

»Lüder? Ist alles in Ordnung? So hast du noch nie mit mir gesprochen.«

»Ich wollte nur sagen, dass ich zu schätzen weiß, was du für die Familie leistest.«

»Wenn ihr ein wenig mitanpacken würdet, könnte ich auch wieder arbeiten.«

»Das erkenne ich an. Aber mir wäre es lieber, wenn du dich nicht einer solchen Doppelbelastung aussetzt. Wir kommen auch so über die Runden. Ich wollte nur sagen, dass du wichtiger bist als ein wenig mehr Geld.«

Margit holte hörbar tief Luft. »Ich bin ganz durcheinander. Sag, was ist los?«

»Hab dich lieb«, erwiderte Lüder und hauchte einen Kuss in den Hörer. Dann legte er schnell auf, ohne ihre Antwort abzuwarten.

Lüder beschaffte sich die Adresse Shabanis. Der Kosovo-Albaner wohnte in der Elisabethstraße im Herzen Gaardens. In diesem ehemals urigen Arbeiterviertel lebte heute die Hälfte der Bevölkerung von der Grundsicherung. Hier lebten zahlreiche Nationalitäten nebeneinander. Das verschaffte dem Quartier einen vielfältigen Kulturmix. Gaarden drängte sich allerdings auch als sozialer Brennpunkt unrühmlich in den Vordergrund. Dennoch war Gaarden nicht zuletzt aufgrund niedriger Mieten ein beliebtes Wohnquartier, vielleicht auch, weil es über die Hörnbrücke fußläufig zur Kieler City lag. Diese Nähe nutzte Lüder, um seinen BMW im ZOB-Parkhaus am Hautbahnhof abzustellen und trotz des Schneeregens das Ziel zu Fuß anzusteuern.

Die Elisabethstraße, die teilweise Fußgängerzone war, bildete mit dem Vinetaplatz das Herz des Stadtviertels. Das rege und vielfältige Angebot an Läden wurde lebhaft angenommen. Viele Bewohner trugen mit ihrer exotisch wirkenden Kleidung ebenso zu einem bunten und farbenfrohen Straßenbild bei wie das Angebot in den Geschäften, die sich auf die hier lebenden Menschen und ihre Bedürfnisse eingestellt hatten.

Hohe Häuser mit zum Teil wunderbar gestalteten Fassaden aus der ersten Hälfte des vorigen Jahrhunderts schmückten die Straße. In einem der Gebäude sollte Shabani wohnen. Lüder fand kein Namensschild. Er suchte einen der kleinen Läden auf und fragte einen älteren bärtigen Mann.

»Shabani?«, fragte der und ging ans Fenster. Dann zeigte er nach draußen. »Der muss da sein. Sein Auto steht vor der Tür. Da – der BMW.«

Ein tiefergelegter und offensichtlich getunter BMW der 7er-Reihe parkte direkt vor dem Haus.

»Kann er einkaufen sein?«

Der Mann lachte herzhaft und zeigte dabei sein schadhaftes Gebiss. »Shabani und einkaufen? Sie haben keine Ahnung. Nein. Vermutlich ist er hinten im Hof.«

Ein Stück weiter fand Lüder den Durchgang in den Hinterhof. Hier hatte sich früher das Kleingewerbe niedergelassen, örtliche Handwerker für den lokalen Bedarf.

Hinter einem der verschmutzten Fenster ertönte lautes Palaver. Lüder öffnete eine verschrammte Blechtür, auf der kaum lesbar »Walter Schalsky – Klempnerei« stand.

Der Raum wurde durch das kalte Licht einer Neonröhre erleuchtet. Die karge Einrichtung bestand aus groben Holztischen, um die eine Handvoll Stühle gruppiert war. Vier Männer hielten sich dort auf, rauchten, tranken Tee und hielten im Gespräch inne, als Lüder eintrat.

»Hi, Shabani«, sagte Lüder. Er hatte sich entschlossen, unfreundlich aufzutreten.

»Was ist das für ein Scheißer?«, sagte ein Jüngerer. »Hast du dich geirrt? Mach, dass du abziehst.«

Lüder ging auf den Mann zu und blieb hinter seinem Stuhl stehen. Dabei sah er Shabani an, den er vom Bild aus der Datei erkannte. »Sind deine Windelkinder immer so vorlaut? Solche Kleingeister liebe ich. Bleiben im Bus sitzen, wenn Erwachsene einsteigen, riskieren aber eine große Klappe.«

Der Beleidigte wollte aufspringen. Aber Lüder war schneller – er packte die Stuhllehne und kippte sie nach hinten, sodass der Mann wild mit den Armen und Beinen ruderte, um das Gleichgewicht zu halten.

»Solche Typen duldest du in deiner Umgebung, die nicht einmal gerade sitzen können?« Lüder beugte sich über den Zappelnden und sah ihm von oben in die Augen. »Wenn ich dich fallen lasse, hast du dir den Schädel gebrochen. Es macht einmal kurz ›knack‹, und morgen wirst du in einem Leinentuch eingebuddelt. Ist nicht schön bei diesem Wetter. Die Kieler Erde ist nass und kalt.«

»Hurensohn«, fluchte der Mann.

Lüder ließ den Stuhl ruckartig ein paar Zentimeter weiter fallen.

»*Lehtësim*«, schrie der Mann.

»Bledi«, mahnte Shabani.

»Ah«, spottete Lüder. »Du bist also der Blödi.« Er ließ die Lehne des Stuhls ganz zum Boden, wobei er sie die letzten drei Zentimeter herunterfallen ließ. Noch einmal schrie der Mann auf. Vorsichtshalber trat Lüder ein Stück zur Seite, um aus seiner Reichweite zu gelangen. Der Mann wollte aufstehen, aber Lüder streckte die Hand aus. »Bleibst du im Staub liegen?«

Bledi sah Shabani an. Der sagte etwas in einer Sprache, die Lüder nicht verstand, vielleicht Albanisch. Resignierend blieb Bledi liegen. Lüder wusste, dass er sich einen neuen Feind geschaffen hatte. Ihm kam es darauf an, vom ersten Moment an Stärke zu zeigen.

»Wer bist du?«, fragt Shabani mit rau klingender Stimme.

»Kein Freund. Warum hast du Thomas Laimpinsl bedroht?«

Shabani lachte. »Den Nazi? Bist du auch einer? Was wollt ihr? Lasst uns zufrieden. Wir wollen hier frei und unbescholten leben.«

»Ist nicht mit ruhig leben, wenn man andere mit dem Tode bedroht.«

»Laimpinsl hetzt gegen uns. Ausländer raus. Kriminelle zurück in den Urwald. Und weitere Sprüche.«

»Deshalb wollt ihr ihn umbringen?«

Shabani ging nicht darauf ein. »Er hat verhindert, dass fünf meiner Männer beim Heiland untergekommen sind.«

»Deiner Männer?«, hakte Lüder nach.

Shabani merkte, dass er im Eifer zu weit gegangen war.

»Wer bist du überhaupt?«, fragte er. »Ein Nazi? Oder so ein Scheißbulle?«

»Hast du Laimpinsl in die Luft gejagt?«

»Was?« Ein höhnisches Lachen folgte. »War er das, der in den Himmel geflogen ist?« Shabani klopfte sich vor Vergnügen auf die Schenkel.

»Seine Frau und ein vierjähriges Kind sind ermordet worden.«

»Na und? Wie viele Kinder sterben täglich, weil die Imperialisten sie feige mit Raketen töten? Die kooperieren mit der jüdischen Weltbedrohung.«

Lüder tippte sich an die Stirn. »Du hast nicht mehr alle beisammen. Ausgerechnet die Nazis suchen den Schulterschluss mit den Juden? Wie soll das funktionieren?«

»Ihr finanziert den Juden an der Uni, der unter dem Deckmantel Friedensforschung Pläne für den Kampf gegen uns schmiedet.«

»Welcher Professor?« Lüder vermied es, »Jude« zu sagen.

»Leonard Bamberger.«

»Toll, wen du alles kennst. Was wollte Höpke hier?«

»Wer soll das sein? Auch so ein Nazi?«

»Shabani. Deine Tage sind gezählt«, sagte Lüder bewusst vage. Würde man es später gegen ihn verwenden und behaupten, er hätte Drohungen ausgestoßen, würde er behaupten, er meine damit »die Tage in der Bundesrepublik«.

»Du Imperialistenknecht.« Shabani hatte das Gesicht verzogen. »Dreh dich um, wenn du unterwegs bist. Es könnte immer jemand hinter dir sein.«

»Wenn du nicht so bescheuert wärest, wüsstest du, dass es in Peking die Verbotene Stadt gibt. Pass auf, Shabani, die gibt es auch in Kiel. Ich rate dir, nie wieder einen Fuß auf die Hörnbrücke zu setzen. Das ist gefährlich.«

»Willst du mir drohen?«

»Ja«, antwortete Lüder knapp und zeigte auf den Mann. »Pass auf dich auf.« Er drehte sich um und ging Richtung Tür. Auf halbem Weg blieb er stehen. »Ist das dein BMW vor dem Haus? Den finanzierst du von Hartz IV? Was meinst du, wenn dich künftig jede Menge Arbeitsloser besuchen und wissen wollen, wie man das macht?«

»Wer bist du?«, rief ihm Shabani hinterher. Die Stimme hatte an Festigkeit verloren.

»Bond«, antwortete Lüder über die Schulter. »James Bond.« Lüder öffnete die Tür, als einen halben Meter entfernt ein Wurfmesser singend in eine Holztafel krachte und vibrierend stecken blieb.

Ohne sich umzudrehen, verließ er den Raum. Die Leute waren gefährlich. Ein in Hamburg festgenommener Terrorismusverdächtiger, dem die Mitgliedschaft bei al-Qaida nachgesagt wird, hatte hier in Gaarden ein Internetcafé betrieben. Auch der als Kieler Kofferbomber bekannt gewordene Attentäter verkehrte hier regelmäßig. Gaarden war kein Hort der Demokratie. Davon zeugte auch eine Wahlbeteiligung von unter zwanzig Prozent bei der Oberbürgermeisterwahl. War er jetzt ungerecht?, überlegte Lüder. Sicher war er nicht objektiv. Das Gewicht verschob sich allein durch den Gedanken an das tote Kind.

Als er wieder auf der Straße stand, fiel sein Blick auf den getunten BMW. Einem plötzlichen Impuls folgend, umrundete er das Fahrzeug. Dabei hielt er sich auf der Fahrerseite ganz dicht am Blech. Es gab ein hässliches Geräusch, als sein Haustürschlüssel eine tiefe Rille vom vorderen Kotflügel bis zur Heckpartie zog. Er vergewisserte sich noch einmal, ob ihn jemand beobachtet hatte. Niemand schenkte ihm Aufmerksamkeit.

Nach wenigen Metern spürte er einen leichten Schlag an der linken Ferse. Abrupt drehte er sich um und blickte in zwei große dunkle Kinderaugen. Ein viel zu leicht bekleideter kleiner Junge strahlte ihn von seinem Laufrad aus an. Die mit einem Kopftuch bekleidete Mutter näherte sich mit raschen Schritten und wollte dem Kleinen, der vielleicht noch nicht einmal drei Jahre alt war, Vorhaltungen machen. Doch Lüder lachte nur, bückte sich und fuhr dem Kind über die nassen Haare.

»So sind Kinder«, sagte er zur Mutter, die mit einem freundlichen Lächeln antwortete.

Auch das war Gaarden.

DREI

Im Büro zog Lüder Erkundigungen über Leonard Bamberger ein. Der Politikwissenschaftler war ordentlicher Professor an der Christian-Albrechts-Universität. Sein besonderes Engagement galt dem renommierten Institut für Sicherheitspolitik, das zahlreiche Kontakte zu anderen wissenschaftlichen Institutionen im In- und Ausland pflegte. Bamberger war Jude und galt als anerkannte Kapazität auf dem Gebiet der Sicherheitspolitik. Er beschäftigte sich ferner mit den wichtigsten Trends und Entwicklungen in den Themenfeldern Terrorismus und asymmetrische Kriegsführung. Lüder wunderte es nicht, dass Shabani in ihm einen ideologischen Gegner sah.

Es war ein aufwendiges Unterfangen, bis er telefonisch im Vorzimmer des Professors gelandet war.

»Lüders, Landeskriminalamt. Ich müsste in einer dringenden Angelegenheit mit Professor Bamberger sprechen.«

»In welcher?«, fragte die Herrscherin des Vorzimmers in einem unverkennbaren norddeutschen Tonfall.

»Das ist vertraulich.«

»Professor Bamberger ist ein überaus gefragter Mann. Und sehr beschäftigt. Das geht nicht mal so eben.«

»Doch«, blieb Lüder hartnäckig. »Fragen Sie bei Ihrem Chef nach. Es geht um Sprengstoffattentate in Deutschland.«

»Moment.«

Dann war es für einen Moment tot in der Leitung, bis sich eine weich klingende Männerstimme meldete.

»Bamberger.«

Lüder wiederholte seine Vorstellung. »Ich untersuche Verdachtsfälle, die möglicherweise einen terroristischen Hintergrund haben könnten. Dazu würde ich gern ein Gespräch mit Ihnen führen.«

»Oh«, war alles, was der Professor sagte. Lüder hatte es richtig interpretiert. Bamberger zeigte sich interessiert und hatte in einer halben Stunde Zeit für ihn.

Bei anderen Witterungsbedingungen wäre Lüder zu Fuß gegangen. Heute nutzte er das Auto für den kurzen Weg bis zum Westring. Seine Befürchtungen bewahrheiteten sich. Er hatte Mühe, einen Parkplatz zu finden.

»Wir haben vorhin miteinander telefoniert«, stellte er sich der Frau im Vorzimmer vor, einer rothaarigen, herb wirkenden Endfünfzigerin.

»Der Professor erwartet Sie«, sagte sie missgelaunt und führte ihn in das Büro des Professors. Es war schlicht eingerichtet. Ein älterer Schreibtisch, altmodisch wirkende Aktenregale, eine Wand mit Bildern, die den Wissenschaftler mit Kollegen aus fast allen Erdteilen zeigten, sowie ein schon viele Jahre im Gebrauch stehender Besprechungstisch möblierten das Reich des Forschers.

Ein zur Rundlichkeit neigender Mann mit Doppelkinn, das nur wenig von einem weißen Vollbart kaschiert wurde, und schütterem Haar stand auf und streckte Lüder die Hand entgegen.

»Bamberger«, stellte er sich vor. Es folgte ein lascher Händedruck. Ein weißes Hemd, die nachlässig gebundene Krawatte und der zerknitterte mausgraue Anzug ließen vermuten, dass er seine Zeit nicht mit dem Besuch exquisiter Herrenboutiquen verschwendete. Das stand im Kontrast zu dem sorgfältig geschnittenen Anzug des zweiten Mannes. Der Maßschneider hatte das edle Tuch dem mächtigen Leibumfang angepasst. Der Mann streckte Lüder die Hand entgegen. Er blieb dabei sitzen. Lüder verstand. Es war keine Unhöflichkeit, sondern eine Unmöglichkeit.

»Das ist mein Freund Peter Sühnsdorf«, stellte Bamberger ihn vor. »Wir kennen uns jetzt dreißig Jahre.«

»Vierzig«, korrigierte Sühnsdorf und musterte Lüder aus den kleinen Äuglein, die im aufgeschwemmten Gesicht fast verloren gingen.

»Das ist der Unterschied zwischen mir und einem Unternehmer, der eine ganze Truppe Buchhalter beschäftigt.« Bamberger hatte wieder Platz genommen und zeigte auf einen freien Stuhl. »Bitte.« Dann wies er auf eine Thermoskanne, an deren Seite sich eine Spur Kaffeetropfen den Weg abwärts gebahnt hatte. »Bedienen Sie sich.«

Nachdem Lüder sich eingeschenkt hatte, sah ihn der Professor fragend an.

»Ich würde gern allein mit Ihnen sprechen«, erklärte Lüder.

»Peter und ich haben keine Geheimnisse voreinander. Eher umgekehrt. Ich weiß bis heute nicht, was er in seinem Unternehmen produziert.«

»Stimmt nicht, Leo«, erwiderte Sühnsdorf. Lüder fiel auf, dass der Mann bei jedem Satz schnaufte. »Du warst schon mehrfach in meinem Betrieb.«

Bamberger lachte, dass der Bauch zu wackeln begann. »Du glaubst doch nicht, dass ich das verstehe. Ingenieure und Technik ... Das ist eine andere Welt, jenseits meines Fassungsvermögens.«

»In welcher Branche sind Sie tätig?«, fragte Lüder.

»Elektronische Optik.«

»Was versteht man darunter?«

»Sie sehen heute nicht mehr durch ein Fernglas, eine Lupe oder ein Mikroskop. Stattdessen wird das Zielobjekt – vereinfacht ausgedrückt – gefilmt, von einem Rechner zerlegt, analysiert und interpretierend wiedergegeben.«

»Das heißt, Sie sehen ein verfälschtes Bild und nicht mehr das Original?«

»Genau. Wenn der Arzt zum Beispiel einen malignen Tumor untersucht, erhält er nicht nur das Bild, sondern die dahinterstehende Software gleicht es mit einer Datenbank ab und kann Anhaltspunkte liefern.«

»Im Zweiten Weltkrieg gab es Bücher mit Schattenrissen der Schiffe. So konnte der Ausguck auf einem Marineschiff anhand dieser Abbildung das andere Wasserfahrzeug erkennen und wusste, um welche Klasse es sich handelte.«

Sühnsdorf spitzte die Lippen. »Das ist jetzt weit hergeholt. Mit solchen Dingen beschäftigen wir uns nicht.«

»Da würde Ihnen auch die Politik auf die Finger sehen«, sagte Lüder.

»Das ist doch das Schöne am deutschen Perfektionismus!

Alles ist geregelt«, ereiferte sich Sühnsdorf. »Und sollte es doch mal eine Lücke im Dschungel der Verordnungen, Gesetze et cetera geben, dann gilt die Prämisse: Es ist erst einmal verboten. Außer man findet doch eine Regel, wonach etwas erlaubt ist. Nein, mal ganz im Ernst: Freiheit sieht bei mir anders aus. Die bevormundende Obrigkeit meint, sich in immer mehr Bereiche des Lebens einmischen zu müssen. Sie glaubt, sie wüsste alles besser und müsse daher die Menschen zu ihrem Glück zwingen. Über die Jahrzehnte ist so ein Staat herangewachsen, der für mich immer mehr zu einer Krake wird. Und eine Besserung ist nicht in Sicht. Ganz im Gegenteil, es dürfte immer schlimmer werden. Vor allem dann, wenn Politiker, die man eher als messianische Eiferer bezeichnen müsste, die Macht übernehmen. Eine besonders üble Sorte sind für mich auch jene, die es bis in den Bundestag geschafft haben. Wobei manche nahezu fanatisch sind. Für mich ist das eine Partei mit totalitären Anwandlungen, und wenn man sich die Spitzenleute anschaut: ein Berufsbetrübter, eine Berufsempörte und ein kübelweise nur Häme ausschüttender weiterer Spitzenmann. Was soll man von solchen moralinsauren Typen auch anderes erwarten? Schlimm ist daran, dass so viele Menschen diesen Leuten nachlaufen und nicht durchschauen, wie sie ans Gängelband genommen werden. Vielleicht zeigt sich hier die Bildungskatastrophe auf zwei Beinen: unkritische Menschen, die in der Schule nicht mehr zu selbstständig denkenden und kritisch hinterfragenden Erwachsenen herangebildet werden. Für die Berufswelt sind viele Schulabgänger nicht mehr zu gebrauchen. Höchstens noch als blödes Stimmvieh! Da muss etwas geschehen. Jemand muss die Zügel in die Hand nehmen.«

Während Sühnsdorf ob seines langen Vortrags nach Luft japste, schmunzelte Bamberger. »Mein Freund Peter ist ein Berufsmeckerer. Ihm passt es immer nicht. Ständig hat er etwas zu kritisieren. Dabei geht es ihm in diesem System blendend. Sehen Sie sich ihn doch an. Man erkennt auf den ersten Blick, dass Peter alle Vorteile unserer politischen Ordnung für sich zu nutzen weiß.«

»Darum geht es nicht, Leo«, widersprach Sühnsdorf und schwenkte dabei seinen Zeigefinger. »Ich bin ja nicht gegen diesen Staat. Sicher tauschen wir beide außer unserem Unmut über die Einschränkungen der Freiheiten keine gefährlichen Gedanken aus. Und die Freiheiten, über die wir fabulieren, sind keineswegs revolutionär, sondern lediglich jene, die im Grundgesetz verankert sind. Ist die Demokratie der sogenannten freien Welt noch für die Menschen da? Glaubst du wirklich, dass die lupenreinen Demokraten Amerikas sich auch so verhalten? Wie ist es in einem Rechtsstaat, bei dem die Judikative unabhängig ist, erklärbar, dass staatliche Stellen und nicht Gerichte vor einem fairen Gerichtsverfahren verkünden, Snowden würde nicht die Todesstrafe drohen? Klingt das nicht nach Einflussnahme? Woher weiß die Regierung, wie das Gericht entscheiden würde? Nein, ich glaube nicht, dass wir noch freie Bürger sind. Das war ein schleichender Prozess, der uns die Freiheiten genommen hat. Und die Mehrheit da draußen, das sind solche Idioten, die merken das nicht mal.«

»Ist gut, Peter«, versuchte Bamberger, seinen Freund zu besänftigen. »Aus deiner Sicht mag das so aussehen. Aber in der globalisierten Welt ist alles so komplex geworden, dass man am Stammtisch keine klugen Regeln für das Gedeihen der Menschheit entwickeln kann.«

»Trotzdem bleibt die Demokratie auf der Strecke. Da gibt es noch Hunderte weitere Beispiele.«

»Ein anderes Mal«, bremste ihn Bamberger aus. »Wir trinken eine gute Flasche Wein miteinander und setzen unser Gespräch dann fort. Der Herr …« Er sah Lüder an.

»Lüders.«

»… hat nicht so viel Zeit, um sich die Sorgen zweier alter Zausel anzuhören.«

»Das ist ja das Problem. Niemand interessiert sich dafür. Und irgendwann ist es zu spät.« Mühsam erhob sich Sühnsdorf. Beim ersten Versuch fiel er noch einmal auf seinen Stuhl zurück. Im zweiten Anlauf klappte es.

»Sind Sie auch so einer, der an der Aushöhlung der Menschenrechte mitwirkt?«, fragte er Lüder.

»Ich bin Polizist und versuche, das Unrecht zu verfolgen. Für eine bessere und gerechtere Welt.«

»Alles Interpretationssache«, sagte Sühnsdorf, bis er sich mit einem »Auf Wiedersehen« verabschiedete.

Professor Bamberger sah ihm hinterher und schüttelte den Kopf. »Es klingt ein bisschen wirr, was mein Freund von sich gibt. Wir sind durchaus nicht immer einer Meinung. Manchmal geht es richtig heiß her. Meine Studierenden würden sagen: Wir fetzen uns. Aber Sühnsdorf meint es ehrlich. Aus seiner Sicht macht er sich Sorgen um Entwicklungen in unserem Land.«

»Stützt er sich dabei auf Ihre Forschungsergebnisse?«

Bamberger musterte Lüder über den Rand der Brille hinweg. »Sühnsdorf hat seine eigenen Ideen.«

»Er artikuliert das ›gesunde Volksempfinden‹?«, fragte Lüder und ließ seine Stimme spitz klingen.

Es war dem Professor nicht entgangen. »Sie stellen Sühnsdorf in eine Ecke, in die er nicht hingehört. Ja! Er ist kritisch, aber kein Radikaler, sondern einfach nur politikverdrossen. So wie viele Menschen in unserem Land.« Bamberger strich sich mit Daumen und Zeigefinger über die Mundwinkel. »Was führt Sie zu mir?«

»Kennen Sie einen gewissen Shabani?«

Bamberger winkte ab. »Ein Wirrkopf. Man vermutet, dass er an Taten beteiligt war, die wir als Kriegsverbrechen bezeichnen würden. Aber das ist Ihre Passion, nicht meine.«

»Wie ist Ihre Verbindung zu Shabani?«

»Die gibt es nicht. Der Mann verfolgt mich, weil ich mich mit der Konflikt- und Strategieforschung beschäftige. Wir geben an unserem Institut zum Beispiel das ›Jahrbuch Terrorismus‹ heraus. Darin analysieren und dokumentieren wir Daten über erfolgte Terroranschläge auf Tagesbasis, die wir in Statistiken quantifizieren. Wir haben damit in Europa ein Alleinstellungsmerkmal und geben Wissenschaftlern und Praktikern aussagekräftige Informationen an die Hand.«

»Was ist daran problematisch?«

»Leute wie Shabani betrachten es als Affront, wenn wir ihre Terroranschläge als solche bezeichnen. Für sie ist es ein Befreiungskampf.«

»Ist das der einzige Grund?«

»Nein, sicher nicht. Wir forschen auch zur Zukunft der Bundeswehr. Was sind die künftigen Herausforderungen unserer Streitkräfte angesichts weltpolitischer Veränderungen? Mit dieser Thematik sowie der deutschen Außen- und Sicherheitspolitik befassen sich in mehreren Bänden unter anderem die ›Kieler Schriften zur Politischen Wissenschaft‹. Das sind Themenkomplexe, die die breite Öffentlichkeit nicht erreichen. Nur Eingeweihte wissen, was hier in Kiel auf diesem Gebiet geleistet wird. Wussten Sie, dass sich insgesamt nur vier Hochschulinstitute mit diesem Schwerpunkt auseinandersetzen? Aber nur wir wurden als sicherheitspolitisches Gegengewicht zur Friedens- und Konfliktforschung gegründet.«

»Das trifft nicht auf jedermanns Verständnis, geschweige denn Sympathie.«

»Das muss man akzeptieren, wenn man sich auf diesem Terrain bewegt.«

Lüder trank einen Schluck Kaffee. »Kann es sein, dass Shabani darüber hinaus auch persönliche Ressentiments gegen Sie hegt?«

Bamberger zuckte die Schultern. »Das bleibt nicht aus. Jeder weiß, dass ich Jude bin. Allein das reicht vielen, mich zum Feindbild zu stilisieren.«

»Sind Sie schon einmal bedroht worden?«

Bamberger lachte. »Ein Mal? Sie glauben nicht, wie oft man Verwünschungen gegen mich und meine Arbeit ausgestoßen hat.«

»Gab es konkrete Drohungen in jüngster Zeit?«

»Ach. Ich führe darüber kein Buch.«

»Also doch«, schloss Lüder aus der Antwort.

»Ich habe Wichtigeres zu tun, als mich mit vereinzelten Wirrköpfen auseinanderzusetzen. Meine Forschungsarbeit gilt den großen Demagogen, den gefährlichen Brandstiftern, denen, die Massen bewegen können. Kennen Sie das berühmte Beispiel, in dem unendlich viele Tischtennisbälle auf kleinen Federn postiert sind? Wirft man einen einzigen Ball hinein, löst der andere Bälle aus, die munter hin und her hüpfen. Im Nu sind alle Bälle in Bewegung. So – vereinfacht ausgedrückt – funktioniert das System.«

»Sie weichen mir aus«, blieb Lüder hartnäckig.

»Denken Sie doch an Ihre uniformierten Kollegen. Wie oft werden die angegriffen? Das gilt nicht dem Individuum, sondern der Uniform.«

»Wir sehen uns als Polizei nicht nur der Aufgabe verpflichtet, Straftaten aufzuklären, sondern sie auch zu verhindern. Geben Sie mir weiterführende Informationen, damit ich meine Schlüsse daraus ziehen kann.«

Professor Bamberger nickte müde. »Das ist nett von Ihnen. Aber ich möchte nichts weiter, als meine Arbeit als Wissenschaftler tun. Fundiert und objektiv. Das verstehen manche nicht. Vielen Dank für Ihre Mühe. Ich denke, Ihre Sorge ist unbegründet.«

Bamberger war durch nichts dazu zu bewegen, weitere Erklärungen abzugeben. Enttäuscht verließ Lüder die Universität und kehrte zur Dienststelle zurück.

Dort lagen keine neuen Informationen vor. Routinemäßig prüfte er Peter Sühnsdorf. Er war vierundfünfzig Jahre alt und betrieb in Plön ein mittelständisches Unternehmen für Elektronik. Die Spezialität des Betriebs waren hochkomplexe Steuerungen von optischen Zieleinrichtungen. Es deckte sich mit dem, was Sühnsdorf Lüder in Kurzform im Büro von Professor Bamberger erklärt hatte. Wenn die Aussage des Internetauftritts stimmte, gehörte das Unternehmen zu den Marktführern auf diesem Gebiet und hatte mit den entwickelten Produkten eine herausragende Position auf dem Weltmarkt inne. Sühnsdorf wurde in zahlreichen Fachpublikationen als innovativer Ingenieur gelobt. Trotzdem schien es in jüngster Zeit wirtschaftlich nicht mehr so gut zu laufen wie in der Vergangenheit.

In seiner Heimatstadt Plön engagierte er sich politisch in der Initiative »Unabhängige Bürger«, die nicht nur im Stadtrat, sondern auch im Kreistag vertreten war. Offensichtlich war Sühnsdorf die treibende Kraft dieser Bewegung.

Lüder sah auf, als Edith Beyer in sein Büro trat. Sie hielt einen kleinen Zettel in der Hand.

»Bei uns hat sich ein Journalist gemeldet«, erklärte sie.

»Die werden immer dreister. Alle Informationen gibt es kompetenterweise in der Pressestelle.«

»In diesem Fall ist es anders. Der möchte uns etwas berichten.«

»Nanu. Das ist wirklich neu. So etwas hat es noch nie gegeben. Ist es LSD?«

»Wer?«

»Leif Stefan Dittert, mein spezieller Medienfreund von der Boulevardpresse.«

Edith Beyer schüttelte den Kopf. »Feindt heißt der Journalist.«

Lüder lachte. »Und der will sich als Freund anbiedern?«

»Dr. Starke meinte, Sie sollten sich mit ihm unterhalten.« Sie gab Lüder die Notiz. »Viel Vergnügen.«

»Das stellt sich regelmäßig ein, wenn ich das Tor zum Polizeizentrum durchfahre«, brummte Lüder und besah sich den Zettel. »Feindt« stand dort. Es folgte eine Handynummer.

Lüder rief die Pressestelle des LKA an.

»Moin, Herr Kayssen«, sagte er, als sich der Pressesprecher meldete. »Ich habe eine Frage an Sie. Kennst du einen Feindt?«

»Einen? Viele.«

»Einen Journalisten Feindt.«

»Nee«, antwortete der Hauptkommissar. »Die meisten sind okay. Als Feind würde ich sie nicht bezeichnen. Heißt der so?«

»Ja.«

»Und weiter?«

»Mehr weiß ich auch nicht. Ich habe nur noch die Mobilnummer.«

»Dann gib sie mir mal, Dr. Lüders«, forderte Sven Kayssen ihn auf.

Es dauerte zwei Minuten, bis sich Kayssen wieder meldete. »Könnte Lorenz Feindt sein.«

»Weißt du was über den, Herr Kayssen?«, fragte Lüder und bediente sich eines Kauderwelsches zwischen Du und Sie.

»Nicht viel. Ich glaube, er hat mal für die Schleswiger gearbeitet, ist dann aber ins große Geschäft eingestiegen.« Der Pressesprecher versprach, weitere Erkundigungen einzuholen.

Anschließend meldete sich Vollmers telefonisch bei Lüder.

»Sagen Sie mal«, begann der Hauptkommissar und dehnte seine Worte. »Sagt Ihnen der Name Shabani etwas?«

»Was ist mit dem? Ermitteln Sie gegen ihn?«, antwortete Lüder mit einer Gegenfrage.

»Nicht gegen, sondern für ihn.«

»Das müssen Sie mir erklären.«

»Nicht wir vom K1. Aber Shabani hat Strafanzeige wegen Sachbeschädigung erstattet. Sein in Gaarden geparktes Auto ist zerkratzt worden. Die Sache ist allerdings ein wenig diffizil.«

»Weshalb?«

»Das Auto ist nicht auf ihn zugelassen. Shabani ist Empfänger von Leistungen nach dem Sozialgesetzbuch Teil II.«

»Der Volksmund nennt es Hartz IV.«

»Und als Empfänger von Transferleistungen kann er sich kaum einen getunten 7er-BMW leisten. Jedenfalls nicht offiziell. Der Wagen ist auf Rexhe Ajdarevic zugelassen.«

»Wer ist das?«, fragte Lüder.

»Ich habe den Namen das erste Mal gehört. Wir haben nichts über den Mann. Nur die Meldedaten. Die Kollegen haben Shabani erklärt, dass Ajdarevic als Geschädigter die Anzeige aufgeben muss.«

»Dann soll der gute Mann vorstellig werden«, sagte Lüder und ließ sich die Meldedaten durchgeben.

»Da ist noch etwas«, ergänzte Vollmers. »Shabani glaubt auch, den Täter zu kennen.« Es folgte eine längere Pause. Lüder wurde es unbehaglich.

»Und?«, fragte er schließlich.

»James Bond«, erklärte Vollmers. »Jetzt wissen wir wenigstens, welche Filme Shabani in seiner Freizeit bevorzugt. Kann man solche Figuren ernst nehmen?«

»Kaum«, erwiderte Lüder. »Trotzdem muss man sie im Auge behalten. Ich kann mir vorstellen, dass solche Typen nicht vor Gewalt zurückschrecken.«

Vollmers pflichtete ihm bei, bevor sie das Gespräch beendeten.

Inzwischen hatte auch Sven Kayssen seine Erkundigungen beendet.

»Lorenz Feindt war in der Lokalredaktion der Schleswiger Nachrichten tätig. In diesem Punkt hatte ich recht. Jetzt arbeitet er als freiberuflicher Journalist. Er schreibt viel für den Jupiter.«

»Ist das nicht dieses Nischenprodukt, das sich zwischen Spiegel, Focus und Stern zu behaupten sucht?«

»Vergeblich. Während die anderen Magazine für ihre kritische journalistische Arbeit bekannt sind, sagt man dem Jupiter nach, nicht ganz unabhängig zu sein.«

»Ich weiß, dass man dort einen sehr national geprägten Blick hat«, ergänzte Lüder und bedankte sich. Dann wählte er die Mobilfunknummer an.

»Lorenz Feindt«, meldete sich der Journalist.

»Lüders, Landeskriminalamt Kiel.«

»Ich suche einen kompetenten Ansprechpartner, der auch Entscheidungen treffen kann«, eröffnete Feindt das Gespräch. »Ich möchte nicht alles erklären, um dann zu hören, dass dafür ein anderer Mitarbeiter zuständig ist.«

»Dazu müssten Sie mir erst einmal erzählen, um was es geht. Wenn Sie uns ein neues Kochrezept anbieten möchten, würde ich Sie mit der Kantine verbinden.«

»Es geht um die Bombenexplosion in Wik«, erklärte Feindt.

Nicht in Wik, sondern auf der Wik, korrigierte Lüder im Stillen. Laut sagte er: »Was wissen Sie darüber?«

»Es ist kein Geheimnis, dass es sich um eine Bombe gehandelt hat.«

»Und wem galt der Anschlag?«, fragte Lüder.

»Es war eine gewaltige Explosion. Keine Spaßveranstaltung«, wich der Journalist aus.

»Wen hat man in die Luft gejagt?«, versuchte Lüder es mit anderen Worten.

»Lassen wir solche Spielchen. Ich weiß etwas über die Hintergründe.«

»Woher haben Sie die Information?«

Ein kehliges Lachen drang aus dem Hörer. »Ich offenbare hier am Telefon nicht das Ergebnis meiner umfangreichen Recherchen. Es gibt Interessengruppen, die den Finger am Zündknopf haben. Kiel heute Morgen war kein Zufall. Und kein Einzelfall.«

Lüder war nicht davon überzeugt, dass die Explosion auf der Kreuzung so geplant gewesen war. Warum sollte sich Höpke dort in die Luft sprengen? Der Bombenbastler war kein Selbstmordattentäter.

»Sie machen sich strafbar, wenn Sie von weiteren Verbrechen wissen, die geplant sind. Abgesehen davon gibt es eine ethische Verpflichtung, Leid und Tod von Menschen abzuwenden.«

»Langsam. Ich habe nicht behauptet, konkret etwas über Zeit und Ort weiterer Attentate zu wissen.«

»Wer steckt hinter dieser Tat?«

»Haben Sie das noch nicht herausgefunden?« Es folgte ein überhebliches Lachen.

»Für wie dumm halten Sie uns? Wir haben bereits eine konkrete Spur verfolgt. Das war ein Treffer.«

»Knorrstraße. Eggert Höpke heißt der Mann«, zeigte sich Feindt informiert. »Es wird nicht ein ganzer Straßenzug evakuiert, um einen vergessenen Sauerbraten vom Herd zu holen.«

»Sie sehen, dass wir nicht untätig sind.«

Der Journalist verfiel erneut in das arrogante Lachen. »Es ist eine spannende Frage, warum die Polizei es so weit kommen ließ. Sie wollen doch nicht behaupten, dass Sie Höpke nicht schon länger observiert haben. So schnell wären Sie ihm sonst nicht auf die Spur gekommen. Waren es taktische Gründe, weshalb Sie noch nicht zugegriffen und diesen gemeingefährlichen Wahnsinnigen haben gewähren lassen? Stellen Sie sich die Schlagzeile vor: Polizei lässt Bombenleger an der langen Leine, bis es knallt.«

»Das klingt sehr nach Boulevard«, sagte Lüder. »Ist das Ihr Niveau?«

Natürlich wollte Lüder nicht preisgeben, dass sie erst nach der Explosion auf Höpke gestoßen waren. Die Medien könnten es als Unfähigkeit der Ermittlungsbehörden auslegen und die Frage stellen, warum solche Leute nicht engmaschiger überwacht werden. Nach einem furchtbaren Ereignis wurde immer die Frage gestellt, ob man das nicht früher hätte erkennen können. Oder müssen?

In diesem Zusammenhang wurde aber nie erwähnt, dass

kein Polizist an offenkundigen Gefährdungen vorbeischaut. Man konnte nicht jedem »Höpke« einen Aufpasser an die Seite stellen. Würde man solche Leute engmaschiger überwachen, wäre vom Polizeistaat die Rede.

Was hatte Sühnsdorf im Büro von Professor Bamberger behauptet? Er glaube nicht, dass wir noch freie Bürger sind. Es sei ein schleichender Prozess, der uns die Freiheiten nimmt.

Die Abhöraffäre, die Edward Snowden aufgedeckt hatte, hatte die Menschen empört. Man wehrte sich gegen den sogenannten Überwachungsstaat. Zu Recht. Die Vorratsdatenspeicherung wurde auch vom Bundesverfassungsgericht kassiert. Und gleichzeitig warf man der Polizei vor, nicht gründlich genug zu ermitteln.

»Meine Quellen sind anderer Natur. Es war ein mühsames Unterfangen, so weit vorzustoßen.«

»Bis zum Kern?«, fragte Lüder.

»Ein erkleckliches Stück.«

»Und Ihre Erkenntnisse wollen Sie mir mitteilen?«

»Ich suche die konstruktive Zusammenarbeit.«

»Schön. Kommen Sie ins LKA und erzählen Sie, was Sie wissen. Wir nehmen es zu Protokoll.«

Lachen.

»Damit würde ich meine ganze Arbeit zunichtemachen. Ich bin Freiberufler und werde nur für den Erfolg bezahlt. Nein, Herr Lüders. Meine wirtschaftliche Existenz wäre ebenso gefährdet wie meine Gesundheit. Oder glauben Sie, dass die Leute es gern sehen, wenn man sie verrät?«

»Wie stellen Sie sich eine Übereinkunft vor?«

»Ich habe Sie informiert, dass ich über Hintergrundwissen verfüge. Mehr bin ich nicht bereit preiszugeben. Noch nicht. Lassen Sie uns in Verbindung bleiben. Ich werde Sie wieder anrufen. Geben Sie mir Ihre Kontaktdaten?«

Lüder nannte seinen Namen, vermied es aber, die exakte Bezeichnung der Dienststelle zu nennen. »Sie erreichen mich unter folgender Durchwahl im LKA.« Er nannte die Nummer.

»Sie sind oft unterwegs. Es wäre hilfreich, wenn Sie mir auch eine Mobilfunknummer nennen würden.«

»Es ist sichergestellt, dass ich immer erreichbar bin«, schloss Lüder das Gespräch.

Ausgerechnet Feindt behauptete, dank eigener Recherche über Informationen zu verfügen, die für die Ermittlungen von Wichtigkeit sein könnten. Lüder wählte die Redaktion der Schleswiger Nachrichten an.

»Lorenz Feindt? Es ist zutreffend, dass er einmal für uns tätig war«, gab man sich bedeckt. »Das ist aber schon eine Weile her.«

»Können Sie mir etwas über seine Verbindungen sagen?«

Der Gesprächspartner bedauerte. »Das Beste ist, Sie sprechen mit dem ehemaligen Redaktionsleiter, unter dem Lorenz Feindt hier gearbeitet hat.« Lüder erhielt die Telefonnummer.

»Ja, Feindt war zu meiner Zeit in der Lokalredaktion in Schleswig«, bestätigte der Journalist, dem inzwischen Aufgaben im übergeordneten Bereich anvertraut worden waren.

»Für wie vertrauenswürdig halten Sie ihn?«

Der Gesprächspartner druckste ein wenig herum. »Das ist ein schwieriges Thema, das ich ungern am Telefon erörtern möchte.«

Lüder versicherte, dass es für die Polizei von Bedeutung sei.

»Okay«, sagte der Journalist. »Ich rufe zurück.«

Er verzichtete auf die Durchwahl, sondern rief das LKA an und ließ sich verbinden. Das war ein cleverer Schachzug. Somit hatte er die Gewissheit, wirklich mit dem LKA zu sprechen.

»Ich möchte mich bedeckt halten«, sagte der Journalist. »Feindts Aussagen sind mit Vorsicht zu genießen. Wir haben ihm nahegelegt, sich beruflich anders zu orientieren, nachdem sich bestätigt hat, dass seine Recherchen nicht einwandfrei waren. Es ist das oberste Gebot unseres Berufs, sauber und wahr zu berichten. Feindt hat Tatsachen mit Vermutungen vermischt und stellenweise auch nicht davor zurückgeschreckt, Berichterstattung und Kommentar zu mischen. Das ist nicht der Stil unseres Hauses. Wir stehen wie die meisten Kollegen für eine objektive und saubere Berichterstattung.«

»Wissen Sie etwas über Verbindungen zu bestimmten Kreisen?«

»Wie meinen Sie das? Rockerszene? Kriminelle Gruppierungen?«

»Politische Ultras?«

»Dazu kann ich nichts sagen. Gerüchte tauchten immer wieder mal auf. Man sagt, dass er gute Kontakte zu einem der rechten Szene nahestehenden Krimiautor haben soll.«

»Name?«

»Ich habe nicht weiter nachgeforscht. Für mich war die Sache nach der Trennung von Feindt erledigt. Vielleicht fragen Sie einmal bei einer Kulturredakteurin des NDR nach. Ich kenne kaum jemanden, der sich besser auskennt.« Lüder erfuhr noch den Namen.

Rexhe Ajdarevic. Auf diesen Namen war der BMW zugelassen, den Shabani nutzte. Lüder prüfte noch einmal die ihm zugänglichen Datenquellen. Ajdarevic war dreiunddreißig Jahre alt und besaß die deutsche Staatsangehörigkeit. Er war gebürtiger Kosovo-Albaner. Im Internet fand Lüder, dass Ajdarevic ein Netz von Telefonshops und Internetcafés besaß. Konnte man damit so viel Geld verdienen, dass man einem Bekannten ein so teures Auto überließ? Es war sicher ungewöhnlich, überlegte Lüder.

»Haben Sie Rexhe Ajdarevic im Visier?«, fragte Lüder, nachdem er sich mit Geert Mennchen vom Verfassungsschutz hatte verbinden lassen.

»Wie heißt der?«, fragte der Regierungsamtmann gedehnt. Das war ein Fehler. Mennchen wollte Zeit gewinnen. Lüder wiederholte den Namen.

»Moment«, sagte Mennchen. »Ich prüfe es.« Statt Tastaturgeklapper waren Schluckgeräusche zu hören. Lüder unterdrückte ein »Hat's geschmeckt?«, als sich der Verfassungsschützer wieder meldete. »Was soll mit dem sein? Hier ist er unbekannt.«

Warum log Mennchen? Lüder überlegte, ihn damit zu konfrontieren. Bisher war die Zusammenarbeit stets fruchtbar gewesen.

»Ajdarevic betreibt Telefonshops und Internetcafés.«

»Ja, und?«

»Das sind potenziell interessante Stellen, von denen aus man Kontakte und Verbindungen knüpfen kann. Von einem Internetcafé aus kann ein Unbekannter brisante Nachrichten versenden. Dem Betreiber wäre nichts nachzuweisen, falls – natürlich rein zufällig –«, sagte Lüder und betonte das »zufällig«, »jemand davon erfährt. Bei dem regen Kommen und Gehen wird sich der Betreiber nicht erinnern können. Eine sehr durchsichtige Tarnung. Ich frage mich zudem, ob ein Internetcafé oder ein Telefonshop so viel abwirft, dass man davon einen aufwendigen Lebensstil pflegen kann.«

Wieder trat eine Verzögerung ein, bevor Mennchen antwortete. »Dazu kann ich nichts sagen. Das ist nicht mein Gebiet. Liegt etwas gegen Ajdarevic vor?«

»Nein.« Lüder beschloss, mit gleicher Münze zurückzuzahlen. »Ajdarevics Auto ist beschädigt worden.«

»Bitte?«, fragte Mennchen erstaunt. »Wollen Sie mich veräppeln? Damit beschäftigen Sie sich doch nicht.«

»Ich wollte mich nur erkundigen, ob am Telefon darüber etwas gewispert wurde.«

Erneute kurze Pause.

»Sie glauben doch nicht etwa, dass …«

Lüder lachte. »Sie haben sicher keine so großen Ohren wie der britische Prinz, dafür aber viele technische Möglichkeiten.«

»Unterstellen Sie uns, dass wir illegal abhören?«

»Sind Sie die NSA?«

»In Deutschland benötigen Sie dafür eine richterliche Genehmigung.«

»Wie heißt Ihr Amtsleiter? Herr Richter?«

»Das sind grobe Scherze«, beklagte sich Mennchen.

»Falls Ihnen noch etwas einfällt … Lassen Sie es mich wissen. Es dient der Gefahrenabwehr«, sagte Lüder zum Abschluss.

War es denkbar, dass der Verfassungsschutz Überwachungsmaßnahmen gegen Rexhe Ajdarevic durchführte, über die nicht gesprochen werden durfte? In welches Wespennest hatte Lüder gestochen?

Ajdarevic wohnte am Wilhelmplatz.

Heute war der zweitgrößte Stadtplatz Kiels mit Autos vollgestellt. Hier fanden auch Jahrmärkte statt. Zirkusse bauten dort ebenfalls ihre Zelte auf. Früher hieß die Fläche auch einmal »Platz der Republik«, nachdem er in den Anfängen als Paradeplatz gedient und seinem Namen dem Kaiser verdankt hatte.

Von all dem wusste Ajdarevic sicher nichts. Ein Namensschild suchte Lüder vergeblich in dem Haus, das inmitten einer Zeile roter Backsteinhäuser stand. Er klingelte an mehreren Namensschildern, bis ihm geöffnet wurde. Lüder stieg die knarrende Holztreppe bis zur zweiten Etage empor.

Auf dem Absatz empfing ihn ein gebeugter älterer Mann in einem zerfransten Norwegerpullover. Er sah Lüder neugierig entgegen.

»Ich möchte zu Herrn Ajdarevic.«

»Ist das der Ausländer hier drüber?«, fragte der Mann, an dessen offener Wohnungstür das Namensschild »Hoffmann« prangte.

»Gibt es hier noch mehr Mieter, auf die der Name passen könnte?«

»Weiß nicht. Früher war alles anders. Da wohnte man Jahrzehnte im Haus. Frau Bullerjahn aus der ersten, die letztes Jahr gestorben ist, wohnte hier siebzig Jahre. Ich fast fünfzig. Aber die anderen … Da ist ein ständiges Hin und Her.«

»Und Herr Ajdarevic?«

»Weiß nicht. Die haben alle so komische Namen. Da blickt unsereiner nicht mehr durch. Sie meinen nicht die mit den vielen Kindern? Ich glaube, das sind Türken. Oder der Schwarze?«

»Gibt es noch andere?«

»Warten Sie. Doch. Hier schräg über mir. Da wohnt noch einer. Den sieht man aber nicht oft. So einer mit dunklem Gesicht, Schnauzbart und finsterem Aussehen. Der könnte das sein.«

»Wissen Sie, ob er zu Hause ist?«

»Ich glaube, der ist verreist. Ich hab ihn mit mehreren Koffern gesehen. Da war noch einer dabei, der hat ihm tragen geholfen. Die haben alles in so einen großen Wagen eingeladen.«

»Was für ein Modell?

»Mercedes. Oder BMW. So genau kenne ich mich da nicht aus.«

»Wann war das?«

»Noch gar nicht lange her. Gestern. Oder war das schon vorgestern?«

»Lebt Herr Ajdarevic allein in seiner Wohnung? Hat er oft Besuch bekommen?«

»Weiß ich nicht. Ich bin keine Frau. Meine Gertrud hat so was immer mitgekriegt. Aber die ist nun auch bald drei Jahre tot. Knapp ein halbes Jahr nach der alten Burmester. Nee.« Er schüttelte den Kopf. »So genau tu ich das nicht wissen.«

Lüder stieg noch eine Treppe höher. An einer Wohnungstür fand er das Namensschild »Burmester«. Er klingelte. Nichts war zu hören, während aus der Nachbarwohnung lautstark Heinos »O du schöner Westerwald« erklang. Das war sicher nicht Ajdarevics Musik.

Im Treppenhaus war es still. Herr Hoffmann hatte sich wieder in seine Wohnung zurückgezogen. Lüder stülpte sich Einmalhandschuhe über, zog ein Multifunktionswerkzeug hervor und öffnete die Tür.

Ein muffiger Geruch schlug ihm entgegen. Die Dielenbretter im Flur waren abgetreten. Ein halbblinder Spiegel und ein leerer Garderobenständer bildeten die Einrichtung. Das Bad war mit dunkelblauen Fliesen ausgestaltet. Waschbecken und Badewanne zierten Kalkränder. Im Spiegelschrank mit der angeschlagenen Ecke fand Lüder eine zerknautschte Tube Zahnpasta, Rasiergel vom Discounter und Haargel des gleichen Anbieters. Den Duschvorhang berührte Lüder aus hygienischen Gründen lieber nicht.

Das Wohnzimmer war schlicht und einfach ausgestattet. Lediglich der große Flachbildfernseher war ein Highlight. Lüder öffnete die Türen der Schränke. Er fand wenig Inhalt. Ein paar Teller und Gläser, aber nicht aus einer zusammenhängenden Serie. Das Schlafzimmer war aus billigem Pressholz. Das Bett war notdürftig gemacht. Im Kleiderschrank fand Lüder ein paar Hosen und Hemden und zwei Pullover. Ein halbes Dutzend Garnituren Unterwäsche vervollständigte die Ausstattung.

Aussagekräftiger war die Küche. Das galt nicht der Einrichtung aus resopalbeschichteten Schränken, sondern dem Inhalt des Kühlschranks. Lüder fand dort drei Bierdosen. Dazu passten eine volle und zwei leere Wodkaflaschen sowie Dosen im Müll. Schweinegulasch. Hier hatte kein religiöser Fanatiker gehaust. Das kleine »Kinderzimmer« war spartanisch eingerichtet. Hier stand lediglich ein rechteckiger Esstisch mit einem simplen Holzstuhl davor. Es schien das Büro zu sein. Davon zeugten ein paar Aktenordner.

Lüder sah die Papierstapel durch. Die Kontoauszüge wiesen wenige Bewegungen mit geringen Umsätzen aus. Ein paar Rechnungen von einer Versicherung, einem Elektriker und eine Handyrechnung, ausgestellt auf Rexhe Ajdarevic. Lüder würde sich glücklich schätzen, wenn seine Kinder mit einem so bescheidenen Rechnungsbetrag auskämen. Wieso bekam jemand, der Inhaber mehrerer Telefonshops und Internetcafés war, eine Handyrechnung?

Zum nicht sehr aussagekräftigen Posteingang fanden sich auch die dazugehörigen Umschläge. Sie waren nicht mit einem Brieföffner, sondern grob mit dem Finger aufgerissen worden. Das alles wirkte nicht sehr professionell. Ebenso überrascht war Lüder über die betriebswirtschaftliche Auswertung eines Steuerberaters. Die Unternehmungen wiesen kaum nennenswerte Erlöse auf. Sie erlaubten höchstens einen bescheidenen Lebenswandel. Das entsprach dem Bild, das Lüder von der Einrichtung gewann. Wie konnte sich jemand einen großen getunten 7er-BMW leisten?

Das bedeutete, Rexhe Ajdarevic war lediglich ein Strohmann, die unter seinem Namen betriebenen Einrichtungen Scheinadressen. Aber für wen? Sicher wusste Mennchen mehr. In diesem Punkt war sich Lüder sicher.

Er durchsuchte die Wohnung ein zweites Mal. Einen Festnetzanschluss gab es nicht. Computer, Speichermedien oder Handy waren ebenfalls nicht vorhanden. Auch gab es keinen Hinweis auf Chemikalien.

Lüder trug den Stuhl zur Lampe und nahm vorsichtig die Abdeckung herunter. Er lächelte. Einfallslos, befand er. Die Abhöreinrichtung befand sich dort, wo jeder Zuschauer eines Spionagefilms sie vermutet hätte. Lüder streckte sich, bis er ganz nah am Mikrofon war. Er holte tief Luft, nahm seinen Kugelschreiber heraus und schlug damit kräftig auf die Wanze. Dann rief er ganz laut »Buuuh« und bellte ein paarmal.

Rexhe Ajdarevic war ein kleines Licht. Vermutlich wusste er gar nicht, für wen er auf der Bühne stand. Und dass er seinen angeblichen BMW Shabani ausgeliehen hatte, war durchsichtig. Es waren die kleinen Unachtsamkeiten, die den Leuten oft zum Verhängnis wurden. Zufrieden verließ er die Wohnung und kehrte zum LKA zurück.

Lüder lehnte sich in seinem Schreibtischstuhl bis zum Anschlag zurück und spielte mit dem Kugelschreiber. Was hatte Lorenz Feindt mit dem Anruf beim LKA bezweckt? Der Journalist schien nicht den besten Ruf zu genießen. Zumindest hatte er früher gegen das Berufsethos der Medienleute verstoßen. Es gab mehrere Hinweise, die auf eine rechtsorientierte Gesinnung schließen ließen.

Der Gewerkschaftsmann Motzeck hatte Thomas Laimpinsl eine gewisse Reserviertheit gegenüber ausländischen Arbeitnehmern attestiert. Gab es Verbindungen zwischen Laimpinsl und Feindt? Feindts ehemaliger Vorgesetzter hatte den Namen einer Kulturredakteurin des NDR genannt. Lüder nahm Kontakt mit dem Landesfunkhaus Hannover auf.

»Margarete von Schwarzkopf«, meldete sich eine feste Frauenstimme.

Lüder berichtete von seinem Informanten. »Kennen Sie Lorenz Feindt? Er ist freiberuflicher Journalist und schreibt für den Jupiter.«

»Nein«, antwortete Frau von Schwarzkopf spontan. »Der Name sagt mir nichts.«

»Er soll Kontakt zu einem Krimiautor haben, der der rechten Szene zuzuordnen ist.«

»Meinen Sie Clemens Boxberger?«

»Ich kenne keinen Namen.«

»Das ist der Einzige, der mir einfällt. Das ist ein süddeutscher Autor, der jetzt aber in Norddeutschland lebt. Er schreibt Krimis mit rassistischen Inhalten. Zum Glück sind die nicht sehr erfolgreich. Ich werde immer wieder von Boxberger, aber auch von seinem Verlag zu einer Buchbesprechung gedrängt, habe mich aber stets geweigert. Solche Machwerke werden von mir nicht rezensiert.«

»Und wenn Sie die Bücher mit einer negativen Kritik versehen?«

»Nein«, erwiderte Margarete von Schwarzkopf energisch. »Ich bewerte den Inhalt eines Buches, seinen Stil. Ich bewerte aber nicht irgendwelche extremen politischen Ansichten, gleich welcher Natur.«

»Und in welchem Zusammenhang taucht der Name Feindt auf?«

»Feindt?«, wiederholte die Kulturredakteurin. »Ja. Jetzt erinnere ich mich. Als ich Boxberger wieder einmal zurückgewiesen hatte – zugegeben: Ich bin schroff geworden –, hat er gedroht, mich mit einem kritischen Artikel in einem Politmagazin bloßzustellen.«

»Ist dieser erschienen?«

»Nein. Nicht dass ich wüsste. Das ist mir auch egal. Die Unabhängigkeit und Objektivität lasse ich mir nicht nehmen.«

»Hat Feindt noch etwas gesagt?«

»Ja. Genau das hat er mir vorgeworfen, dass ich mich vor den Karren der Leute spannen lasse, die sich nicht für die Interessen unseres Vaterlandes einsetzen würden.«

»So hat er es formuliert?«

»Ja. Fast wörtlich. In meinen Ohren klang es sehr nationalistisch.«

»Wissen Sie, welche Verbindung es zwischen dem Autor und dem Journalisten gibt?«

»Es gibt Gerüchte, die ich aber nicht bestätigen kann.«

»Welche?«

»Ich spreche eigentlich nur über Erwiesenes.«

»Sind beide nationalistisch gesonnen?«

»Boxberger mit Sicherheit. Feindt hängt sich das Mäntelchen des ehrbaren Journalisten um. Mein Verständnis von Journalismus ist ein anderes.«

Lüder bedankte sich bei der Kulturredakteurin. Die Information hatte seinen Eindruck von Lorenz Feindt abgerundet. Noch während er über das Gespräch nachdachte, wurde er durch das Schnarren seines Telefons unterbrochen.

»Braun«, meldete sich die Leiterin der Kriminaltechnik. Frau Dr. Braun war eine exzellente Wissenschaftlerin, auch wenn der Umgang mit ihr nicht immer einfach war. Lüder tat ihr den Gefallen, auf ihre Marotten einzugehen.

»Frau Dr. Braun. Ich bin überrascht, dass Sie persönlich mich anrufen. Ich weiß, Sie und Ihre Mitarbeiter sind mit zu vielen Aufgaben belastet, es gibt einen Stau an nicht genommenem Urlaub, und niemand versteht, dass bei ständig wachsendem Arbeitsvolumen auch noch Stellen gestrichen werden sollen.«

Für einen Moment war es still in der Leitung.

»Herr Lüders. Wollen Sie sich über mich lustig machen?« Es klang pikiert.

»Nein. Ganz bestimmt nicht. Ich wollte Ihnen nur meine Hochachtung zollen, bevor Sie mir etwas über die ersten Ergebnisse der Spurenanalyse mitteilen möchten. Ich weiß es zu schätzen, dass Sie sich trotz hoher Arbeitsbelastung so schnell um diese Angelegenheit gekümmert haben.«

»Ich weiß nicht, ob Sie nicht ein wenig flunkern«, blieb Frau Dr. Braun skeptisch. Dann begann sie zu berichten.

»Eine herkömmliche Bombe war es nicht.«

»Es hat also niemand – wie auch immer – einen Sprengsatz auf der Kreuzung gezündet.«

»Das sagte ich eben. Im vorderen Wagen wurde hochexplosives Material transportiert.«

»Ist es völlig ausgeschlossen, dass im zweiten Auto etwas hochgegangen ist?«, unterbrach Lüder sie und dachte an die Drohungen gegen Thomas Laimpinsl.

»Hören Sie mir nicht zu? Es war definitiv ein Unglücksfall. Die Katastrophe auf der Kreuzung war nicht beabsichtigt.« Es folgte eine ausführliche Erklärung über die Wirkung von APEX. Sie bestätigte damit die erste Vermutung von Hauptkommissar Weber. »Mit hoher Wahrscheinlichkeit ...«

»Wie hoch?«

»Mit sehr hoher Wahrscheinlichkeit«, erklärte die Wissenschaftlerin und bediente sich dabei der Floskel, die ein letztes – theoretisches – Hintertürchen offen ließ. »Der Täter hatte aber alle Vorrichtungen zum Basteln einer Bombe in seiner Wohnung. Dort lagerten nicht nur erschreckend große Vorräte, wir haben auch Zünder gefunden.«

»War das professionell?«

»Das ist relativ. Jemand, der nur mal so etwas knallen lassen will, geht anders vor. Hier lag die Absicht vor, in größerem Umfang eine Explosion herbeizuführen.«

»Also ein Attentat mit großer Wirkung.«

»Mit sehr großer Wirkung. Es ist schwierig, an so große Mengen Wasserstoffperoxid heranzukommen, wie wir es vorgefunden haben.«

»Sie meinen in der dreißigprozentigen Konzentration.«

»Das ist auf dem Markt nicht erhältlich. Aber auch das Reduktionsmittel, Aceton, bekommen Sie nicht im Baumarkt. Dann benötigen Sie noch eine katalytisch wirkende Säure. Hier wurde …« Frau Dr. Braun setzte ihre wissenschaftlichen Erläuterungen fort. »Nicht zu vergessen die Laborausstattung. Wir waren erstaunt, mit welchen einfachen Mitteln Höpke dort gearbeitet hat. Er hatte eine Vakuumpumpe und einen Exsikkator neben den erforderlichen Glasgeräten. Erschrocken bin ich über die de facto nicht vorhandene Kühlung. Es erschrickt mich, dass er dazu seinen Haushaltskühlschrank benutzt hat. Das ist ein Ansatzpunkt für die Ermittlungen. Woher hat er die Laborausstattung und das Material bezogen? Wenn Sie so große Glaskolben kaufen, erregt das Aufmerksamkeit. In diesem Fall kommt noch hinzu, dass Höpke zusätzlich Brandbeschleuniger im Kofferraum hatte.« Auch in diesem Punkt ging sie auf Einzelheiten ein. »Noch einmal zum Zünder. Das war ebenfalls professionell, was er dort vorhatte. Ich habe Zweifel daran, dass Höpke Autodidakt war.«

»Uns ist Höpke bisher als pathologischer Knallfrosch aufgefallen. Dafür hat er sich auch eine Vorstrafe eingefangen. Mich erinnert es an Goethe. ›Der Zauberlehrling‹. Er glaubte, alles zu wissen, und hat sich dennoch überschätzt.«

»Gehörte er einer extremistischen Zelle an?«

»Darüber haben wir keine Erkenntnisse. Daraus kann man schließen, dass er das Höllenwerk im Auftrag gebastelt hat.«

»Man glaubt nicht, was es alles gibt«, Dr. Braun klang erschüttert. »Eine so höllische Mixtur als Auftragswerk. Da muss eine sehr große Aktion geplant sein. Zum Glück hat man heute vieles aus dem Verkehr gezogen, was früher zum Bombenbau geeignet war. Unkrautvernichter. Dünger. Heute werden den Produkten brandunterdrückende Stoffe beigemischt. Beim Dünger wird kein reines Ammoniumnitrat mehr eingesetzt. Haben Sie eine Vorstellung, was man mit einem simplen Rohrreiniger anfangen kann? Selbst Puderzucker wird zum Bombenbau eingesetzt.«

»Und wie verhält es sich mit der Agrarbombe?«, fragte Lüder.

»Die wurde beim ersten Anschlag in der Tiefgarage auf das World Trade Center …«

»Das war 1993«, unterbrach Lüder sie.

»… ebenso eingesetzt wie bei den schlimmen Anschlägen auf die US-Botschaften in Nairobi oder Tansania. Im Militärhandbuch der DDR wird erläutert, wie sie aus Ammoniumnitrat, also Kunstdünger, und Diesel hergestellt werden kann. Es kommt einzig auf die Mischung an. Die Historie hat gezeigt, welche tödliche Wirkung solche Bomben haben können. Zum Glück ist es heute nicht mehr so einfach, da man nicht mehr an die Grundprodukte herankommt.«

»Vielen Dank für Ihre explosiven Erläuterungen.«

Lüder wünschte der Wissenschaftlerin alles Gute und beschloss, Feierabend zu machen. Dunkel war es schon lange. Eigentlich den ganzen Tag über.

VIER

Lüder sah auf die Uhr auf dem Nachttisch. Es war wieder später als geplant. Ein einziges Bad war für sechs Personen eine organisatorische Herausforderung.

»Wir sollten eine zweite Dusche einbauen«, hatte Thorolf vorgeschlagen.

»Zwei zusätzliche«, hatte Viveka ergänzt. »Ich möchte eine eigene.«

»Das Beste ist, wir bauen ein neues Haus.« Jonas war kaum verständlich gewesen. Er hatte sich eine halbe Pizza in den Mund geschoben.

»Blödkopf«, hatte Thorolf erwidert. »Was meinst du? Wir sollten gleich das Haus des Kieler Yachtclubs kaufen.«

»Nein!« Sinje hatte sich auch zu Wort gemeldet. »Ich will in meiner Schule bleiben. Außerdem finde ich es doof, Tiere zu schießen. Die Jäger sollen im Jagdclub bleiben. Ich finde das hier gut.«

Lüder hatte geschwiegen. Er war glücklich gewesen, dass gestern Abend alle sechs zusammen wieder einmal den Lieblingsitaliener aufgesucht hatten, selbst wenn es eine Herausforderung für das Familienbudget gewesen war.

Er zog sich schnell an und ging in die Küche. Margit hatte wie jeden Morgen das Frühstück vorbereitet. Noch herrschte hier kein Chaos wie im Badezimmer.

Lüder berichtete Margit von seinem Eindruck. »Da sieht es aus, als wäre ein Tsunami durch das Badezimmer gefahren. Werden die eigentlich auch mit Namen benannt? Wie hieß dieser? Thorolf, Viveka, Jonas oder Sinje?«

Sie stupste ihm auf die Nasenspitze.

»Wenn du es nicht weitersagst ... Der größte Tsunami im Bad heißt jeden Morgen Lüder.«

»Ich doch nicht.«

»Das sagen sie alle. Hast du das nicht von euren Verdächtigen behauptet?«

»Ich bin doch kein Verdächtiger.«

»Nein.« Sie lächelte. »Nicht verdächtig. Du bist überführt.«

Sie wurden durch Sinje abgelenkt, die auf Jonas zustürmte und ihm einen schmatzenden Kuss auf die Wange gab, ehe er sich wehren konnte.

Überrascht wischte sich Jonas mit dem Ärmel durch das Gesicht, als würde er einen Fleck entfernen wollen.

»Was war das denn?«, fragte Lüder überrascht.

»Das war für gestern«, erklärte Sinje.

»Und was war gestern?«, wollte Lüder wissen.

»Die blöde Paula wollte mich verprügeln, als ich mit Luise dahinten bei der Litfaßsäule längsging. Zufällig kam Jonas vorbei und hat mich gerettet.«

»Und wie hat er dich gerettet?«

»Er hat den Tiger gemacht.«

Lüder sah Margit an und konnte sich nur mit Mühe ein lautes Lachen verkneifen. Vorsichtshalber fragte er nicht nach, was darunter zu verstehen war.

»Ich sag auch nicht, dass Jonas einen Brief von der Schule aus dem Poststapel genommen hat«, sagte Sinje leise. »Das habe ich ihm versprochen.« Es war keine Bösartigkeit gegenüber dem Bruder, sondern kindliche Naivität.

»Du blöde Kuh«, fluchte Jonas. »Glaub ja nicht, dass ich dir noch einmal helfe. Du hast versprochen, nichts zu sagen.«

»Hab ich doch auch nicht«, verteidigte sich die Kleine. Die Ratlosigkeit war ihr anzusehen.

»Jonas. Deine Schwester hat nicht gepetzt«, mischte sich Lüder ein. »Das ist ihr unfreiwillig herausgerutscht. Raus mit der Sprache. Was ist passiert?«

»Ach, eigentlich nichts.«

»Für nichts schreibt die Schule keinen Brief. Gibt es Ärger?«

»Nicht von meiner Seite.«

»Was steht in dem Brief?«

»Ihr sollt mal vorbeikommen.«

»Weshalb?«

»Wegen der Schöller.«

»Das ist die Musiklehrerin«, mischte sich Margit ein.

»Hast du den Unterricht gestört?«

»Nicht ich. Die Schöller«, behauptete Jonas.

»Erklär mir das.«

»Die Alte ...«

»Jonas!«, fuhr Lüder dazwischen.

»Ist schon gut. Ich hab die Schöller im Unterricht gefragt, ob sie kifft. Manno. Die ist immer so merkwürdig. Das siehst du ja selbst. Wegen so ein' Scheiß greift die Tussi gleich in die Tasten. Dabei hackt sie genauso krumm auf der Tastatur herum wie auf dem Klavier.«

»Ich denke, wir müssen uns einmal ernsthaft unterhalten. Wieder einmal«, fügte Lüder mit einem Seufzer an.

»Darf ich dabei sein?«, fragte Sinje.

»Das ist nichts für Frauen«, erklärte Margit. »Los. Nun aber raus mit euch. Alle drei. Macht euren Job.«

Nach dem allgemeinen Abschiedszeremoniell stieg Lüder in den BMW und fuhr zur Dienststelle. Unterwegs hörte er in den Nachrichten, dass die Polizei noch keinen Schritt weiter war bei den Ermittlungen in Sachen Bombenexplosion. In den Medien sprach man jetzt offenbar auch von einer Bombe.

Auf dem Titelblatt der Boulevardzeitung, die er sich mit anderen Blättern unterwegs besorgt hatte, prangte in riesigen Lettern die Überschrift: »Krieg in Kiel«. In dem Artikel wurde die These — immerhin mit einem Fragezeichen versehen — in den Raum gestellt, ob der internationale Terrorismus an der Förde angekommen sei. »Ist der zweiunddreißigjährige Eggert H. ein verkappter Islamist?«, fragte das Blatt und bezichtigte die Polizei, bei der »Beobachtung gefährlicher Attentäter« geschlampt zu haben. »Nur durch einen Zufall ist nicht ein ganzer Stadtteil mit Tausenden von Menschen in die Luft geflogen«.

Lüder sah auf die Unterschrift unter dem Artikel. LSD. Leif Stefan Dittert. Wenn der rechtspopulistische Krimiautor Clemens Boxberger nur halb so viel Phantasie wie LSD hatte, müssten seine Bücher wahre Reißer sein, dachte Lüder. Seine Gedanken schweiften zu Lorenz Feindt ab. Welche Verbindungen hatte der Mann? Prahlte er, oder gab es wirklich eine

Bewegung, auf die die Ermittlungsbehörden noch nicht gestoßen waren? Für einen kurzen Moment spielte Lüder mit dem Gedanken, sich in Feindts Wohnung umzusehen. Er verwarf die Idee. Das war zu riskant. Entschlossen stand er auf und ging zum Abteilungsleiter.

»Herr Lüders«, begrüßte ihn Dr. Starke. Lüder erinnerte die Art an den Wolf aus den »Sieben Geißlein«; der hatte Kreide gefressen. Dann berichtete der Kriminaldirektor, dass die Sonderkommission noch keine neuen Erkenntnisse gewonnen hatte. »Mehrere Beamte durchleuchten das Leben Höpkes. Da wird jeder Stein umgedreht. Was war sein Leibgericht? Wo hat er Marmelade eingekauft? Wem hat er Guten Tag gesagt?«

Sicher war das symbolisch gemeint, überlegte Lüder. Aber es passte zu Dr. Starke, dem Krümelkacker. War das bösartig? Sicher. Aber es traf den Richtigen.

»Sind Sie weitergekommen?«, wollte der Abteilungsleiter wissen.

Lüder nickte. Ohne Einzelheiten oder Namen zu nennen, berichtete er vage von seinen bisherigen Ermittlungen. »Ich habe noch eine unkonventionelle Idee«, schloss er seinen Bericht und trug sie vor. Mit Erheiterung sah er, wie Dr. Starke ihn musterte.

»Ist das ernst gemeint? Das geht doch nicht.«

»Wieso?«, fragte Lüder. »Haben Sie es schon einmal probiert?«

Der Kriminaldirektor rang nach Fassung. »Natürlich nicht«, erwiderte er brüsk.

»Dann lassen Sie es uns versuchen.«

»Sie meinen, der Zweck heiligt die Mittel?«

»Ob es heilig ist, lasse ich dahingestellt sein. Aber es ist der Sache dienlich.«

»Ich weiß nicht«, sagte Dr. Starke. »Ich würde das gern im Führungsstab besprechen.«

Lüder dachte an Starkes Vorgänger. Nathusius hätte sich nicht geziert. Sie hätten die Köpfe zusammengesteckt und Details besprochen. Das funktionierte nicht mit Dr. Starke. Der Kriminaldirektor wiegte nachdenklich den Kopf.

»Gut«, sagte Lüder und stand auf. »Dann machen wir es so.«

Dr. Starke rief ihm zaghaft hinterher: »Aber, Herr Lüders, so warten Sie ...«

Lüder hatte ein Grinsen im Gesicht, als er an Edith Beyer vorbei in sein Büro zurückkehrte. Dort stellte er sich vor die Karte und suchte sie systematisch ab. Wohin wollte Höpke mit der brisanten Fracht fahren? Was sollte mit dem Sprengstoff geschehen? Dr. Braun hatte von einer sehr großen Aktion gesprochen. Galt die Explosion Anlagen? Plätzen? Oder sollten Menschen in Mitleidenschaft gezogen werden? Wo gab es Menschenansammlungen? In der Innenstadt. Bahnhof. Einkaufszentren. Fußgängerzone. Oder Hallen. Wenn der einheimische Handballverein spielte, war die frühere Ostseehalle regelmäßig ausgebucht.

Lüder schüttelte den Kopf. »Nein«, sagte er zu sich selbst. »Heute ist Dienstag.« Rätselhaft war immer noch, dass nach Auskunft der Fachleute die Sprengmittel zwar in die Luft geflogen waren, das aber auf einen unsachgemäßen Transport zurückzuführen war. Man hatte keinen Zünder gefunden.

Lüder begann, im Internet zu suchen, und führte verschiedene Telefonate. Dann nickte er zufrieden. Derzeit fand in Kiel auch kein Kongress statt, auf den es die Täter abgesehen haben könnten. Noch immer war nicht klar, für welche Seite sich Höpke engagiert hatte. Stand er den Rechtspopulisten nahe? Gegen wen richteten sich deren Aktivitäten? Oder unterstützte Höpke die Gegenseite?

Lüder ließ seinen Finger über die Karte kreisen. Verdammt. Er erschrak. Das war ein ebenso abwegiger wie perverser Gedanke. Jeder wusste, dass auf der anderen Seite der Förde viele Menschen mit ausländischen Wurzeln lebten. Kiel-Gaarden. Und das Zentrum dieses Viertels war der belebte Vinetaplatz. Dort fand am Dienstag der Wochenmarkt statt. Oft genug war in den Nachrichten zu sehen, dass in Bagdad, Kabul oder Damaskus Bomben auf belebten Plätzen explodierten. War so etwas in Kiel geplant gewesen? Wollte Höpke gestern sein gefährliches Material nach Gaarden schaffen, um heute ein Blutbad anzurichten? Lüder spürte, wie ihm ein Schauder über den Rücken lief und sich sein Magen zusammenkrampfte. Gern hätte er jetzt mit einem Vertrauten gesprochen.

Lüder versuchte, Nathusius zu erreichen. Der stellvertretende Leiter des LKA war beim Innenminister, hieß es. Kurz entschlossen wählte Lüder die Nummer der Husumer Polizei an und ließ sich mit Wilderich Große Jäger verbinden. Danach fühlte er sich wohler und vertiefte sich in das Studium von Akten. Zwischendurch unterbrach er immer wieder seine Arbeit und loggte sich ins Internet ein.

Er hatte es fast erwartet, als sich schließlich Lorenz Feindt meldete.

»Ich bin sehr beschäftigt«, erklärte Lüder. »Für Allgemeinplätze fehlt mir die Zeit. Wenn Sie auf diese Weise an Informationen herankommen wollen, setzen Sie sich mit unserer Pressestelle in Verbindung. Dort sitzen ausgesprochen kompetente Kollegen.«

»Nein«, unterbrach ihn der Journalist. »Es gibt umwerfende Neuigkeiten.«

»Davon lese ich in der nächsten Ausgabe des Jupiter.«

»Sie missverstehen mich. Natürlich bin ich meinem Berufsethos als Journalist verpflichtet, andererseits habe ich aber auch eine Verpflichtung als Mensch. Ich möchte nicht einer sensationellen Story wegen, dass es Tote und Verletzte gibt.«

»Sie wollen mir Ihre Verbindungen nennen?«

»Nicht so schnell«, bremste Feindt. »Nicht am Telefon. Treffen wir uns in einer halben Stunde?«

»Gut. Ich erwarte Sie.«

»Nein. Nicht bei Ihnen. An einem neutralen Ort. Kennen Sie das Steakhaus nahe beim Rathaus?«

Lüder willigte ein. »Aber ich kann erst in – sagen wir – zwei Stunden.«

»Sie erkennen mich an der letzten Ausgabe des Jupiter«, erklärte Feindt und legte auf.

Das Restaurant einer Steakhaus-Kette lag zwischen der Fußgängerzone und dem Rathaus, direkt gegenüber dem vor kurzer Zeit neu gestalteten Kundencenter der Kieler Nachrichten.

Er hatte einen Zweiertisch gefunden und sah unzufrieden zu den dicht gestellten und mit Gästen besetzten Nachbartischen.

Die freundliche Bedienung hatte er mit dem Hinweis fortge-
schickt, er würde noch einen Gast erwarten.

Der traf mit zehnminütiger Verspätung ein. Feindt trug eine
Ausgabe des Jupiter in der Hand.

Er nickte Feindt zu.

»Herr Lüd…«

»Ja«, unterbrach er den Journalisten und nickte in Richtung
der Nachbartische. »Wir wissen, wer wir sind.«

Feindt legte seinen Anorak über die Stuhllehne und nahm
gegenüber Platz. Sofort erschien die Bedienung. Ohne in die
Karte zu sehen, bestellte Feindt ein Rumpsteak.

»Medium«, sagte er und orderte dazu einen trockenen Weißwein. »Und Sie?«

»Für mich das Gleiche.«

Der Journalist hatte kurze widerborstige Haare mit einem
Rotschimmer. Die Pausbacken und die roten Wangen erinner-
ten an einen kräftig gebauten Jungen, der in gesunder Dithmar-
scher Landluft groß geworden war.

Überraschend schnell wurde der Wein serviert. Hastig griff
der Journalist zum Glas und nahm einen Schluck.

»Ich hatte Sie mir ganz anders vorgestellt«, erklärte Feindt.

»So? Wie denn?«, fragte er und nahm einen Schluck Weißwein. Dann verzog er das Gesicht, griff über den Tisch, drückte
eine Süßstofftablette aus der Verpackung und ließ sie ins Glas
fallen. »Das Zeug schmeckt wie Essig.«

»Sie können doch nicht …«, staunte Feindt.

»Doch. In bin Individualist. Beim Essen. Und bei der Arbeit.«

Feindt schüttelte ungläubig den Kopf. »Das habe ich noch
nie erlebt.«

»Ich nehme an, deshalb haben Sie mich angesprochen.«

»Nicht Sie persönlich. Ich habe nach einem Verantwortlichen
aus dem LKA gefragt«, erinnerte ihn Feindt.

»Der sitzt Ihnen gegenüber.«

Ein durchdringender prüfender Blick des Journalisten streifte
ihn. »Als leitenden Kriminalbeamten würde ich Sie auf der
Straße nicht erkennen.«

»Dann habe ich die richtige Berufswahl getroffen.« Er sah

auf die Uhr. »Sie können sich vorstellen, dass meine Zeit knapp bemessen ist. Haben Sie eine Aufstellung Ihrer Kontakte mitgebracht?«

»Natürlich nicht.«

»Was belastet Ihr Gewissen so immens?«

»Vertraulichkeit gegenüber meinen Informanten ist das oberste Gebot, sonst könnte ich mich gleich auf die Berichterstattung vom Feuerwehrball in Buttjebüll konzentrieren. Ich kann aber nicht zusehen, wenn sich ein großes Verbrechen abzeichnet.«

»Darüber haben Sie Informationen?«

Feindt sah sich um, ob jemand ihrem Gespräch lauschte. Am linken Nebentisch saßen zwei Männer und stocherten in ihrem Salat herum. Mit vollem Mund erklärte der eine seinem Gegenüber, dass sie »die Katze bald im Sack hätten«. Der andere nickte nur stumm und missachtete das Dressing, das ihm aus dem Mundwinkel lief. Der Mann zur Rechten aß mit der linken Hand sein zuvor klein geschnittenes Fleisch, während er mit rechts geschickt irgendwelche Texte in sein Smartphone hämmerte.

»Ich kenne keinen konkreten Ort und Termin, aber ich weiß, dass etwas Großes, Spektakuläres geplant ist.«

»Dann lassen Sie mich teilhaben an Ihren fragmentalen Kenntnissen.«

Feindt wiegte den Kopf. »Ich würde gern noch ein wenig näher bis zum Kern vordringen. Meine bisherige Quelle sitzt nicht direkt im Zentrum. Aber …«, erneut sah sich der Journalist um. Dann beugte er sich über den Tisch. »Ich habe Sie angerufen, weil sich heute ein neuer Kontakt ergeben hat.«

»So?«

»Ja«, flüsterte Feindt. »Es scheint eine Verbindung zur rechten Szene in Schweden zu geben. Man hat mich kontaktiert und gefragt, wie nahe ich bei den deutschen Aktivisten bin.«

»Sie? Ist das nicht ungewöhnlich? Warum sollte man sich an Sie wenden?«

Feindt warf sich in die Brust. »Vermutlich hat man auch in Schweden meine perfekte Art der Recherche zur Kenntnis genommen. Und einem unabhängigen Journalisten kann man vertrauen.«

»Was werden Sie tun?«

»Ich werde heute Abend mit der Fähre nach Göteborg fahren und mich morgen mit dem Kontaktmann treffen.«

»Und Einzelheiten wollen Sie mir nicht verraten?«, fragte er.

»Lassen Sie mich zunächst mit dem Schweden sprechen.«

»Dann sind Sie übermorgen früh wieder in Kiel. Treffen wir uns dann?«

»Ich rufe Sie an«, sagte der Journalist und sah ihn irritiert an, als er auf den Teller zeigte und sagte: »Danke für die Einladung, auch wenn ich das nächste Mal lieber ein Bier trinke.«

Lüder ging das Treffen mit Professor Bamberger nicht aus dem Sinn. Wenn sich etwas aus der rechten Szene zusammenbraute, war der Professor möglicherweise eine Zielscheibe für Übergriffe. Die Kombination aus Friedens- und Konfliktforschung und seiner jüdischen Konfession mochte gewissen Kreisen missfallen.

Bamberger hatte abgewinkt, als Lüder ihn auf mögliche Bedrohungen angesprochen hatte. Vielleicht hatte sich der Wissenschaftler mit seinem Freund Sühnsdorf ausgetauscht. Die beiden Männer schienen in enger Freundschaft verbunden zu sein. Und der Unternehmer hatte sich auch mit kräftigen Worten zu politischen Fragen gemeldet. Lüder rief in Plön an und fragte, ob Sühnsdorf Zeit für ein Gespräch hätte. Die Sekretärin hatte sich vergewissert, dass »der Chef« dafür zur Verfügung stehen würde.

Jetzt war Lüder auf dem Weg nach Plön. Die Autofahrer hatten sich dem tristen Wetter angepasst. Alle schienen missmutig am Steuer zu sitzen. Es ging zäh voran. Auf dem Theodor-Heuss-Ring und den Ein- und Ausfädelungen an der Unterführung des Ostringes hatte Lüder den Eindruck, andere Verkehrsteilnehmer würden es darauf anlegen, ihren Schadenfreiheitsrabatt zu riskieren. Vielleicht lag es auch nur an den schlechten Sichtverhältnissen. Erst hinter der Abzweigung der Bundesstraße nach Oldenburg wurde es etwas besser.

Lüder benötigte für die dreißig Kilometer in die schöne Stadt an der holsteinischen Seenplatte fast eine Stunde. Er nutzte die Zeit, um Edith Beyer anzurufen und sie zu bitten, ihm eine Zugverbindung nach Göteborg zu buchen.

»Das geht bequemer mit dem Schiff«, erwiderte die Mitarbeiterin aus dem Geschäftszimmer.

»Ist mir bekannt«, erwiderte Lüder. »Aber die ›Stena Germanica‹ dürfte um diese Jahreszeit nicht ausgebucht sein. Da kann man sich zufällig über den Weg laufen. Eine zu beschattende Person ist an Bord, und der möchte ich nicht begegnen. So werde ich mit dem Zug fahren.«

Edith Beyer versprach, sich um die Buchung zu kümmern. »Brauchen Sie auch ein Hotel?«

»Nein. Ich fahre direkt nach Abschluss der Mission wieder zurück.«

»Wie Sie wollen.«

Lüder bedauerte, keine Zeit für einen Abstecher in die Plöner City zu haben. Bei diesem Wetter wäre es allerdings auch kein Vergnügen gewesen. Im Sommer konnte man am Großen Plöner See entlangwandern, einen Blick auf das grandiose weiße Schloss werfen, das hoch über dem See thronte, und bis zum alten Bauernhaus an der Spitze der Prinzeninsel marschieren. Und immer war der See in der Nähe.

Das Gewerbegebiet lag zwischen zwei anderen Seen. Auch sie blieben unsichtbar. Die Betriebe reihten sich an der Bundesstraße nach Lütjenburg aneinander.

»Sühnsdorf Elektronik« stand auf einem beleuchteten Schild. Lüder wollte auf das Grundstück fahren, als ihm ein goldfarbener tiefergelegter Mercedes entgegenkam. Das Modell passte eher ins Kieler oder Hamburger Rotlichtviertel. Hier wirkte es deplatziert. Die Scheibenwischer fegten über die Scheibe, sodass Lüder nur für den Bruchteil einer Sekunde einen Blick auf den Fahrer werfen konnte.

Hatte er sich geirrt? Persönlich war er dem Mann noch nie begegnet. Aber das Foto war oft in den Dienstbesprechungen gezeigt worden. Lüder hatte keinen Zweifel. Das war Kurt Vierkant, eine Kieler Kiezgröße. Vierkant galt früher als einer der führenden Köpfe der Rockerszene. Offiziell war er ausgestiegen. Heute betätigte er sich in den unterschiedlichsten zwielichtigen Bereichen, mischte im Geschäft mit der Prostitution mit und war über ein sogenanntes Sicherheitsunternehmen fest in der Türsteherszene verankert.

Vierkant schenkte ihm keinen Blick, sah kurz auf den Behler Weg, bog in die Straße ein und fuhr davon.

Was wollte der Mann bei Sühnsdorf?

Lüder stellte seinen BMW auf dem Parkplatz vor dem Haus ab und musste einen Moment an der verschlossenen Tür warten, bis ihm eine Frau mittleren Alters öffnete. Sie sah ihn fragend an und schlug die Arme um den Oberkörper, als sie die Tür geöffnet hatte und der nasskalte Wind sie erfasste.

»Grässlich«, sagte sie, als Lüder ihr seinen Besuchswunsch vorgetragen hatte. Er war versucht zu fragen, ob sie ihren Chef meinte. Über das norddeutsche Winterwetter klagte jeder.

Peter Sühnsdorf hockte in einem fast filigran wirkenden Ledersessel hinter einem modernen Schreibtisch. Die ganze Einrichtung war sachlich und zweckmäßig. Lediglich die Drucke an den Wänden deuteten an, dass hier der Unternehmer residierte.

»Herr äh … Lüder«, begrüßte ihn Sühnsdorf und versuchte, sich zu erheben.

Lüder war schneller, drückte die ausgestreckte Hand und sagte: »Lüders. Mit ›s‹. Bleiben Sie sitzen.«

»Was führt Sie zu mir?«

»Sie haben mir so eindrucksvoll von Ihrem Unternehmen berichtet. Da wollte ich mir selbst ein Bild machen.«

Sühnsdorf grinste. Er glaubte Lüder nicht.

»Was ist der wahre Grund?«

»Ich mache mir Sorgen um Ihren Freund.«

»Leo?« Der Unternehmer lachte. »Das alte Schlachtross wirft nichts um. Natürlich wird auf dem Terrain, auf dem er sich tummelt, viel geklappert. Aber Leo ist ein bisschen schwerhörig. In jeder Beziehung. Er nimmt nur die Frequenzen wahr, die ihn interessieren.«

»Es gibt aber auch Leute, die sehr laut werden können.«

»Viel gefährlicher sind die, die man nicht hört«, antwortete Sühnsdorf.

Lüder gab vor, beim ersten Treffen nicht verstanden zu haben, womit sich das Unternehmen beschäftigte.

Sühnsdorf erklärte es ihm noch einmal.

»Das ist ein sehr sensibler Bereich. Gibt es einen Zusammenhang mit der Arbeit Professor Bambergers?«

»I wo. Leo beschäftigt sich nur mit theoretischen Dingen. Was könnte passieren, wenn … Ich habe manchmal den Eindruck, dass die Leute aus seinem Institut dabei an der Wirklichkeit vorbeigehen. Die Gelehrten im Elfenbeinturm haben keinen Blick für das, was wirklich auf der Straße passiert.« Er seufzte. »Die Bürger allerdings auch nicht. Wissen Sie, was Friedrich Engels einst gesagt hat? Das Staatsschutzgesetz von 1848 war der demokratischste Verfassungsentwurf, der je in deutscher Sprache abgefasst wurde. Modern und mit rechtsstaatlich-freiheitlichen Ansätzen.«

»Unter den damaligen Gesichtspunkten ist das zutreffend«, erwiderte Lüder.

Sühnsdorf bewegte den Zeigefinger hin und her.

»Die Deutschen schätzen ihr Grundgesetz und sind stolz darauf. Dabei bemerken sie nicht die bedenklichen Entwicklungen der jüngsten Zeit. In Zeiten der Finanzmarktkrise und der Terrorgefahr nimmt sich die Politik zweifelhafte Freiheiten heraus, die zum Teil verfassungswidrig oder zumindest fragwürdig sind. Wie gut, dass wir ein aufmerksames Verfassungsgericht haben. Es kann doch nicht angehen, dass Hilfsmaßnahmen für fremde Staaten zugesagt werden, die uns in die Pleite führen. Ich«, dabei tippte sich Sühnsdorf auf die Brust, »möchte auch nicht der gläserne Bürger sein oder ausspioniert werden.« Er schüttelte den Kopf. »Ist es nicht ein trauriges Zeichen unserer Demokratie, dass siebenundzwanzig Abgeordnete – mehr waren nicht anwesend – das Gesetz über den Verkauf unserer persönlichen Daten aus den Melderegistern im Bundestag verabschiedet haben, und jetzt will es keiner gewesen sein? Siebenundzwanzig!!! Das ist unsere repräsentative Volksvertretung. Nein, Herr Lüders. Da muss etwas geschehen. So kann es nicht weitergehen. Die Menschen im Land müssen wachgerüttelt werden.«

»Sie meinen, es müsste einmal ordentlich knallen«, wandte Lüder ein.

»Ja. Ganz richtig.« Plötzlich kniff Sühnsdorf die Augen zu schmalen Sehschlitzen zusammen. »Natürlich nur im übertragenen Sinne.« Er wurde abgelenkt, als sich die Tür öffnete und ein Mann mit kantigem Gesicht und gepflegtem Dreitagebart eintrat. Im dunklen Haar zeichneten sich graue Silberfäden an den Schläfen ab.

»Simon?«, fragte Sühnsdorf und zeigte auf den Neuankömmling.

»Herr Ocke«, stellte er vor. »Simon ist meine rechte Hand. Von Haus aus Wirtschaftsingenieur, und zwar ein sehr guter. Er kann beides: Technik und kaufmännisches Management.« Dann zeigte Sühnsdorf auf Lüder und erklärte, er sei von der Polizei.

Ocke zog eine Augenbraue in die Höhe. »Polizei?«

Sühnsdorf lachte. »Die sind übervorsichtig geworden. Nach der gestrigen Explosion in Kiel hat man sich darauf besonnen, dass mein Freund Leo möglicherweise eine gefährdete Person ist.« Sühnsdorf hob leicht die Hand. »Simon Ocke und Leonard Bamberger sind miteinander bekannt.« Er zeigte auf einen weiteren Besucherstuhl. »Setz dich, Simon.«

»Ich wollte eigentlich nur …«

Sühnsdorf schnitt ihm das Wort mit einer Handbewegung ab. »Ein paar Minuten.«

»Ich kann nichts Konstruktives zu eurem Gespräch beitragen«, warf Ocke ein.

»Wir unterhalten uns gerade über den bedenklichen Schwund an Bürgerrechten und Demokratie. Es ist erschreckend, was uns als mittelständischem Unternehmen für Knüppel zwischen die Beine geworfen werden. Und die Großen? Simon kann Ihnen ein Beispiel nennen.«

»Ich glaube nicht, dass das den Kommissar interessieren wird.«

»Doch«, entschied Sühnsdorf. »Erzähl!«

»Es geht um Investitionsschutzabkommen, die ausschließlich den größten Global Playern zugutekommen. Das sind internationale Verträge, völkerrechtlich verbindlich, die Unternehmen und Staaten vor Gesetzesänderungen anderer Staaten schützen sollen, beispielsweise wenn ein Ölkonzern unendlich viel in die Suche nach neuen Feldern investiert hat. Dieser Multi soll nach dem erfolgreichen Auffinden davor geschützt werden, dass ein Staat nicht plötzlich ein Gesetz erlässt und beschließt, alle Ölfelder auf seinem Gebiet würden ausschließlich durch eine eigene staatliche Ölkompanie gefördert und vermarktet werden. Das ist eigentlich eine gute Sache, wenn es nicht von anderen missbraucht würde. Über diese Verträge entscheidet ein Schiedsgericht bindend über Gesetze und Parlament hinweg.« Ocke beugte sich vor. »Sie verstehen richtig. Auch die deutsche Justiz ist machtlos und wird ausgehebelt. Ungefähr fünfzehn Anwälte weltweit sind in diesen Schiedsgerichten tätig, mal als Vertreter der Konzerne, mal als Vertreter eines Staates oder auch als vorsitzender Schiedsrichter. Haben Ihnen Herr Sühnsdorf oder Professor Bamberger erzählt, dass man das Verfahren ändern möchte? Man will bei der Sicherheitskonferenz in München darüber diskutieren. Natürlich wehren sich die Konzerne dagegen.« Er sah Sühnsdorf an. »Hast du dem Kommissar erzählt, dass es aus dieser Ecke versteckte Drohungen gegen Professor Bamberger gab?«

»Welcher Art?«, fragte Lüder.

»Na was wohl?« Ocke rieb Daumen und Zeigefinger gegeneinander. »Geld regiert die Welt. Man könnte versuchen, ein Gegengutachten zu Bambergers Einlassung auszuarbeiten und den Professor lächerlich zu machen.«

»Wie soll das gehen?«

»In was für einer Welt leben Sie? Die Großen investieren mächtig in die Lobbyarbeit. Sie bezahlen die teuersten internationalen Anwaltskanzleien, die Gesetzestexte ausarbeiten. Und diese werden zum Teil wörtlich vom Bundestag abgenickt.«

»Ich habe große Zweifel, dass unsere Abgeordneten überhaupt noch verstehen, was sie dort machen«, mischte sich Sühnsdorf ein. »Von den Bürgern ganz zu schweigen. Ich behaupte, dass kein Abgeordneter weiß, was die Grundstücksverkehrsgeneh-

migungszuständigkeitsübertragungsverordnung oder das Rind-
fleischetikettierungsüberwachungsaufgabenübertragungsgesetz
ist.«

»Wie war das?«, fragte Lüder.

»Ersparen wir es uns. Diese Dinger gibt es wirklich. Was
machen eigentlich unsere Parlamentarier? Wenn ich Übertra-
gungen aus dem Bundestag sehe, sind nur die ersten beiden
Reihen besetzt. Und das auch lückenhaft. So kommt eine
falsche Politik zustande, zum Beispiel aus falsch verstandener
Toleranz gegenüber anderen Kulturen. Ich verstehe nicht die
Zustimmung zur Verstümmelung von kleinen Kindern bei
der Beschneidung ohne deren Einwilligung. Dabei gibt es ein
Gesetz über die Religionsmündigkeit, nicht zu vergessen den
Artikel vier des Grundgesetzes.«

»Dazu gibt es eine Entscheidung des Verfassungsgerichts«,
wandte Lüder ein.

»Unverständlich.« Sühnsdorf hatte sich in Rage geredet. »Bei
der Beschneidung sind die Schäden eingetreten. Die Vorhaut
kann nicht mehr angenäht werden. Kommen Sie mir nicht mit
religiöser Toleranz. Die sind doch auch intolerant gegenüber
den eigenen Kindern.«

»Sie sind gut informiert. Interessiert Sie das Thema so sehr?«

»Ich trete für die Freiheit der Bürger ein und wehre mich
gegen die schleichende Entdemokratisierung. Wo bleibt der
umfassende Bürgerprotest gegen die totale Überwachung des
Internets und der Telefonie durch den Staat beziehungsweise
den BND? Ist das wirklich nur grenzüberschreitend?«

»Sie machen einen sehr engagierten Eindruck.«

Sühnsdorf lachte, dass das Doppelkinn bebte. »Ich erwecke
nicht nur den Eindruck, ich bin engagiert. Es muss endlich
etwas geschehen. Wir Bürger müssen aufwachen.«

»Haben Sie keine Angst, dass Ihre Absichten nicht überall
auf Gegenliebe stoßen?«, wollte Lüder wissen.

»Ich greife niemanden an.«

»Immerhin haben Sie Kontakt zu einem Sicherheitsunternehmen«, formulierte Lüder es bewusst neutral und ließ unerwähnt,
dass er Kurt Vierkant erkannt hatte.

»Zu was?« Sühnsdorf sah ihn überrascht an. »Ach«, fiel ihm plötzlich ein. »Das gilt ausschließlich dem Betrieb. Wir entwickeln hier Dinge, die für den Mitbewerb von großem Interesse wären. Deshalb haben wir überlegt, uns in Sachen Sicherheit beraten zu lassen. Darum hat sich Simon gekümmert.«

Ocke hob entschuldigend die Hände in die Höhe. »In diesem Punkt bin ich noch nicht weitergekommen. Wir haben viel zu tun, und man muss Prioritäten setzen.«

»Sind Sie in dieser Hinsicht an einer Beratung seitens der Polizei interessiert?«, fragte Lüder.

Das »Ja« von Sühnsdorf und das »Nein, danke« von Ocke fielen gleichzeitig.

»Wir haben in dieser Hinsicht spezifische Vorstellungen. Zunächst möchte ich verschiedene Angebote einholen und mich auch über die Referenzen kundig machen«, erklärte Simon Ocke.

»Haben Sie schon erste Angebote?«, fragte Lüder.

»Nein«, erklärte Ocke bestimmt.

Warum log der Mann?, überlegte Lüder. Kurt Vierkant war in diesem Metier tätig.

»Darf ich Ihnen einen Cognac anbieten?«, fragte Sühnsdorf unvermittelt.

Lüder lehnte dankend ab.

»Und du, Simon?«

Ocke hob abwehrend die Hand.

»Ich weiß, dein Herz«, sagte Sühnsdorf lachend.

Lüder zeigte auf kunstvolle Glasskulpturen, die im Büro verteilt waren. »Ein Hobby von Ihnen?«

»Nicht von mir. Meine Frau beschäftigt sich damit. Hobbymäßig.«

»Aber sehr erfolgreich«, warf Ocke ein. »Sie hat schon eigene Ausstellungen gehabt.«

»Ein ungewöhnliches Freizeitvergnügen«, erklärte Lüder.

Sühnsdorf zuckte mit den Schultern. »Ein teures. Wir haben bei uns im Haus einen eigenen Ofen installiert. Den wirft sie immer dann an, wenn ihr danach ist. Es ist nicht nur die Anschaffung, auch die Energiekosten für das Ding fressen einem

die Haare vom Kopf.« Dabei lachte er und hielt sich den Bauch.
»Schön. Ich habe noch ein paar Reserven für den ärgsten Notfall.«

»Falls Professor Bamberger sich Ihnen anvertraut ... Haben Sie kein schlechtes Gewissen, mich anzusprechen. Vorbeugend tätig zu werden ist immer besser, als hinterher mit schlimmen Dingen konfrontiert zu werden.«

Sühnsdorf lachte. »Um den alten Knochen habe ich keine Bange. Der ist so zäh – den beißt niemand.«

Es war keine Unhöflichkeit, dass Sühnsdorf bei der Verabschiedung sitzen blieb. Seine Körperfülle behinderte ihn selbst bei simplen Dingen.

Auf der Rückfahrt rief Lüder im Geschäftszimmer an.

»Ich habe für Sie eine Verbindung herausgesucht«, erklärte Edith Beyer. »Sie fahren um vier Uhr mit dem Bus ab Kiel nach Neumünster. Dort steigen Sie in einen Nachtzug bis Kopenhagen.«

»Wie viel Zeit habe ich bis Dänemarks Metropole?«

»Fünf Stunden. Aber leider habe ich keinen Schlafwagen mehr buchen können. Sie fahren in einem Liegewagen, in einem Sechserabteil.«

»Großartig.«

»Ich hatte gleich gesagt, Sie sollen die Fähre nehmen. Ab Kopenhagen fahren Sie direkt bis Göteborg und sind kurz nach zwei Uhr nachmittags dort. Für die Rückkehr habe ich Ihnen einen Flug gebucht. Die letzte Möglichkeit ab Göteborg um neunzehn Uhr mit Umsteigen in Kopenhagen. Sie sind dann um halb elf in Hamburg.«

»Ich bin begeistert. Mir soll jemand erzählen, Dienstreisen wären ein Vergnügen.«

»Ach«, erwiderte Edith Beyer spitz. »Ich würde gern mitkommen.«

»Da hätte meine Frau etwas dagegen.«

Lüder überlegte, ob er direkt nach Hause fahren sollte. Er entschied sich, noch einmal die Dienststelle aufzusuchen und Informationen zu Kurt Vierkant einzuholen.

Die Datei las sich wie ein Extrakt aus dem Strafgesetzbuch. Vierkant war mehrfach vorbestraft, unter anderem wegen Körperverletzung, Urkundenfälschung, räuberischer Erpressung, Autodiebstahl, Landfriedensbruch, Volksverhetzung und Leugnung des Holocaust sowie Verwendung verfassungswidriger Kennzeichen.

Lüder versuchte, Geert Mennchen zu erreichen. Im Innenministerium meldete sich niemand mehr. Er schrieb eine E-Mail und schmunzelte dabei. Ob ich einen Gruß an die Kollegen von der NSA daruntersetze?, überlegte er, beließ es aber doch bei einer sachlichen Anfrage, ob der Mann vom Verfassungsschutz überwacht wurde. Die Polizei selbst hatte Vierkant ebenfalls auf dem Radarschirm, auch wenn aktuell nichts gegen ihn vorlag.

Was verband einen rechtsradikalen Kriminellen mit Sühnsdorfs Unternehmen?, fragte sich Lüder, bevor er Feierabend machte.

FÜNF

Lüder gähnte herzhaft. Viel Schlaf hatte er gestern nicht gefunden. Der Wecker hatte um drei Uhr geklingelt, und das Dösen die knappe Stunde im Bus nach Neumünster war kein Schlafersatz gewesen. Obwohl er protestiert hatte, war er froh, dass Margit ihn in Kiel zum ZOB gefahren hatte.

Natürlich war die für ihn reservierte Liege im Zug besetzt gewesen, und er hatte bis unter das Waggondach hochklettern müssen. Die Beschimpfungen der aus den Schlaf gerissenen Mitfahrer waren ihm sicher. Die Pritsche war zu schmal und zu kurz, der Gestank erinnerte ihn entfernt an seine somalische Geiselhaft, und das durchdringende Schnarchen eines anderen Fahrgasts klang wie Holzfällen und erklärte, weshalb Schleswig-Holstein ein waldarmes Land ist.

Nach dem Umsteigen in Kopenhagen war er immer wieder eingenickt, aber die Müdigkeit war damit nicht zu bekämpfen gewesen. Zwischendurch hatte er öfter an Margits Vorhaltungen denken müssen.

»Warum immer du?«, hatte sie gefragt.

Er hatte keine Antwort gewusst.

Der Göteborger Hauptbahnhof hatte sich wie viele skandinavische Bahnhöfe einen Hauch von viktorianischem Charme bewahrt. Schwedens zweitgrößte Stadt empfing ihn mit einem strahlend blauen Winterhimmel und eiskalter, klarer Luft.

Lüder hatte den Drottningtorget überquert, war einer der zahlreichen blau-weißen Straßenbahnen ausgewichen und hatte sich nach rechts gewandt. Es waren nur wenige Schritte bis zur Fußgängerzone Korsgatan, in der sich viele kleine Geschäfte drängelten. Ein städtebauliches Kleinod war Göteborg an dieser Stelle nicht. Unweit der Gustavi Domkyrka – der Domkirche – fand er das Café, in dem das Treffen stattfinden sollte.

Er sah durch die beschlagenen Fenster des gut besetzten Lokals und konnte Lorenz Feindt entdecken, der allein an einem Tisch saß und sich immer wieder suchend umsah. Der Journalist hatte sich also auf das Treffen mit dem unbekannten schwedischen Anrufer eingelassen.

Da das Café sehr gut besucht war und die Schweden zu den Nationen gehörten, die mit ihrer Muttersprache nicht sehr weit kommen, zudem kaum Filme im Fernsehen synchronisiert wurden, beherrschte die Mehrheit sehr gut Englisch. Deshalb war ein vertrauliches Gespräch an diesem Ort kaum möglich. Das mochte der Grund sein, weshalb Feindt und sein Kontakt nach einer kurzen Begrüßung in das ruhigere Foyer des Elite-Plaza-Hotels wechselten.

Noch einmal gähnte Lüder herzhaft. Wie gut, dass ihn niemand in seinem Büro beobachtete. Dann suchte er Kriminaloberrat Gärtner auf, der formell als Dr. Starkes Vertreter in der Sonderkommission wirkte, de facto aber die Aktion leitete. Der Abteilungsleiter beschränkte sich darauf, die Honneurs zu machen, wie Lüder es sarkastisch formulierte.

»Sagt Ihnen der Name Rexhe Ajdarevic etwas?«, fragte Lüder.

Gärtner nickte. »Sicher. Wir haben ihn im Blick. Bisher erschien er uns aber unverdächtig.«

Lüder berichtete von seinem Verdacht, dass Ajdarevic als Strohmann agierte. »Er ist nur formell Inhaber der Internetcafés.«

»Wer steckt dahinter?«

»Das weiß ich nicht.«

»Wie kommen Sie zu diesem Schluss?«

»Ich habe den Eindruck. Ajdarevic wirkt nicht wie ein erfolgreicher Geschäftsmann. Mich wundert, wie er sich ein so großes Fahrzeug leisten kann. Und das verleiht er auch noch an Shabani.«

»Shabani?«, fragte Gärtner. »Den haben wir schon lange im Visier. Der ist mit Sicherheit nicht sauber. Aber mit unseren rechtsstaatlichen Mitteln ist solchen Leuten nur schwer beizukommen.«

Lüder unterließ es, seinem Kollegen von dem Besuch in Ajdarevics Wohnung zu berichten. »Versuchen Sie, einen Durchsuchungsbeschluss für die Internetcafés zu erhalten.«

»Mit solch vagen Andeutungen bekommen wir nie eine Genehmigung.«

Leider hatte Gärtner recht. Und Beweise konnte Lüder nicht vorlegen. Bauchgefühle ließ kein Richter als Argument gelten.

Lüder kehrte in sein Büro zurück und rief seinen Freund Horst Schönberg an, der auf der Wik eine Werbeagentur betrieb. Zu seiner Überraschung meldete sich Horst persönlich am Telefon.

»Bist du krank?«, fragte Lüder. »Normalerweise ist eine Rothaarige am Telefon und fragt nach den Wünschen.«

Horst lachte, unterbrochen von einem Hustenanfall.

»Bist du erkältet?«

»Quatsch. Bei mir hat kein Virus eine Chance, sich einzunisten. Ich war gestern bei einem Freund zu einer Whiskyverkostung eingeladen. Die rauen Islays oder die herben Highlands kratzen noch heute im Hals.«

»Whiskyverkostung?«

»Ja. Früher kamen die Weinvertreter ins Haus. Die Frauen veranstalten ihre Tupperpartys. Und ich war eben bei so etwas.«

»Hast du etwas für deinen Geschmack gefunden?«

Horst lachte. »Klar. Die neue Freundin von Brüggemann, dem Exporteur.«

»Ich meine natürlich an Whiskys.«

»Auch. Ich habe vorhin einen Blick auf die Bestellkopie geworfen. Du bist doch Jurist. Ist das eigentlich zulässig, wenn man so etwas im Vollrausch unterschreibt?«

»Ich helfe dir da raus, wenn du mir auch einen Gefallen tust«, sagte Lüder.

»Neee, neee«, wehrte Horst ab. »Was soll ich mit dem ganzen Whisky? Dir einen Gefallen zu erweisen … Das bedeutet, mit einem Bein im Knast zu stehen. Und dahin kann ich meine Neuerwerbungen nicht mitnehmen.«

»Macht doch nichts. Je älter der Whisky wird, umso wertvoller ist er. Das ist so ähnlich wie bei uns Männern.«

»Schön, old boy. Was soll ich für dich erledigen.« Horst seufzte resigniert.

»Ich möchte einen Blick in gewisse Häuser werfen.«

»Bist du verrückt?«, kam es entrüstet über die Leitung.

»Ja«, entgegnete Lüder ungerührt. »Nun kann ich das nicht selbst machen, abgesehen davon, dass ich auch nicht geschickt genug bin.«

»Meinst du, ich verstehe etwas vom Einbrechen?«

»Nein, aber durch deine vielen Frauen hast du sicher Kontakte.«

»Mensch, Lüder. Du bist vielleicht ein Freund, wenn du mir solche Verbindungen unterstellst.«

»Du kennst jemanden, der jemanden kennt und dessen Schwagers Onkel sein Cousin …«, sagte Lüder.

»Wo gibt es so etwas«, stöhnte Horst auf, »dass die Polizei zum Einbruch animiert.«

»In Kiel«, erwiderte Lüder. Beide lachten herzhaft.

»Was willst du wissen?«, fragte Horst schließlich.

»Ich suche Laboreinrichtungen und Elektronikbaukästen.«

»Hängt das mit der Bombenexplosion zusammen?«

»Das willst du gar nicht wissen«, sagte Lüder.

»Da hast du recht.«

Lüder gab seinem Freund eine Handvoll Adressen durch.

»Und das Ganze bis morgen«, sagte Horst.

»Am liebsten wäre es mir noch heute. Aber ich sehe ein, dass wir die Dunkelheit abwarten müssen.«

»Was bekommt der Ausführende?«, wollte Horst zum Abschluss wissen.

»Sei kreativ«, erwiderte Lüder. »Schließlich ist das dein Beruf.«

»Wie machst du es eigentlich, um durch die Maschen des Gesetzes zu schlüpfen?«

»Das verdanke ich meinem Vater. Ich halte mich strikt an das elfte Gebot.«

»Ich kenne nur zehn«, sagte Horst.

»Das ist ein Fehler. Das elfte Gebot ist das wichtigste schlechthin. Du sollst dich nicht erwischen lassen.«

»Was war das nur für ein Tag, als ich dir das erste Mal begegnet bin«, seufzte Horst zum Abschluss.

Vor Kurzem hatte Lüder gelesen, dass viele Beschäftigte über Belastungsstörungen im Beruf klagen. Man führte es zum Teil darauf zurück, dass es in der heutigen Arbeitswelt schwierig ist, eine Aufgabe konzentriert zu Ende zu führen, da die Arbeit im Zeitalter der schnellen Kommunikation ständig durch Telefonate, E-Mails und SMS unterbrochen wird. Das traf heute auch auf ihn zu.

Lorenz Feindt meldete sich.

»Ich habe gestern ein Treffen mit einem wichtigen Mann gehabt«, begann der Journalist. »Können wir uns kurz sehen?«

»Kommen Sie ins LKA«, schlug Lüder vor.

»Um Himmels willen.«

»Sie meiden unsere Behörde wie der Teufel das Weihwasser.«

»Für mich ist das ein Sperrbezirk. In einer halben Stunde im Café Fiedler in der City?«, schlug Feindt vor.

»Sorry, aber das passt mir nicht. War Ihr Treffen in Göteborg erfolgreich?«, fragte Lüder.

»Teilweise.«

»Hat der Schwede einen Namen genannt?«

»Ja, aber der ist mit Sicherheit falsch. Er nannte sich Göran Persson.«

»Kam Ihnen der Mann bekannt vor?«, wollte Lüder wissen.

»Nein. Er sah wie ein typischer Schwede aus. Groß und blond.«

»Sind Sie sich sicher, dass es ein Schwede war?«

»Hundertprozentig«, bestätigte Feindt. »Er kannte sich in Göteborg aus und sprach Schwedisch. Welcher Ausländer kann diese Sprache, die einer Kombination aus Halskrankheit und verstopfter Nase ähnelt?«

Lüder musste lächeln. So hatte noch nie jemand Schwedisch charakterisiert.

»Gibt es konkrete Anhaltspunkte, die auf geplante Aktionen in Deutschland schließen lassen?«

»Nicht direkt«, antwortete Feindt ausweichend. »Natürlich wissen die Schweden, was in Deutschland abläuft. Sie sind an einer Zusammenarbeit über nationale Grenzen hinweg interessiert. Ich habe den Eindruck, dass es in Schweden finanzstarke

Interessengruppen gibt, denen es ein Dorn im Auge ist, dass sich das Land so freizügig gibt. Aus allen Krisengebieten strömen die Menschen nach Schweden und wollen dort aufgenommen werden. Eine gewisse Schicht in Schweden hat wohl erkannt, dass sich dahinter nicht nur humanitäre Gründe verbergen, das heißt Bürgerkriegsflüchtlinge und Menschen, die vor Mord und Terror in ihrer Heimat fliehen, sondern auch Wirtschaftsflüchtlinge, die vom hohen Sozialstandard der Nordländer profitieren wollen. Und mit den Flüchtlingen kommen auch immer mehr Kriminelle ins Land. Dagegen will man etwas unternehmen und hält Ausschau nach Gleichgesinnten in Deutschland.«

»Und diesen Kontakt sollen Sie vermitteln?«, fragte Lüder überrascht.

»Man glaubt, dass ich Verbindungen hätte«, wich Feindt aus.

»Das ist aber Blödsinn. Ich bin doch nicht der Makler des Bösen und knüpfe überregionale Allianzen.«

Lüder seufzte und nahm Kontakt zum Verfassungsschutz auf.

»Sie sind im Augenblick sehr anhänglich«, sagte Geert Mennchen.

»Ich pflege nur eine gute Zusammenarbeit auf vertrauensvoller Basis.«

»Ich höre einen spitzen Ton heraus«, sagte der Regierungsamtmann.

»Haben Sie ein schlechtes Gewissen? Verheimlichen Sie mir etwas?«

»Sie unterstellen, dass wir etwas über Rexhe Ajdarevic wissen.«

»Wenn Sie nichts wissen, sind Sie zumindest daran interessiert, etwas in Erfahrung zu bringen.«

»Sie überschätzen uns«, versuchte Mennchen tiefzustapeln.

Das Geplänkel führte sie nicht weiter. Der Verfassungsschützer würde nie zugeben, dass sie eine illegale Abhörvorrichtung in Ajdarevics Wohnung installiert hatten. Und Lüder durfte nicht berichten, dass er sie entdeckt hatte.

»Kurt Vierkant. Nun behaupten Sie nicht, der wäre Ihnen unbekannt.«

»Hören Sie mit dem auf.« Lüder hörte, wie Mennchen tief Luft holte. »Der ist ein gewöhnlicher Krimineller. Das ist Part der Polizei. Dafür interessieren wir uns nicht. Wie lang ist seine Vorstrafenliste?«

»Datenschutz«, erklärte Lüder. »Vierkant ist aber auch politisch aktiv, und zwar am rechten Rand.«

»Hm.«

Lüder wertete den Grunzlaut als Zustimmung.

»Für Straftaten sind wir zuständig. Wir handeln aber auch präventiv. Und Sie?«

»Wir beobachten. Wehret den Anfängen.«

»Gibt es einen Ansatz bei Vierkant?«

»Aufgrund seiner kriminellen Karriere und seiner umfassenden Erfahrungen mit den Ermittlungsbehörden ist Vierkant sehr vorsichtig. Der Mann ist extrem gefährlich und schreckt nicht vor brutaler Gewalt zurück. Seine Methode beruht darauf, dass er die Leute aus seinem Umfeld einschüchtert. Sich gegen ihn zu stellen oder gar etwas aus dem Nähkästchen über ihn zu plaudern ist ziemlich ungesund, wenn nicht gar tödlich.«

Lüder lachte auf.

»Wollen Sie mich veräppeln? Sie haben mir eben die ganze Litanei vorgebetet, wie wir ihn sehen. Ich möchte wissen, was *Sie* von ihm wissen?«

»Sie rempeln ja mächtig«, beklagte sich Mennchen. »Wir haben doch immer gut zusammengearbeitet.«

»Dann lassen Sie es uns fortsetzen«, sagte Lüder barsch.

»Nicht am Telefon.«

»Haben Sie Sorge, dass Sie abgehört werden? Wer mag frohlocken: O'zapft is?«

Mennchen fand es nicht lustig.

Lüder fuhr an die Förde. Mennchen hatte sein Büro im Haus des Innenministeriums, das in einer Kette weiterer Ministerien, der Staatskanzlei und des Landeshauses lag, in dem das Parlament residierte. In dem modern wirkenden Backsteinbau war auch der Verfassungsschutz untergebracht. Der Regierungsamtmann hatte ein Büro mit Blick auf das Wasser. Heute versank alles in einem tristen Grau. Nur schemenhaft war im Nieselregen das Ostufer zu erkennen.

Mennchen war groß und von kräftiger Statur. Es wirkte, als würde er hinter einem Schülerschreibtisch sitzen. Bei jedem Besuch im Innenministerium stellte Lüder mit Befriedigung fest, dass auch hier die Büroausstattung einfach und zweckmäßig war. Der Sparzwang galt auch für die obersten Landesbehörden.

»Ich besorge uns einen Kaffee«, sagte Mennchen und kehrte kurz darauf mit zwei Pappbechern zurück. »Au«, sagte er, als er versuchte, mit dem Knie die Tür zu schließen und dabei die heiße Flüssigkeit über seine Finger schwappte.

»Nicht gut, aber heiß«, erklärte Mennchen und prostete Lüder zu.

In diesem Punkt sagte der Regierungsamtmann die Wahrheit.

»Ersparen wir uns lange Vorreden«, eröffnete Lüder das Gespräch. »Was haben Sie über Vierkant zusammengetragen?«

»Ich dachte, Sie wollten mir etwas über Ihre Erkenntnisse berichten.«

Lüder schüttelte den Kopf. »Die Polizei ermittelt, manchmal verhört sie auch. Der Verfassungsschutz sammelt und beobachtet.«

»Wir sind aber keine Stelle, die ihr Wissen unter die Menschheit bringt.«

»Hat unser Mann Kontakte zu Ausländern?«, fragte Lüder.

Mennchen sah Lüder erstaunt an.

»Das verstehe ich nicht.«

»Wir wissen, dass er dem rechtsextremistischen Lager zuzurechnen ist. Aus der Ecke dringen nationalistische Parolen, die sich gegen Ausländer richten.«

Mennchen nickte versonnen. »Vierkant macht aus seiner Einstellung keinen Hehl. Er ist ein Demagoge, hat schon unverhohlen zur Jagd auf Fremde aufgerufen und sich auch daran beteiligt. Er war aktives Mitglied einer Partei, die es inzwischen nicht mehr gibt. Wir wissen, dass er Hetzreden gehalten hat und auch vor der Verbreitung ausländerfeindlicher Parolen nicht zurückschreckt.«

»Ein richtiges Herzchen.«

»Das trifft des Pudels Kern. Der Mann ist gefährlich, schreckt nicht vor Gewalt zurück und hat inzwischen so viel Macht, dass er eine veritable Schlägerbrigade dirigiert. Das Ganze tarnt er mit einem nach außen legal wirkenden Sicherheitsdienst. In gewissen Kreisen hat er das Monopol in der Türsteherszene.«

»Ich weiß«, bestätigte Lüder. »Bei Vierkant wäre es ungesund, sich in dieser Branche als Konkurrent zu betätigen. Es gab jemanden, der es versucht hat. Dem hat man mit einem Bolzenschneider die Finger abgeknipst. Alle, bis auf die Daumen. In den kriminellen Kreisen wurde kolportiert, man würde jedem anderen auch die Möglichkeit nehmen, irgendwelche Verträge zu unterschreiben.«

»Warum kommt man dem Mann nicht nahe?«, wollte Mennchen wissen.

»Niemand traut sich, etwas gegen Vierkant zu sagen. Es ist ein Kartell des Schweigens.«

»Shabani und Ajdarevic … Haben Sie Erkenntnisse, dass die Kontakte zu Vierkant haben könnten?«

Mennchen lachte heiser auf.

»Das war ein guter Scherz. Die sind wie Feuer und Wasser. Sie, also die Polizei, kann froh sein, dass die beiden Gruppierungen die Förde als Grenze respektieren. Am Ostufer sind Shabanis Leute, links der Förde regiert Vierkant. Es ist für die Gesundheit abträglich, sich auf der anderen Seite zu zeigen.«

Mennchen beobachtete Lüder und ergänzte: »Warum schmunzeln Sie?«

Lüder dachte an seinen Besuch bei Shabani in Gaarden und an den zerkratzten BMW.

»Haben Sie schon einmal von James Bond gehört?«, fragte er unvermittelt.

»Hä? Wir arbeiten hier seriös. Diesen Schreibtisch«, dabei klopfte Mennchen auf die Tischplatte, »verlasse ich nur zur Mittagspause.«

Lüder konnte sich den Koloss auch nicht vorstellen, wie er exotische Schönheiten bezirzte oder sich in waghalsige Verfolgungsjagden verstrickte. Zumindest schien sich der Auftritt von

»James Bond« bis Mennchen noch nicht herumgesprochen zu haben.

»Also …«, nahm Mennchen den Faden wieder auf. »Shabani und Vierkant – das sind Gegner. Albaner passen nicht in Vierkants Weltbild. Wenn es nach ihm ginge, würde er ganz Gaarden in die Luft jagen.«

»Was haben Sie eben gesagt?« Lüder hatte eine ähnliche Befürchtung gehabt.

»Ach«, winkte Mennchen ab. »Eine dumme Redensart. Das war nicht so gemeint. Man muss aufpassen, was man von sich gibt. Wird hier jedes Wort auf die Goldwaage gelegt?«

»Nee«, widersprach Lüder. »Ich kann an der Tonlage heraushören, ob es eine flapsige Bemerkung war oder ob Substanz dahintersteckt.«

Mennchen wich Lüders Blick aus. »Vierkant ist ein Gewalttäter. Er schwingt große Reden und die Fäuste, spielt sich auch gern in den Vordergrund. Ihn zu unterschätzen wäre töricht. Aber er ist nicht der politische Kopf.«

»Sondern?«, fragte Lüder.

Diesmal wirkte das Schulterzucken echt. »Das haben wir auch noch nicht herausgefunden. Normalerweise tritt jemand in Erscheinung und beansprucht eine Führungsrolle. Merkwürdigerweise ist das hier nicht der Fall. Das gibt uns Rätsel auf.«

»Kann es zu einem Konflikt zwischen diesen verbohrten Demagogen und Leuten wie Shabani kommen? Bahnt sich eine Auseinandersetzung zwischen Rechtsextremen und Islamisten auf deutschem Boden an?«

»Shabani ist Moslem. Das ist ihm von Geburt mitgegeben. Wir haben aber keine Anzeichen dafür, dass sein Handeln religiös motiviert ist. Für mich ist er ein Krimineller. Er hat in seiner Heimat beim Konflikt zwischen Albanern und Serben gewütet. Ich behaupte, es war Mord, keine ideologische Auseinandersetzung. Wir müssen es hier ausbaden, zumal die dortigen Behörden es an einer konstruktiven Zusammenarbeit missen lassen. Denken Sie an den Druck, den die Europäische Union auf Serbien ausüben musste, bis man dort die Kriegsverbrecher verfolgt und an Brüssel ausgeliefert hat.«

»Trauen Sie Vierkant zu, dass er einen Bombenbastler wie Höpke mit an Bord genommen hat?«

»Sie stellen Fragen, die ich nicht beantworten kann. Die Bürger da draußen kommen nicht zu uns, um uns ihre Beobachtungen mitzuteilen. Wir gelten als Schlapphüte und haben ein schlechtes Image. Die NSA-Affäre hat nicht zu einer Klimaverbesserung beigetragen. Dabei ist es unsere Aufgabe, für die Sicherheit im Land zu sorgen. Und Geheimagenten, die sich auf der Gegenseite einschmuggeln, die gibt es nur im Film. Jemand wie Shabani ist misstrauisch. Der duldet nur Vertraute in seiner Umgebung, Leute, die er aus der Heimat kennt. Das ist ein Netzwerk, in das Sie nicht vordringen können. Sagen Sie es nicht weiter, aber mit unseren rechtsstaatlichen Mitteln stoßen wir an die Grenzen. Man könnte fast sagen, wir sind ohnmächtig.«

»Lassen Sie sich nicht entmutigen«, sagte Lüder, stand auf und verabschiedete sich mit einem festen Händedruck.

Auf dem Weg zurück ins Büro hatte er das Radio eingeschaltet.

»Noch immer tappt die Polizei im Dunkeln«, erklärte der Sprecher auf der Welle Nord. »Es gibt keine Hinweise auf die Täter, die heute Morgen in Kiel einen Mitarbeiter der Gewerkschaft brutal zusammengeschlagen haben. Der Zweiunddreißigjährige liegt schwer verletzt im Städtischen Krankenhaus und ist noch nicht vernehmungsfähig. Berlin. Bundesaußenminister …«

Lüder schaltete das Radio ab. Handelte es sich um Thomas Laimpinsl? Vom Auto aus versuchte er, Vollmers zu erreichen. Der Hauptkommissar war nicht an seinem Platz. Auf dem Handy meldete sich nur die Mailbox. Ungeduldig musste Lüder warten, bis er sein Büro erreicht hatte und nach einigem Suchen herausfand, dass das 1. Polizeirevier in der Düppelstraße den Vorgang bearbeitet hatte.

»Die Kollegen sind nicht mehr da«, erklärte eine Obermeisterin. »Ich suche den Vorgang heraus.« Es dauerte eine Weile, bis sie sich wieder meldete. »Viel liegt nicht vor. Wir wurden heute Morgen über die Leitstelle Mitte alarmiert. Mehrere Passanten

hatten sich dort gemeldet. Der erste Anruf kam um … Ja, hier
ist es. Acht Uhr siebenunddreißig. Der Geschädigte stand an
der …«

»Haben Sie einen Namen?«, unterbrach Lüder die Beamtin.

»Thomas Laimpinsl, wohnhaft in der …«

»Kenn ich. Weiter.«

»Der Geschädigte stand an der Bushaltestelle in der Adalbertstraße.«

»Verdammt«, rief Lüder. »Er hat seinen Sohn bei der Tagesmutter abgegeben und wollte in die Stadt fahren. Ein Auto hat
er nicht mehr.«

»Ich verstehe Sie nicht«, sagte die Obermeisterin. Lüder hatte
»Krüger« verstanden.

»Das hängt mit einem anderen Fall zusammen. Lesen Sie
eigentlich keine Zeitung oder hören Nachrichten, Frau Krüger?«

»Ich fürchte, ich kann Ihnen nicht folgen.«

»Das ist der Ehemann der Opfer, die am Montag bei der
Bombenexplosion ums Leben gekommen sind.«

»Davon ist hier nichts bekannt.«

»Was wissen Sie noch?« Lüder spürte, dass er ungerecht war.

»An der Haltestelle warteten mehrere Fahrgäste. Die sind
hier als Zeugen aufgeführt. Plötzlich hielt ein Motorrad, und
zwei Männer stiegen ab. Es ist ausdrücklich vermerkt, dass sie
dabei den Motor laufen ließen. Sie gingen zielstrebig auf den
Geschädigten zu und streckten ihn mit einem Faustschlag nieder. Das kam so überraschend, dass keine Gegenwehr erfolgte.
Einer der Täter zog das Knie an und traf den Geschädigten im
Unterleib. Der brach daraufhin zusammen. Die Täter traten
mehrfach auf das Opfer ein. Beide. Sie trafen es am Körper und
am Kopf. Dann flüchteten sie Richtung Innenstadt.«

»Gibt es eine Beschreibung?«

»Nur Motorradkluft. Der Sozius soll eine Jeans getragen
haben, deren Saum am linken Fuß ausgefranst war. Sagt eine
Frau.«

»Das ist alles?«

»Ein Mann, ein Tibetaner, meint, die Männer wären keine

Deutschen gewesen. Sie hätten mit deutlichem Akzent gesprochen.«

»Wie lautet das Kennzeichen des Motorrads?«

»Darauf hat keiner geachtet.«

»Das kann doch nicht wahr sein«, schimpfte Lüder. »Gleich gegenüber ist eine Polizeistation.«

»Die Kollegen haben offenbar nichts von dem Vorfall bemerkt. Der Streifenwagen wurde vom 1. Revier in Marsch gesetzt.«

Lüder war unzufrieden. Aber wer hätte schon die Zusammenhänge erkennen können? Vielleicht wäre später jemand darauf gestoßen. Spätestens Vollmers hätte es bemerkt, wenn der Vorgang bei ihm gelandet wäre. Aber der Hauptkommissar war mit anderen Aufgaben beschäftigt.

Lüder fuhr zum Städtischen Krankenhaus in der Chemnitzstraße. In der Chirurgie herrschte reger Betrieb. Die erste Krankenschwester, die er ansprach, reagierte unwirsch und hörte sich seine Bitte gar nicht an. Die nächste verwies ihn an den Stationsarzt. Sie bedauerte, könne aber keine Auskunft geben. Immerhin erfuhr er, dass Dr. Salzmann derzeit nicht erreichbar war. Der Arzt stand im Operationssaal.

Auf sein Drängen hin verriet sie ihm, dass Thomas Laimpinsl auf der Intensivstation liegen würde. Dort erhielt Lüder keinen Zutritt.

Er legte den kurzen Weg zum Gewerkschaftshaus in der Legienstraße zurück. Heinz Motzeck empfing ihn sofort.

»Ich habe davon gehört«, begann Laimpinsls Vorgesetzter ohne Umschweife. »Was ist das für eine Welt? Erst die Sache mit seiner Familie. Dann dies.« Motzeck schlug mit der flachen Hand auf die Tischplatte. »Ich bin bestimmt keiner von gestern. Aber so was ... Das gab es in der DDR nicht.« Er hob abwehrend eine Hand. »Ich will nicht die alten Zeiten zurück. Bestimmt nicht.«

»Es gibt noch keine Hinweise auf die Täter«, erklärte Lüder. »Der Tathergang spricht aber dafür, dass Laimpinsl kein Zufallsopfer ist. Ich glaube, man hat ihm vor seiner Wohnung aufgelauert. Da war er in Begleitung des Sohnes, den er zur Tagesmutter gebracht hat. Die Täter wollten Laimpinsl nicht in Gegenwart des Kindes angreifen. Nachdem er ohne seinen Sohn an der Bushaltestelle gewartet hat, schlugen sie zu.«

Motzeck schüttelte den Kopf. »Doch nicht am helllichten Tag. Da waren doch ganz viele Menschen.«

»Darauf haben die Täter keine Rücksicht genommen. Sie sind mit äußerster Gewalt vorgegangen. Es war Ihre Absicht, Laimpinsl schwer zu verletzen. Sie haben auch seinen Tod in Kauf genommen. Für mich war es versuchter Mord.«

»Aber warum?« Motzeck war immer noch fassungslos.

»Die äußeren Umstände – Motorrad, Gewaltausübung und Lederkluft – deuten auf die Rockerszene hin. Das ist mir zu oberflächlich. Ich sehe keine Verbindung. Warum sollten Rocker oder Rechtsgesinnte Laimpinsl überfallen?«

Mennchen hatte vorhin gesagt, der Verfassungsschutz würde nicht bis in diese Netzwerke vordringen. Es war schwer, V-Männer einzuschleusen. Das hatte er aber auf Shabani und seine Leute bezogen. Warum äußerte ein Familienvater wie Laimpinsl ausländerkritische Gedanken? Der Mann hatte studiert und war nicht naiv. Er musste wissen, dass eine solche Einstellung nicht die Zustimmung seines Arbeitgebers, der Gewerkschaft, finden konnte. War es denkbar, dass Laimpinsl vom Verfassungsschutz in die rechte Szene eingeschleust wurde und aufgeflogen war? Vierkant war es zuzutrauen, dass er »Verräter« zur Abschreckung so bestrafte. Es wäre nicht das erste Mal.

»Thomas war bedroht worden«, sagte Motzeck in die nachdenkliche Stille hinein. »Was ist, wenn der Bombenanschlag doch ihm galt und seine Frau nur zufällig Opfer wurde?«

»Und das Kind«, ergänzte Lüder geistesabwesend. Nein!, überlegte er. Die Kriminaltechnik hatte eine andere Spurenlage analysiert. Höpke hatte den Sprengstoff in seinem Auto transportiert. Der Anschlag galt nicht Laimpinsl.

»Wer kümmert sich um den Sohn?«, wechselte Motzeck das Thema. »Das arme Kind. Mutter und Schwester tot und der Vater im Krankenhaus. Der Zweijährige ist auch ein Opfer des Terrors.«

»Das Jugendamt ist eingeschaltet. Die werden sich des Kleinen annehmen.« Es klang nicht tröstlich.

»Kommt das Kind zu den Großeltern? Das sind die nächsten Verwandten hier in Kiel.«

»Vermutlich nicht«, antwortete Lüder, obwohl er sich nicht sicher war. Für Thomas Laimpinsl würde es eine Belastung sein, erführe er, dass sich die Eltern seiner Frau des Kindes annehmen würden. »Ich kann nichts dazu sagen. Vielleicht wäre es gut, wenn der Junge bei ihm vertrauten Menschen unterkommen würde. Schließlich kennt er Oma und Opa. Andererseits gab es erhebliche Auseinandersetzungen zwischen Laimpinsl und seinen Schwiegereltern, denen er die aus seiner Sicht sektiererische Religionshörigkeit vorwarf.«

»Es ist natürlich unmöglich«, sagte Motzeck zu sich selbst. »Aber wenn es ginge, würden meine Frau und ich das Kind versorgen, bis die aktuellen Fragen geklärt sind.«

Dem stand die Bürokratie entgegen, obwohl Lüder davon überzeugt war, dass das Ehepaar sich in liebevoller Weise um den Jungen kümmern würde.

Die beiden Männer wechselten zum Abschied einen festen Händedruck.

Als Lüder auf die Straße trat, ging ein weiterer Schneeregenschauer über die Landeshauptstadt nieder. Den ganzen Tag über war es grau und trübe gewesen. Helligkeit wollte nicht aufkommen. Die Autos rauschten über den nassen Asphalt. Wenn die Temperaturen über Nacht unter null Grad absackten, würden sich die Straßen in Eisbahnen verwandeln, und selbst Kiel, das Stauprobleme anderer Großstädte nur während der Kieler Woche durchlebte, würde manchen Autofahrer zur Verzweiflung bringen.

Er nahm die Feuchtigkeit nicht wahr, als er überlegte, welches sein nächster Schritt sein würde. Zu gern wäre er ins Rotlichtviertel gefahren und hätte Kurt Vierkant mit dem Vorwurf des Anschlags auf Laimpinsl konfrontiert. Das wäre unvernünftig gewesen. Es gab keine rechtliche Handhabe gegen Vierkant. Der Mann würde auch nicht vor Gewaltanwendung zurückschrecken, wenn Lüder dort allein aufkreuzen würde. Schließlich war er nicht James Bond.

Ganz plötzlich musste er lachen.

Lüder hatte seinen Wagen im Parkhaus Gaarden abgestellt, das auf der Rückseite des Vinetaplatzes stand, und legte mit hochgeschlagenem Kragen die wenigen Schritte bis zur Wohnung Shabanis zurück. Kaum jemand war bei diesem Wetter unterwegs. Vor dem Haus stand der 7er-BMW. Mit Genugtuung sah Lüder, dass die Schramme sich immer noch über die ganze Seitenfront entlangzog.

Er trat auf die Fahrbahn, bückte sich am Reifen, blickte sich noch einmal suchend um und stach seitlich mit dem stabilen Taschenmesser hinein. Er war sich bewusst, dass es eine kindische Handlung war. Shabani würde wissen, wer ihm das zugefügt hatte. Der Albaner sollte erkennen, dass es Leute gab, die ihn nicht fürchteten, keinen Respekt vor »seinem« Eigentum hatten.

Das würde bei Shabani Zorn und Vorsicht gleichermaßen wecken.

Lüder versuchte es gleich im Hinterhof. Durch die verschmutzte Scheibe drang fahles Licht. Über die Schulter warf er einen Blick auf die Rückfront des Vorderhauses. Fast überall brannte Licht hinter den Fenstern, durch die niemand hinaussah. Was gab es in Gaarden auf der Rückseite der Häuserzeile schon zu sehen?

Lüder zog seine Waffe und lud sie durch, stülpte Einmalhandschuhe über, drückte behutsam den Türgriff hinunter und trat kräftig gegen das Blech. Mit einem Krachen schlug die Tür auf und pendelte zurück. Damit hatte er gerechnet und seinen Fuß dazwischengehalten. Er sprang in den Raum hinein und hielt die Waffe im Anschlag.

Shabani und der zweite Mann, den der Kosovo-Albaner »Bledi« genannt hatte, waren so überrascht, dass sie keine Reaktion zeigten. Mit weit geöffneten Augen sahen sie Lüder an.

»Überrascht, Shabani?«, fragte Lüder und zielte mit dem Lauf abwechselnd auf Shabani und Bledi. Lüder wedelte mit der Waffe. »Los. Die Hände auf den Tisch. Wenn sich jemand rührt, ist es seine letzte Bewegung. Ist das klar?«

In Shabanis dunklen Augen sprühten Funken, während Bledis Lider nervös flatterten. Lüder ging davon aus, dass die beiden Männer allein waren. Er verließ den Eingang und stellte sich seitlich mit dem Rücken zur Wand, um nicht durch einen Dritten von hinten überrascht zu werden.

»Warum habt ihr Laimpinsl fertiggemacht?«, fragte Lüder.

Die beiden Männer schwiegen. Während Shabani Lüder aus zusammengekniffenen Augen ansah, flatterten Bledis Augenlider immer noch.

»Los, Blödi. Ich will eine Antwort.«

Lüder spürte die Anspannung. Es war töricht, hier allein herzukommen. Shabani und seine Leute waren skrupellos und unberechenbar. Aber einen anderen Weg gab es nicht. Er war nicht als Polizeibeamter erkannt worden. Möglicherweise hielt man ihn für einen Schläger der Rechtsradikalen, obwohl er keine Andeutungen gemacht hatte. Die scherzhafte Bemerkung, er sei »James Bond«, hatte zusätzlich für Unruhe gesorgt.

Lüder sah, wie Shabani ganz langsam, kaum wahrnehmbar, Bledi zu sich an den Körper zog.

»Lass das«, rief er, aber der Albaner reagierte nicht.

Aus den Augenwinkeln fixierte Lüder ein Holzregal, das einen halben Meter versetzt hinter Shabani an der Wand hing. Er krümmte den Finger am Abzug, bis er den Druckpunkt spürte. Dann zog er nach links und drückte ab. Der Schuss und das Krachen, als das Geschoss ins Holz fuhr, ertönten gleichzeitig. Die beiden Männer zuckten zusammen. Lüder hatte bewusst das Regal gewählt, um sicherzugehen, dass kein Querschläger abprallte und irgendjemanden unbeabsichtigt verletzen würde.

Shabani sah erschrocken auf, während Bledi die Panik nicht unterdrücken konnte. Die Mundwinkel zuckten. Er fuhr sich mit der Zunge über die Lippen. Die Nasenflügel bebten. Der Mann bestand nur noch aus Angst.

Lüder ließ den Lauf in Bledis Richtung wandern.

»Man hat mir zugeflüstert, du warst es«, sagte Lüder und gab seiner Stimme einen schneidenden Ton.

»Nein!« Es klang wie ein Aufschrei.

»Wer drei Mal lügt, bekommt die Rote Karte«, drohte Lüder. »Das weißt du doch, oder?«

Bledi zitterte wie Espenlaub. Er nickte heftig. Er zuckte zusammen, als Shabani ihm etwas auf Albanisch sagte. Man musste diese Sprache nicht kennen, um die Drohung zu verstehen.

»Das war die erste Chance«, sagte Lüder. »Warst du heute Morgen mit dem Motorrad in der Adalbertstraße?«

Bledi standen die Schweißperlen auf der Stirn. Er schüttelte den Kopf.

»Ich kann das nicht verstehen«, sagte Lüder. »Laut und deutlich.«

»Neeein«, kam es kaum hörbar über die Lippen des Mannes.

Lüder visierte die Stirn Bledis an. »Das war die zweite falsche Antwort. Los, steh auf.«

Mit angstgeweiteten Augen suchte Bledi die Antwort bei Shabani. Der sah unentwegt Lüder an. An den Gesichtsmuskeln war die Anspannung zu erkennen.

»Steh auf«, forderte Lüder Bledi auf. Zunächst kam er der Aufforderung nicht nach. Lüder machte einen halben Schritt vorwärts und zielte über Kimme und Korn auf Bledis Stirn.

»Glaubst du, Shabani macht einen Finger für dich Blödi krumm?«, fragte Lüder. »Du bist in seinen Augen ein Stück Dreck.«

Mit zitternder Stimme fragte Bledi etwas in seiner Muttersprache, erhielt aber keine Antwort.

»Gut. Das war's«, sagte Lüder leichthin. »Mal sehen, ob Shabani hinterher klüger ist. Dann muss er deine Gehirnmasse wegwischen. Das ist kein schönes Ende, wenn der Rest von dir mit einem Schlauch in einen Gully gespült wird.«

Da Shabani sich immer noch nicht rührte, versuchte Bledi aufzustehen. Es gelang ihm erst im zweiten Versuch. Er musste sich auf der Tischplatte abstützen.

Lüder machte mit der Pistole eine Bewegung. »Stell dich so hin, dass du neben dem Tisch stehst.«

Jetzt gehorchte der Mann.

Lüder zielte auf die Männlichkeit Bledis.

»Wenn du überlebst, macht das Leben keinen Spaß mehr. Außerdem ist es schmerzhaft. Sehr schmerzhaft. Meinst du, Shabani ruft einen Arzt? Kann er es sich erlauben?«

Bledi drohte jeden Moment ohnmächtig zu werden. Er war kalkweiß im Gesicht.

»Letzte Möglichkeit für dich. Warst du heute Morgen in der Adalbertstraße?«

»Ich …« Der Speichel lief in Bächen aus den Mundwinkeln.

»Ich war nicht allein«, stammelte Bledi.

Schneidend wie ein Peitschenhieb sagte Shabani etwas. Es war zu spät. Bledi hatte sich verraten.

Lüder war zufrieden. Seine gewagte Mission war erfolgreich gewesen, auch wenn er die Erkenntnis nicht verwerten durfte. Sein Auftreten war fern jeglicher Rechtsnorm.

»Du bist viel zu bescheuert, um Motorrad zu fahren«, sagte Lüder.

Bei Bledi war jegliche Gegenwehr erloschen.

»Wer war dein Komplize? Shabani?«

Bledi schüttelte heftig den Kopf. Falls Lüders Vermutung, es sei Shabani, zutraf, würde Bledi es nicht verraten.

»Warum hast du Laimpinsl bedroht?«, wandte sich Lüder an Shabani.

Zu seiner Überraschung quetschte der Albaner zwischen den Lippen hervor: »Laimpinsl ist eine Naziratte.«

»Inwiefern?«

Shabani spuckte aus.

»Da musst du die Deutschen fragen.«

»Ich soll das wissen?«, fragte Lüder erstaunt.

»Die Deutschen«, antwortete Shabani zu seiner großen Überraschung. Für wen hielt er Lüder?

»Laimpinsl ist Gewerkschaftler und kein Nazi.«

»Das ist Tarnung. Warum sonst verfolgt er Ausländer?«

»Hast du Stress mit ihm?«, fragte Lüder süffisant. Er musste Shabanis Redseligkeit ausnutzen.

»Laimpinsl ist ein Rassist. Warum sonst verwehrt er meinen Leuten den Zugang zum Heiland?«

Lüder lachte auf.

»Spinne ich? Ihr seid doch alle Moslems. Warum sollte Laimpinsl den Kontakt zur Kirche verwehren?«

Shabani verzog die Miene zu einem verächtlichen Gesichtsausdruck. »Du verstehst nichts. Der Heiland ... Das ist der Prüfstein. Der sucht ...«

»Klar. Seine Leute missionieren immer. Die wollen das Gute in die Welt tragen.«

»Das Gute? Was er macht, ist Teufelswerk. Deshalb wollen wir die Nuss von innen aushöhlen. Daran wird uns niemand hindern.«

»So«, sagte Lüder spöttisch. »Ihr wollt den Heiland durch Unterwanderung vernichten. Und der böse, böse Laimpinsl hindert euch daran, weil er euch auf die Schliche gekommen ist.«

»Niemand hält uns auf«, drohte Shabani. »Du bist ein toter Mann.«

»Wir müssen alle mal sterben. Der eine früher, der andere später. Und du jetzt.«

Lüder zielte und sagte dabei »Peng«. Belustigt stellte er fest, wie Shabani die Augen zusammenkniff und sich instinktiv wegduckte. Er hatte mehr erfahren, als er zu hoffen gewagt hatte. Jetzt galt es, einen sicheren Rückzug anzutreten. Lüder wedelte mit der Waffe.

»Zieht eure Hosen aus«, befahl er.

»Du Hund«, schrie Shabani.

Lüder wollte sich nicht auf Diskussionen einlassen. Er zielte und gab einen weiteren Schuss ab. Wenn er sich jetzt nicht durchsetzte, wurde es gefährlich. Lebensgefährlich. Er konnte nicht einmal Verstärkung anfordern. Wie hätte er die beiden Schüsse erklären sollen?

Der Schuss hatte Wirkung gezeigt. Bledi entledigte sich seiner Jeans in einem Tempo, das alle Rekorde schlug. Shabani zog seine Hose im Zeitlupentempo aus. Als beide in Unterwäsche dastanden, forderte Lüder sie auf, die Hosen zu ihm herüberzuwerfen. Bledis Hose landete direkt vor ihm, während Shabani absichtlich zu kurz geworfen hatte.

»Auf die Knie«, forderte Lüder Bledi auf. »Dann ziehst du die Hose bis vor meine Füße.«

Ohne Murren folgte der Mann der Aufforderung, um sich sofort wieder zurückzuziehen.

Lüder bückte sich und betastete die Hosen. Sein Entschluss war richtig gewesen. Er fühlte das Messer bei Bledi und Pfefferspray in Shabanis Taschen. Lüder hob die Hosen auf und vergewisserte sich, dass der Fluchtweg frei war.

»Handys rausholen«, befahl er. Als die Männer die Telefone in Händen hielten, mussten sie die Geräte auf den Boden legen und drauftreten, dass es krachte.

»Wenn jemand die Nase durch die Tür steckt, dann ... Peng.« Er verließ rückwärts den Raum, schlug die Blechtür hinter sich zu und beeilte sich, den Hinterhof zu verlassen. Er wählte nicht den direkten Weg, sondern schlug einen Bogen, kam durch eine Straße namens »Reeperbahn« und erreichte schließlich das Parkhaus. Immer wieder hatte er sich umgesehen. Niemand folgte ihm. Hatte er die Männer wirklich eingeschüchtert? Oder traute sich Shabani nicht ohne Hose an die Öffentlichkeit? Würde er dabei beobachtet werden, wäre das ein schwerer Imageverlust.

Lüder legte die beiden Hosen auf den Beifahrersitz und schlug den Weg Richtung Wik ein.

Merkwürdig, überlegte er unterwegs. Was ging in Laimpinsl vor? Als Lüder ihm in Begleitung Pastor Röders die Nachricht vom Tod seiner Angehörigen überbracht hatte, war Laimpinsl ausgerastet und hatte Gott verflucht. Die Abneigung gegen die Zeugen Jehovas saß tief. Und plötzlich engagierte er sich für Gott und die Kirche und behinderte angeblich Shabani auf dem Weg zu Gott?

Horst Schönberg sah nicht glücklich aus, als er die Tür öffnete und Lüder erblickte.

»Das ist im Augenblick ungünstig«, erklärte der Freund. »Eigentlich ist es immer ungünstig, wenn du erscheinst. Du bringst nie etwas Gutes mit.« Dabei fiel sein Blick auf die Hosen in Lüders Hand.

Lüder sah Horst über die Schulter. »Ist sie blond? Brünett? Trägt sie Glatze?«

»Ich bin allein.«

Lüder klopfte dem Freund mit der Faust auf die Brust. »Wirst du alt?«, fragte er grinsend.

»Wirst?« Horst lachte ebenfalls. Dann zeigte er auf die Hosen. »Was ist damit?«

»Die habe ich zwei Ganoven ausgezogen, damit sie nicht flüchten können.«

Horst tippte sich an die Stirn. »Spinner.«

Lüder zog sich erneut Einmalhandschuhe an und untersuchte die Taschen. Tatsächlich fand er das Messer, das Bledi ihm beim ersten Besuch nachgeworfen hatte. Streichhölzer, Zigaretten, eine angebrochene Packung Präservative und lose in die Tasche gestopfte zwanzig Euro vervollständigten den Inhalt.

Viel interessanter war der ausgefranste Saum am linken Fuß und ein frischer Ölfleck am Bein. Davon hatte Obermeisterin Krüger vom 1. Revier gesprochen, als sie den Tathergang schilderte.

Shabanis Hosentaschen bargen neben dem Pfefferspray ein Schlüsselbund sowie ein Portemonnaie. Lüder fand einhundertsiebzig Euro in Scheinen, einen internationalen Führerschein sowie die Identitätskarte.

»Was ist wirklich passiert?«, drängte Horst Schönberg und wiederholte die Frage. Er wurde immer ungeduldiger, weil Lüder ihm jedes Mal eine andere erfundene Geschichte auftischte.

»Du musst den neuen Käse probieren, den ich entdeckt habe«, sagte Horst und tischte mehrere Sorten auf. Dazu gab es Schwarzbrot. »Dafür fahre ich neunzig Kilometer«, erklärte Horst.

Es lohnte sich. Sein Freund war nicht nur ein Lebenskünstler, sondern auch Feinschmecker. Er nötigte Lüder, mehrere Neuerwerbungen an Rotweinen zu kosten. Zu fortgeschrittener Stunde war Lüders Widerstand erlahmt. Das lag sicher auch am Dalmore Single Malt, den Horst dem Rotwein folgen ließ.

Lüder wusste nicht, wie spät es war, als Horst eine Taxe kommen ließ, die Lüder zum Hedenholz brachte.

Margit war nicht glücklich, als er versuchte, die Haustür zu öffnen.

»Wo kommst du jetzt her?«, fragte sie barsch.

»Von einer Dienstbesprechung«, sagte er mit schwerer Zunge.

»Du willst mich …«, setzte sie an, verstummte aber milde lächelnd, als er hinterherschob:

»Mit Horst.«

SECHS

Nein! Das nächste Mal würde er andere Handwerker bestellen. Diese waren nicht empfehlenswert. Ihre Bohrhämmer waren zu laut. Das ganze Haus vibrierte. Sie setzten ihre Werkzeuge auch an Stellen an, die eigentlich tabu waren. Davon bekam man Kopfschmerzen. Fürchterliche Kopfschmerzen.

Zumindest schien das nasskalte Wetter der letzten Tage einem dichten Nebel gewichen zu sein. Aus dem ertönte jetzt ein Nebelhorn. Es war so durchdringend, dass Lüder am ganzen Körper zitterte.

Er öffnete vorsichtig die Augen und sah Margit ins Gesicht, die ihn rüttelte.

»Hat das LKA heute geschlossen?«, fragte sie.

»Ich bin schon halb im Büro.«

»So. Sonst führt dich dein Weg morgens immer durch das Badezimmer. Ist das heute anders?«

»Nein«, sagte er leise. »Ich wäre schon längst im Bad gewesen, wenn es nicht ständig besetzt wäre.«

»Dann musst du dich beeilen«, erwiderte Margit. »Sonst ist es wieder besetzt. In einer Viertelstunde kommen die Kinder aus der Schule.«

»Was?« Lüder fuhr in die Höhe und stöhnte auf. Er kniff die Augen zusammen und blinzelte auf das Display des Weckers. Es war kurz vor acht Uhr.

»Das ist Körperverletzung«, sagte er und schwang sich mühsam aus dem Bett. Die Dusche – auf das kalte Wasser verzichtete er – und der anschließende Kaffee halfen nur bedingt. Erst der nasskalte Wind auf dem Weg zur Bushaltestelle verschaffte ihm ein wenig Linderung. Dazu trug auch der längere Marsch von der Ausstiegsstation zur Dienststelle bei. Mannhaft ertrug er den fragenden Blick des Pförtners.

»Wo waren Sie?«, begrüßte ihn Edith Beyer, als er sich einen Becher Kaffee aus dem Geschäftszimmer holte. »Er da«, sie zeigte auf Dr. Starkes Büro, »wollte noch etwas wissen, bevor er zum Führungsstab abgehauen ist.«

»Der weiß doch alles besser«, antwortete Lüder und kehrte an seinen Arbeitsplatz zurück.

Er hatte sich kaum ins System eingeloggt, als eine fröhlich laute Stimme erklang.

»Guten Morgen, Herr Chef...«

»Pssst, nicht so laut, Friedhof. Was sagt dein Name? War da nicht irgendetwas mit Friedhofsruhe?«

Friedjof, der mehrfach behinderte Bürobote, trat an den Schreibtisch heran.

»Was ist mit dir?«, fragte er neugierig.

Lüder ließ den Arm kreisen. »Das weißt du doch. Die NSA hat überall ihre Wanzen verteilt und lauscht mit.«

Friedjof grinste. »Klar, Chef.« Er musterte Lüder kritisch. »Du siehst irgendwie anders aus.«

»Ich war im Außendienst. Nahkampf.«

»Aha.« Friedjof deutete die Geste des Trinkens an. »Schwer?«

»Gewaltig.« Lüder griff in die Schublade, in der er die Tüte mit den beiden Hosen verstaut hatte. »Ich brauche deine Hilfe.«

Friedjof kam noch näher und verzog demonstrativ das Gesicht, als er Lüders Atem roch. »Muss ich wieder einen ungeklärten Fall zu Ende bringen?«

»Schlimmer.«

Friedjof streckte die Hand vor. »Ist dazu deine Pistole notwendig?«

Lüder schüttelte den Kopf. Sofort schoss eine neue Schmerzwelle durch den Schädel.

»Bring diese beiden Hosen zum Kollegen Gärtner. Sag ihm, ein Unbekannter hätte dich auf dem Weg zum Dienst angesprochen, gefragt, ob du in der Hochleistungszentrale zur Kriminalitätsbekämpfung arbeiten würdest, und erklärt, dass es sich um Beweisstücke zum Überfall auf Thomas Laimpinsl handeln würde.«

»Und wo hat der große Unbekannte die Hosen her?«, wollte Friedjof wissen.

»Das hat er dir nicht gesagt.«

»Gärtner fragt mich bestimmt, warum ich ihm die Dinger erst jetzt bringe.«

»Erklär ihm, der Unbekannte hätte dir aufgetragen, du sollst sie mir aushändigen. Ich bin heute etwas später gekommen und habe dich gebeten, sie zum Kollegen Gärtner zu bringen.«

»Das ist alles?«, fragte Friedjof enttäuscht.

»Im Augenblick. Für den nächsten gemeinsamen Einsatz brauche ich noch einen Plan.«

»Dann wird das nie etwas«, sagte Friedjof und duckte sich weg, als Lüder ihm eine Handvoll Büroklammern hinterherwarf.

Fünf Minuten später ging er selbst zu Gärtner und vermied es, dem Kriminaloberrat zu nahe zu kommen. Mit einem Seitenblick sah er die Plastiktüte auf der Schreibtischkante liegen.

»Gibt es Neuigkeiten?«, fragte Lüder.

»Nichts Konkretes. Wir haben Eggert Höpke durchleuchtet, seine Wohnung auseinandergenommen, nach Freunden gefahndet, die Telefonate der letzten Wochen ausgewertet, die Kontenbewegungen analysiert und versucht, ein Bewegungsprofil zu erstellen. Sehr ergiebig war es nicht. Höpke schien sporadisch Kontakt zu einem Jörn Nöhrenberg gehabt zu haben. Ein alter Schulfreund. Nöhrenberg lebt mit einer Partnerin und deren zwei Kindern aus einer vorhergehenden Beziehung zusammen und arbeitet als Maler und Lackierer. Keine Vorstrafen. Keine Auffälligkeiten. Es scheint wirklich eine alte Schulfreundschaft gewesen zu sein. Wenn wir den Pizzaservice, den Höpke öfter in Anspruch genommen hat, ausklammern, taucht nur seine Schwester in der Telefonliste auf. Die wohnt mit einem Freund zusammen in Otterndorf bei Cuxhaven.«

»Das ist nicht viel.«

»Leider«, stimmte Gärtner zu. »Es führt keine Spur zum großen Unbekannten.«

»Hatte Höpke keine Freundin?«

»Wir haben nichts feststellen können. Er hat wohl gelegentlich irgendwelche Etablissements rund um die Flämische Straße besucht.«

»Rotlichtviertel«, sagte Lüder mehr zu sich selbst. »Da hat auch Kurt Vierkant etwas im Angebot.«

»Das konnten wir nicht ermitteln. Dazu ist die Szene zu verschwiegen.«

»Ergibt sich etwas aus den Kontoauszügen?«

»Nein. Uns ist lediglich aufgefallen, dass Höpke zweimal in den letzten Wochen in Preetz getankt hat.«

»Das ist doch ein Anhaltspunkt.«

»Sonst scheint seine Tankstelle im Wohnumfeld gewesen zu sein.«

»Dann sollten wir uns dafür interessieren, was Höpke in diese Richtung geführt hat. Da muss es doch eine Überwachungskame…«

Gärtner winkte ab. »Wir sind schon unterwegs. Erfolgversprechend ist es aber nicht. Das ist zu lange her. Die Aufzeichnungen dürften mittlerweile überspielt worden sein.«

»Sonst gibt es nichts? Keine Einkäufe im Internet? Keine elektronischen Spuren?«

»Hätten wir seinen Rechner oder das Smartphone, wären wir weiter«, entgegnete Gärtner. »Eines ist aber noch bemerkenswert. Nach Auskunft von Nachbarn hat Höpke gelegentlich am Sonntag den Gottesdienst in der nahen Lukaskirche besucht.«

»Was hat es für eine Bewandtnis damit?«, fragte Lüder.

»Es soll Leute geben, die aus Überzeugung zu einem Gottesdienst gehen.«

»Ein Bombenbastler, der den Tod von Menschen billigend in Kauf nimmt, sucht im Vorfeld die Absolution? Das klingt merkwürdig.«

Lüder erinnerte sich, dass die Spurensicherung in Höpkes Wohnung auch ein Gebetbuch sowie Engelfiguren gefunden hatte. Meinte Höpke es ernst? Wenn ja, konnte ein religiöses Motiv für seine geplanten Taten nahezu ausgeschlossen werden. Und damit auch eine Zusammenarbeit mit Shabani. Was hatte der Albaner gesagt? Laimpinsl hatte Shabani und seinen Leuten den Zugang zum Heiland verwehrt. Und nun zeigte sich Höpke als praktizierender Christ. Gab es doch eine Verbindung zwischen den beiden Männern, auch wenn Lüder nicht an den Zufall glaubte, dass ausgerechnet Laimpinsls Ehefrau durch ihre Unachtsamkeit die Katastrophe auslöste?

»Hallo? Herr Lüders?«, rief ihn Kriminaloberrat Gärtner in die Wirklichkeit zurück.

»Äh – danke«, sagte Lüder, verabschiedete sich und ging wieder an seinen Arbeitsplatz. Er war zwei Stunden mit dem Sichten von Einträgen und Protokollen beschäftigt gewesen und hatte zwischendurch noch einmal mit dem Kollegen Gärtner gesprochen.

Dann rief Hauptkommissar Vollmers an.

»Sie haben sicher viel zu tun, und die Alltagskriminalität interessiert Sie weniger.«

»Ich habe stets ein offenes Ohr für Sie«, antwortete Lüder.

»Es geht um eine rätselhafte Einbruchserie in der letzten Nacht.«

»Bitte?«, fragte Lüder. »Das ist doch gar nicht Ihr Metier.«

»Stimmt. Aber die Umstände sind so merkwürdig, dass die Kollegen vom Einbruch uns angesprochen haben. Rein informell.«

»Gab es Opfer?«, fragte Lüder besorgt.

»Nein. In der Nacht sind offenbar gezielt die Internetcafés von Rexhe Ajdarevic aufgesucht und geplündert worden. Die Spur zieht sich durch die halbe Stadt. Die Täter hatten es auf die Computer abgesehen. In geringem Umfang wurde auch Bargeld gestohlen.«

»Was ist so sonderbar daran?«

»An der Einbruchserie weniger. Aber die Anzeige wurde nicht von Ajdarevic erstattet, sondern von einem Freund.«

»Lassen Sie mich raten«, sagte Lüder. »Von Shabani.«

»Das ist der, der neulich schon vorstellig geworden ist und Anzeige wegen Sachbeschädigung erstatten wollte, als Ajdarevics BMW zerkratzt wurde. Die Kollegen mussten ihm verständlich machen, dass er auch in diesem Fall nicht befugt ist, tätig zu werden.«

»Wo steckt Rexhe Ajdarevic?«, fragte Lüder.

»Der ist angeblich verreist.« Das hatte Lüder auch vom Nachbarn erfahren.

»Das Lustige an der Sache ist, dass Shabani auch angab, er wisse, wer der Täter ist.«

»Wie ist er darauf gekommen?«, fragte Lüder und hielt die Luft an. »Hat man jemanden erwischt oder beobachtet?«

»Nicht direkt«, erklärte Vollmers. »Aber Shabani beharrt darauf, dass hinter den Einbrüchen nur James Bond stecken könne, der auch den BMW demoliert hat. Das ist noch nicht alles. Heute Morgen hat er zusätzlich behauptet, James Bond hätte ihm das Portemonnaie gestohlen.«

»Dann sollten die Kollegen einmal bei Ihrer Majestät nachfragen, wo Null-null-sieben sich gerade aufhält.«

»Wenn der so weitermacht, landet Shabani mit seinen Zwangsvorstellungen noch in der Psychiatrie.«

Anschließend wollte Vollmers wissen, ob es Neuigkeiten gäbe.

Leider nicht, erklärte Lüder. Aber man sei auf einem hoffnungsvollen Weg. Er ließ unerwähnt, dass er seinem Kollegen Gärtner einen Tipp gegeben hatte, dass im Hinterzimmer des Internetcafés im Keller eines Altbaus in der Kirchhofallee etwas Brauchbares aufbewahrt werden sollte.

»Woher haben Sie die Information?«, hatte Gärtner gefragt.

»Anonym.«

Der stets korrekt arbeitende Kriminaloberrat hatte sich skeptisch gezeigt. Lüder hatte alle Überredungskünste aufwenden müssen, damit Gärtner Gefahr im Verzug annahm und sofort tätig wurde. Sicherheitshalber hatte Lüder auch den Abteilungsleiter angesprochen. Dr. Starke war ebenso zögerlich gewesen und hatte Rücksprache mit seinem Kollegen von der Abteilung 5 gehalten.

Natürlich konnte Lüder nicht berichten, dass sein Freund Horst sich in der Nacht gemeldet hatte.

»Schläfst du noch?«, hatte Horst gefragt.

»Wer ist das?«, wollte eine verschlafene Margit wissen.

»Horst.«

Sie gähnte herzhaft. »Wer ruft sonst um diese Zeit an?«

»Das LKA«, hatte Lüder geantwortet.

»Stimmt. Entweder der eine oder die anderen Verrückten.«

Horst hatte berichtet, dass die Aktion erfolgreich verlaufen sei. »Es gibt einen Laden in der Kirchhofallee. Die Adresse stand

131

auf deiner Einkaufsliste.« Er hatte wirklich diese Formulierung verwandt. »Wenn du etwas suchst, dann ist es dort. Ich will mich vorsichtig ausdrücken. Es könnte sein, dass dort etwas produziert wird, das manchem Silvester große Freude bereiten könnte.«

Wie auf Kommando erschien jetzt Gärtner in der Tür. »Kommen Sie?«, forderte er Lüder auf.

Die beiden dunklen BMW-Limousinen standen im Hof. Lüder und Gärtner folgten den beiden Fahrzeugen in Gärtners Wagen.

»Sechs Beamte des SEK reichen aus«, hatte der Leiter der Abteilung Operativer Einsatz Ermittlungsunterstützung befunden.

Natürlich erregten die heranbrausenden und direkt vor dem Haus parkenden Fahrzeuge mit den getönten Scheiben Aufmerksamkeit. Die Beamten in der schwarzen Kleidung und den schusssicheren Westen und dem Helm mit Visier, die gezückten Waffen im Anschlag, sprangen aus den Fahrzeugen und stürmten in den Hauseingang. Zwei sicherten das Treppenhaus, die anderen vier liefen die Stufen in den Keller hinab. Sie rissen die Tür zum Laden auf und schrien laut durcheinander: »Polizei. Keiner rührt sich. Alle Hände sichtbar oben halten. Keine Bewegung.«

Es gehörte zur Taktik, zur Einschüchterung laut zu schreien.

Ein dunkelhäutiger Mann hinterm Tresen hob erschrocken die Hände. Zu dieser frühen Stunde war das schmuddelig wirkende Internetcafé nur gering frequentiert. Eine Frau, Lüder schätzte sie auf Anfang fünfzig, wurde leichenblass und sah erschrocken auf die hereinstürzenden Beamten.

Es gab sechs Plätze. Bis auf die eine Kundin war das Café leer.

Die Beamten des SEK gaben sich gegenseitig Deckung und untersuchten die Nebenräume, eine schmale Kammer, die als Aufenthaltsraum, Teeküche und Büro diente, eine Toilette, die zu benutzen Überwindung kosten würde, und einen Lagerraum, der zur Rückseite hinausging und durch ein verrostetes Fenstergitter gesichert war.

»Keine weiteren Personen«, stellte der Einsatzleiter fest, während sich seine Beamten der beiden Anwesenden annahmen.

Wenig später wussten sie, dass keine Schusswaffen oder waffenähnliche Mittel vorhanden waren.

»Der Ali Baba am Tresen kann sich nicht ausweisen«, sagte der Einsatzleiter. »Ich vermute, er will es nicht. Das ist mit Sicherheit ein Illegaler. Wir werden ihn mitnehmen, auch wenn er so schockiert ist, dass er plötzlich weder Deutsch noch Englisch versteht.«

Lüder versuchte es auf Französisch. Aber auch dazu schwieg der Mann.

»Was haben wir hier eigentlich gesucht?«, fragte der SEK-Leiter schließlich. »Das war ja bisher nicht spektakulär.«

»Das hier«, mischte sich Kriminaloberrat Gärtner ein und zeigte auf den Lagerraum.

»Donnerwetter«, staunte der Beamte des Einsatzkommandos. »Das ist brisant.«

»In der Tat«, stimmte Lüder zu.

»Mich interessiert brennend, woher Sie den Tipp bekommen haben«, zeigte sich Gärtner hartnäckig, als er Lüder ansprach.

»Sagte ich bereits. Anonym. Vermutlich wird jetzt mancher nervös, nachdem es am Montag so fürchterlich geknallt hat.«

Gärtner schüttelte den Kopf. »Kiel scheint wirklich ein explosives Pflaster zu sein. Ich bin zwar kein Sprengstoffexperte, aber hier wurden Sprengsätze gebastelt.«

Das sah Lüder auch. Allerdings schien es ihm nicht so hochgefährlich wie Höpkes Höllenlabor.

»Wir fordern den Kampfmittelräumdienst und die Experten an. Spurensicherung. Das volle Programm«, sagte der Kriminaloberrat. »Hat Ihr Whistleblower auch einen Tipp, wo wir Rexhe Ajdarevic finden?«

»Der ist verreist«, erwiderte Lüder. »Mehr weiß ich nicht. Ich würde mich auch zu gern mit dem Mann unterhalten. Im schlimmsten Fall hat er so etwas«, dabei zeigte er auf die Utensilien, »im Reisegepäck.«

»Ich veranlasse, dass er zur Fahndung ausgeschrieben wird«, versprach Gärtner und schüttelte immer wieder das ergraute Haupt.

Lüder überlegte, ob in Kiel ein Bombenterror geplant war. Wenn seine mit Mennchen diskutierte These, Vierkant und Höpke würden es eventuell auf die Migranten am Ostufer abgesehen haben, zutraf, waren sie im Internetcafé auf die Werkstatt der Gegenseite gestoßen. Die hier entwickelten Sprengsätze waren von einer ganz anderen Bauart als die, die Höpke plante.

Gegen wen sollten sich diese Bomben richten? Es war belastend, solche Vermutungen mit sich herumzutragen. Musste man die Bevölkerung warnen? Wovor? Würde das nicht eine Panik auslösen? Die Menschen würden die Innenstadt und andere zentrale Plätze meiden. Es würde verheerende Auswirkungen auf das Leben in der Stadt haben.

Ob Lorenz Feindt Neues erfahren hatte?

»Ich warte darauf, dass sich der Schwede meldet«, erklärte der Journalist am Telefon.

»Was will der von Ihnen?«

»Er möchte gern, dass ich meine Kontakte in Deutschland offenlege.«

»Die würden mich auch interessieren«, erklärte Lüder. Feindt versteckte sich hinter dem Schutzschild der Pressefreiheit, scheute sich aber nicht, die Verbindung zwischen zwei Rechtsextremen herzustellen. »Wann erfahren wir Namen von Ihnen?«

»Gar nicht. Ich müsste meinen Beruf aufgeben, wenn ich meine Quellen preisgebe.«

»Können Sie es vor Ihrem Gewissen vertreten, dass potenzielle Attentäter weiter frei herumlaufen und womöglich Unschuldige töten?«

»So ist es nicht«, verteidigte sich Feindt. »Ich unterstütze oder decke keine Mörder. Noch ist nichts passiert.«

»Noch nicht!«, mahnte ihn Lüder.

»Sie müssen mir zugutehalten, dass ich den Kontakt zu Ihnen gesucht habe. Freiwillig. Ohne mich wüssten Sie auch nicht, dass die Schweden zu den Deutschen Verbindung aufnehmen wollen.«

»Dann lassen Sie mich wissen, wann und wo sich die beiden Gruppierungen treffen.«

»Mal sehen«, antwortete Feindt ausweichend.

Ein paar Minuten später meldete er sich erneut.

»Wie der Zufall so spielt. Der Schwede hat sich gemeldet. Er will unbedingt mit dem Deutschen sprechen.«

»Und was sagt der Deutsche?«

»Ich weiß es nicht. Noch habe ich ihn nicht erreicht.«

»Haben Sie zu schnell geschossen?«

»Solche Vokabeln mag ich nicht. Die Presse bedient sich des Verstandes und der Feder.«

»Und spritzt mit Tinte. Manche Medien auch mit Blut.«

Feindt zeigte sich *not amused*, als er auflegte.

Langsam verzogen sich die Kopfschmerzen. Lüder stellte sich vor die große Karte, die er mit Klebestreifen an seine Bürowand platziert hatte. Er suchte die Kreuzung im Norden, auf der sich das Unglück ereignet hatte. Sein Finger fuhr von der nahen Knorrstraße, der Wohnung Höpkes, die Holtenauer Straße entlang und kreiste über dem Explosionsort. Welches Ziel hatte Höpke?

Er war nicht auf dem direktem Weg zu einem Attentat gewesen. Das hatte die kriminaltechnische Analyse ergeben. Deshalb waren Ziele mit starkem Publikumsverkehr auszuschließen. Wollte Höpke zu Vierkant? Dafür gab es kein Indiz. Es war kaum vorstellbar, dass er mit Shabani zusammenarbeitete. Der hatte – vermutlich – mit dem flüchtigen Rexhe Ajdarevic einen eigenen Bombenbastler. Darauf deutete der Fund im Hinterzimmer des Internetcafés hin.

Die Sonderkommission hatte ermittelt, dass Höpke in Preetz getankt hatte. Warum?, fragte sich Lüder. Er hielt Höpke nicht für jemanden, der Lustfahrten mit dem Auto unternahm. Gab es persönliche Gründe für diese Ausflüge? Oder hing es mit dem Fall zusammen?

Hinter Preetz lag die gesamte Holsteinische Schweiz. Und irgendwann folgte Lübeck. Der berühmte Heuhaufen, in dem es galt, die Nadel zu finden, war überschaubar im Vergleich zu dieser Frage. Lediglich Sühnsdorfs Unternehmen lag in dieser Richtung. In Plön.

Lüder stutzte. Kurz zuvor hatte er überlegt, ob Höpke mit Vierkant in Verbindung zu bringen sei. Und dem war Lüder auf dem Firmengelände Sühnsdorf begegnet. Er wollte noch einmal mit Professor Bamberger sprechen. Doch zunächst musste er auf die Wik fahren, um sein Auto zu holen.

Professor Bamberger hatte sofort eingewilligt, als Lüder darum bat, ihn noch einmal aufsuchen zu dürfen. Der Wissenschaftler begrüßte ihn jovial.

»Interessieren Sie sich für unsere Arbeit? Oder gehöre ich zu den Verdächtigen?«, fragte er.

»Ich habe meine Handschellen vergessen«, erwiderte Lüder. »Deshalb möchte ich nur ein wenig mit Ihnen plaudern. Bei meinem ersten Besuch habe ich gesagt, dass Sie möglicherweise bedroht werden.«

Der Professor lachte. »Und ich habe Ihnen geantwortet, dass ich das als ganz natürlich empfinde. Vielleicht ist es in unserer Geschichte begründet, dass wir in Deutschland strategische Studien als Teil der Politikwissenschaft vernachlässigen, obwohl wir in zunehmendem Maße eine aktive Rolle in den internationalen Beziehungen spielen. Zu Zeiten des Ost-West-Konflikts wäre es undenkbar gewesen, dass die Bundeswehr im Ausland aktiv wird. Heute spricht keiner mehr über Afghanistan, dass unsere Marine im Mittelmeer kreuzt, die Flugabwehr in der Türkei aushilft, wir uns in Mali logistisch engagiert haben und auch im ehemaligen Jugoslawien dabei sind.«

Shabani stammte aus dem Kosovo, überlegte Lüder. Noch war unklar, welche Rolle er dort gespielt hatte. Ihm wurden Kriegsverbrechen vorgeworfen, während er selbst sich als Verfolgter ausgab.

»Wir dokumentieren Maßnahmen zur Abrüstung und Sicherheit und arbeiten hier mit dem Auswärtigen Amt zusammen. Unsere Mitarbeiter wirken nicht nur an dieser Universität, sondern auch als Gastdozenten an anderen Hochschulen. Wir dürfen von uns behaupten, in diesem Metier eine Institution zu sein, die man wahrnimmt. Aber ich will nicht unsere Arbeit anpreisen.«

Der Professor räkelte sich in seinem Stuhl zurecht.

»Wie kann ich Ihnen behilflich sein?«, fragte er.

»Für einen Normalbürger wie mich ist vieles undurchsichtig. Sie fahren nach München zur Sicherheitskonferenz?«

»Ja. Ich bin dort auch Gastredner.« Unverkennbar schwang eine Spur Stolz mit. »Es ist die fünfzigste Konferenz.«

»Welche Themen werden dort behandelt?«

»Die Krisen dieser Welt. Da sind zunächst die Dauerbrenner Syrien, Iran, Afghanistan. Über neunzig Delegationen haben sich angesagt.«

»Ich sehe im Augenblick keine Verbindung zwischen diesen Themen und den Geschehnissen in Kiel«, sagte Lüder.

»Ein weiterer Schwerpunkt ist die Eurokrise, auch wenn es ein bisschen ruhiger darum geworden ist. Eingeladen sind der Bundesfinanzminister, aber auch der Ex-Weltbankchef und andere Wirtschaftsgrößen. Natürlich ist auch die Europäische Zentralbank prominent vertreten. Es wird eine Diskussionsrunde zur angestrebten Energieunabhängigkeit der Vereinigten Staaten und die Auswirkungen auf die Weltwirtschaft geben. Da spielt natürlich die globale Verschmutzung der Atmosphäre hinein. Stichwort: Treibhausgase. Die Amerikaner weigern sich ebenso wie Chinesen oder andere aufstrebende Länder, ihre Industrieproduktion umweltschonender zu gestalten. Sie befürchten, durch die entstehenden Mehrkosten nicht mehr wettbewerbsfähig zu sein.«

»Das könnte Umweltschützer auf den Plan rufen.«

»Die werden mit Sicherheit in München protestieren«, stimmte Bamberger zu.

»Diese Organisationen suchen aber die Öffentlichkeit und planen keine Attentate aus dem Dunkeln heraus. Sie werfen nicht mit Schattenbomben. Ist in München noch mehr Prominenz vertreten? Außer Ihnen – natürlich.«

Professor Bamberger lächelte. »Mich kennt niemand, zumindest nicht außerhalb unserer Zirkel. In München treffen Sie ein Dutzend Staats- und Regierungschefs, über siebzig Außen- und Verteidigungsminister …«

»Die Crème de la Crème der Weltpolitik«, warf Lüder ein.

»Richtig. Die Spitzenpolitiker von Andorra, Tonga und Swa-

137

siland sind damit nicht gemeint. Dafür kommen aber eine Reihe wichtiger EU-Kommissare, zahlreiche Vorstandsvorsitzende der bedeutendsten Unternehmen und jede Menge Bundestagsabgeordnete.«

»Das ist ein gewaltiger Aufmarsch«, sagte Lüder.

»Als die Konferenz einmal ins Leben gerufen wurde, konnte sich diese Entwicklung niemand vorstellen. Obwohl Letztere nach Meinung meines Freundes Sühnsdorf überflüssig sind.«

Lüder zögerte mit seiner nächsten Frage. Dann entschloss er sich doch, sie zu stellen.

»Vertritt Ihr Freund eine Linie, die außerhalb der Bandbreite liegt, die wir als ›Mitte‹ bezeichnen?«, fragte er bewusst umständlich.

Bamberger hatte ihn verstanden.

»Peter Sühnsdorf ist ein politischer Mensch. Er macht sich ehrliche Sorgen um die Entwicklung in Deutschland, aber auch in Europa. Er ist ein glühender Verfechter bürgerlicher Freiheiten und glaubt, unser Grundgesetz ist das Beste, was Deutsche in Sachen Demokratie je geschaffen haben. Er fürchtet, dass die demokratischen Rechte langsam bröckeln, ohne dass es den Menschen bewusst wird. Die Überwachung durch den Staat, nicht nur durch die Amerikaner, die allumfassende Datensammelwut von Staat, Institutionen und Unternehmen bereiten ihm Kopfzerbrechen. Die individuelle Freiheit geht verloren. Sie können nichts mehr machen, sich nirgendwo hinbewegen, ohne dass es jemand mitbekommt.«

Wenn dem so wäre, dachte Lüder, wüssten wir mehr über Eggert Höpke und seine Bombenbasteleien. »Es geht um die Sicherheit der Menschen in unserem Lande«, sagte er laut.

»Das könnte ich nachvollziehen«, erklärte Professor Bamberger. »Es erklärt aber nicht die allumfassende Datenkrake des Staates, die Regelungswut, das Vordringen in die Intimsphäre.«

»Es klingt so, als würden Sie die Ansichten Ihres Freundes teilen.«

»Ich kann ihn verstehen«, antwortete Bamberger ausweichend. »Schließlich ist er nicht nur als Bürger, sondern auch als Unternehmer betroffen.«

»Im Allgemeinen?«

Der Professor wiegte den Kopf. »Ich spreche ungern über Dritte.«

»Was wird Ihr Thema in München sein?«

»Ich werde mich schwerpunktmäßig mit der Konflikt- und Strategieforschung auseinandersetzen, mit der deutschen und europäischen Sicherheitspolitik. Wie sieht die internationale Sicherheitsarchitektur aus? Wie kann man fragile Staaten stabilisieren? Die maritime Sicherheit verbessern? Stichwort: Piraterie.«

Sofort dachte Lüder an sein somalisches Abenteuer.

»Es geht aber auch um asymmetrische Herausforderungen wie Terrorismus und organisierte Kriminalität.«

»Sie spannen einen weiten Bogen. Ihre Themenpalette dürfte nicht jedem gefallen.«

Bamberger lächelte und wedelte leicht mit den Händen. »München ist kein Wunschkonzert«, erklärte er.

Auf seinem Rechner im LKA fand Lüder eine Nachricht von Lorenz Feindt vor. Der Journalist berichtete, dass sich »der Schwede« gemeldet habe und noch heute ein Treffen mit dem deutschen Kontaktmann suche. Der habe eingewilligt. Die beiden wollten sich abends in Kiel treffen. Lüder rief Feindt zurück.

»So plötzlich?«, fragte er.

»Die Schweden machen Druck.«

»Kennen Sie nur den einen? Oder haben Sie auch andere getroffen?«

»Ich möchte nicht über meine Kontakte sprechen«, wich Feindt aus.

»Sie suchen aber das Gespräch mit mir.«

»Das habe ich Ihnen schon erklärt. Das Ganze gewinnt eine Dimension, die zu groß und zu heiß wird.«

»Finden Sie es nicht rätselhaft, dass man ausgerechnet Sie als Vermittler auserwählt hat?«

»Man kennt meine Arbeit«, antwortete der Journalist.

»Sind Sie bei dem Treffen dabei?«

»Ich werde mich melden.«

»Können Sie meine Frage nicht beantworten?«

»Das möchte ich nicht. Ich würde riskieren, dass Sie mich überwachen und damit die ganze Mission gefährden. Die Schweden, aber auch die Deutschen sind sehr misstrauisch.«

»Sie sprechen von Verbrechern. Für die ist kein Platz in unserer Gesellschaft.«

»Das ist Ihre Unterstellung. Noch ist nichts passiert. Könnte man es nicht so formulieren, dass sich Leute austauschen wollen, die unkonventionelle politische Ideen haben?«

»Das ist eine merkwürdige Formulierung für rechtsextremistisches Gedankengut.«

»Ich möchte noch ein wenig warten.«

»Soll das Ergebnis im Jupiter veröffentlicht werden?«

»Das ist das Magazin, für das ich in der letzten Zeit arbeite.«

Lüder war versucht, mit Feindt über die politische Tendenz des Blattes zu diskutieren, unterließ es aber. Er wollte den Journalisten nicht verschrecken, sondern als mögliche Informationsquelle weiter nutzen.

Ob sich jemand Gedanken über den Namen des Magazins gemacht hat? Jupiter war der größte Planet unseres Sonnensystems. Litten die Macher unter Größenwahn? Kaum, überlegte Lüder. Jupiter war ein Gasplanet und verfügte über keine sichtbare feste Oberfläche. Er galt als lebensfeindlich und war nicht greifbar.

Traf das auch auf das Magazin gleichen Namens zu? Es gehörte jedenfalls nicht zu den Medien, aus denen Lüder seine Informationen zog und dessen Meinung zu seiner politischen Willensbildung beitrug.

Geert Mennchen wirkte genervt, als Lüder ihn in dessen Büro an der Förde aufsuchte.

»Ich habe keine Neuigkeiten für Sie«, erklärte Mennchen.

»Mich interessiert, ob Sie etwas über religiös motivierte Extremisten wissen. Shabani deutete an, dass Laimpinsl ihm den Zugang zu Gott verwehren würde. Ich frage mich, ob das im Zusammenhang mit dem Anschlag auf ihn stehen könnte.«

»Shabani ist kein Unbekannter für uns. Das habe ich nicht geleugnet. Er ist allerdings nie als Islamist in Erscheinung getreten.

Uns liegen keine Erkenntnisse über terroristische Aktivitäten vor«, sagte Mennchen und lehnte sich entspannt zurück.

»Warum beschäftigt sich der Verfassungsschutz mit ihm?«

»Der Polizei ist es nicht gelungen, ihm Straftaten nachzuweisen. Der Mann lebt von Sozialhilfe. Jeder weiß, dass die Familie hier ein gut etabliertes Netzwerk unterhält.«

»Dessen Kopf ist aber nicht Shabani.«

»In diesem Punkt bin ich anderer Meinung. Diese Leute halten innerhalb der Familie zusammen. Aber auch aus einer gemeinsamen Herkunft aus dem gleichen Distrikt entstehen solide Seilschaften.«

»Wir wissen von einem Onkel, der wirtschaftlich gut etabliert ist.«

Mennchen lachte auf. »Sie meinen den älteren gebrechlichen Herrn aus einem Gebirgsdorf. Das ist nicht Ihr Ernst.«

Lüder wollte mit dieser Feststellung nur in Erfahrung bringen, welche Details dem Verfassungsschutz bekannt waren. »Man sollte niemanden unterschätzen.«

»Das sollten Sie auch auf die Zusammenarbeit mit uns anwenden«, sagte Mennchen. »Ihnen ist bekannt, dass der Onkel regelmäßig zwischen Schweden und Deutschland pendelt?«

»Die Skandinavier haben viele Bürgerkriegsflüchtlinge aufgenommen. Deshalb greift die Bundespolizei immer wieder ganze Konvois mit Menschen auf, die von Schlepperorganisationen nach Schweden gebracht werden sollen.«

»Das sehen dort manche Einheimische als Problem. Es gibt eine lebhafte Szene, die sich dagegen wehrt. Bei aller Liberalität der Nordländer, diese Gruppen agieren sehr populistisch.«

»Gibt es Verbindungen zu Gleichgesinnten in Deutschland?«, fragte Lüder.

»Das würde ich nicht ausschließen«, antwortete Mennchen ausweichend.

»Lassen Sie mich an Ihren Beobachtungen teilhaben, gleich ob es gegen diese Leute gerichtet ist oder gegen Shabani. Wir suchen extrem gewaltbereite Täter, die nicht davor zurückschrecken, viele unschuldige Opfer in Kauf zu nehmen.«

»Im schlimmsten Fall sogar danach trachten, mit einer großen

Zahl an Toten und Verletzten Aufmerksamkeit zu erringen«, ergänzte Mennchen. »Terroristische Gewalt richtet sich nicht gegen den Einzelnen, sondern soll immer das Gesamte treffen.«

»Wer beabsichtigt, sich auf diese Weise Aufmerksamkeit zu verschaffen, Herr Mennchen? Höpkes Bombenentwicklung war kein Warnschuss. Gegen welches Ziel richten sich die Planungen? Wir sind denen nur durch einen Zufall auf die Spur gekommen. Hätte es nicht den Unfall gegeben, wären wir womöglich durch einen ungeahnten Gewaltakt überrascht worden. Was übersehen wir?«

Mennchen wirkte ratlos. Es war nicht gespielt, als der Verfassungsschützer müde den Kopf schüttelte. »Glauben Sie mir, aber darüber zerbreche ich mir auch den Kopf.«

»Höpke hat etwas Hochexplosives zusammengemischt. Er ist uns als Knallfrosch bekannt. Davon müssen auch andere Wind bekommen haben, die sich seiner Dienste bemächtigt haben. Ich halte Höpke nicht für politisch motiviert, um solche Attentate aus eigenem Antrieb zu planen. Eher hat es den Anschein, als sollten seine Kenntnisse missbraucht werden. Offen ist für mich, ob Höpke mit Geld geködert wurde oder man sein Faible für Explosivmittel angesprochen hat. Auf diesem Spezialgebiet verfügte er über einige Kenntnisse, aber nicht über genug. Sonst hätte er nie den leichtsinnigen Fehler begangen, der zu der folgenschweren Explosion auf der Wiker Kreuzung geführt hat. Setzt man das zusammen, so ergibt sich für mich das Bild einer gefährlichen, aber nicht hochprofessionellen Organisation. Entweder kennen wir die Gruppierung noch nicht, oder eine andere Truppe, die bisher in einer unteren Liga gespielt hat, versucht den Aufstieg.«

»Das erschwert unsere Arbeit«, stimmte Mennchen ihm zu. »Es gibt eine gute Vernetzung innerhalb der bekannten Terrororganisationen. Das Gefährliche ist, dass wir die schlummernden Vulkane kennen und beobachten, aber manchmal überrascht uns eine Gewalteruption.«

»Mit fatalen Folgen«, ergänzte Lüder. »Wissen Sie etwas über Kontakte, die Schweden mit deutschen Rechtsextremisten knüpfen wollen?«

»Nichts Konkretes. Sie?«

Jetzt schüttelte Lüder den Kopf. »Ich zerbreche mir aber den Kopf darüber, welchen Ort sich die Täter für einen Sprengstoffanschlag ausgesucht haben.«

»Sind Sie sich sicher, dass so etwas geplant war?«

»Es ist nicht auszuschließen.« Dann berichtete Lüder von seinen Überlegungen. »Ich möchte das aber nicht an die große Glocke hängen. Es besteht die Gefahr, dass die Medien es groß herausstellen und die Menschen Angst bekommen. Niemand kann die Folgen abschätzen, wenn das öffentliche Leben vielleicht nicht zusammenbricht, aber gelähmt wird. Stellen Sie sich vor, was es bedeuten würde, wenn für eine gewisse Zeit nur zehn Prozent Konsumenten weniger in die Innenstadt kämen.« Lüder hielt kurz inne. »Ob es das ist? Wollen die Täter Panik schüren? Aber warum?«

»Es ist gleich, welches Ziel die Leute im Auge haben. Es gilt, dieses Verbrechen zu verhindern. Sofern es eines geben soll«, schob Mennchen hinterher.

»Sein oder Nichtsein; das ist hier die Frage:
Ob's edler im Gemüt,
die Pfeil und Schleudern
des wütenden Geschicks erdulden oder,
sich waffnend gegen eine See von Plagen,
durch Widerstand sie enden? Sterben – schlafen«,

sagte Lüder auf.

Mennchen nickte anerkennend. »Klingt nach Shakespeare.«

Sie schwiegen beide. »Durch Widerstand sie enden? Sterben? Schlafen?«

»›Hamlet‹. Es handelt von einem Brudermord, um an die Macht zu kommen. Zum Schluss stürzen alle Beteiligten ins Unglück. Eine Tragödie.«

»So weit darf es in unserem Fall nicht kommen«, erklärte Mennchen.

Recht hatte er. Aber wie konnte man etwas verhindern, wenn man nicht wusste, was es war?

Inzwischen war es dunkel geworden. Bei diesen Witterungsver-
hältnissen war es nicht verwunderlich, dass überall die Lichter
brannten. Lüder hatte Probleme, sich auf den Verkehr zu konzentrieren. Immerzu kreisten seine Gedanken um die offenen
Fragen. Was übersah er? Wo war das Ende des entscheidenden
Fadens? Shabani und seine Leute? Hing es mit deren Vergangenheit zusammen? Spielten religiöse Motive eine Rolle? Shabani
hatte gesagt, Laimpinsl sei ein Rassist und hätte Shabanis Leuten
den Zugang zu Gott verbaut. Das war eine merkwürdige Formulierung gewesen. Was hatte Vierkant damit zu tun? Welche
Verbindungen hatte Höpke? Auch die Gespräche mit Professor
Bamberger hatten Lüder nicht weitergeführt.

Doch!, schoss es ihm durch den Kopf. Im letzten Moment
gelang es ihm, zu bremsen. Der BMW rutschte bedenklich
in Richtung des Vordermanns, dessen rote Bremslichter grell
aufleuchteten. Lüder hatte mehr Glück als Cornelia Laimpinsl.
Sein Fahrzeug krachte nicht in das Heck des anderen Autos.

Er musste alle Energie aufwenden, um sich wieder auf den
Verkehr zu konzentrieren. Bamberger! Der Professor war als
Redner auf der Münchner Sicherheitskonferenz eingeladen.
Bamberger war in seiner Funktion als Experte für Sicher-
heitspolitik und Terrorismusforschung sowie aufgrund seiner
Zugehörigkeit zum jüdischen Glauben eine Zielscheibe für
Andersdenkende und Ewiggestrige. Trotz seiner internationalen
Reputation als Wissenschaftler besaß er aber nicht die Bedeu-
tung, dass man ihn persönlich als Zielscheibe auserkoren hatte.

Nein. In Kiel gab es keinen Kongress. Aber in München.
Dort sollte in der kommenden Woche die fünfzigste Internatio-
nale Sicherheitskonferenz stattfinden. Dort würden sich über
dreihundertfünfzig Spitzenpolitiker und Experten aus sechzig
Ländern treffen, darunter Staats- und Ministerpräsidenten,
Außenminister und Notenbankchefs. Auch der amerikanische
Präsident?

Im vergangenen Jahr hatte man über Libyen, Syrien und
andere Brennpunkte gesprochen. Der NATO-Einsatz würde
auch in diesem Jahr diskutiert werden, Gefahren, die von ge-
waltbereiten Islamisten ausgingen. Die Eurokrise war noch nicht

ausgestanden, und die Abhöraffäre hatte einen Keil zwischen die USA und Europa getrieben. Was hatten führende Amerikaner gesagt? Es gibt keine Freunde, nur Partner. Oder nützliche Idioten, dachte Lüder grimmig.

Vom Büro aus versuchte Lüder, Bamberger zu erreichen. Vergeblich. Im Telefonbuch war der Professor nicht verzeichnet. Lüder griff auf die Daten zurück, die den Behörden zur Verfügung standen. Es meldete sich nur die Mobilbox. Auf dem Festnetzanschluss nahm niemand ab.

Lüder rief in Plön bei Peter Sühnsdorf an.

»Ich bin überrascht«, sagte der Unternehmer. »Was kann ich für Sie tun?«

»Haben Sie weitere Telefonnummern, unter denen ich Ihren Freund Bamberger erreichen kann?« Lüder nannte die ihm bekannten.

»Leo? Was ist mit ihm?«

»Ich habe eine wichtige Frage.«

»Kann ich Ihnen weiterhelfen? Schließlich diskutieren wir oft miteinander, auch wenn der alte Kauz eine ganz andere Meinung hat. Das tut aber unserer Freundschaft keinen Abbruch.« Dann ließ sich Sühnsdorf die Lüder bekannten Rufnummern vorlesen.

»Nein«, erwiderte er. »Andere kenne ich auch nicht. Ich bin überrascht, dass Leo Ihnen die Festnetznummer gegeben hat. Das ist eine Auszeichnung. Sie erfahren von ihm eher den Stand seines Kontos als die Telefonnummer.«

Lüder bedankte sich und legte auf.

Bayern ist nicht nur ein großes, sondern auch ein besonderes Land. Man nennt die Einheimischen oft die Texaner Deutschlands. Das fand Lüder bestätigt, als er versuchte, einen Ansprechpartner zu finden. Bayerische Staatliche Polizei. Ein merkwürdiger Name. Gab es auch noch eine nicht staatliche Polizei?, überlegte Lüder mit einem Schmunzeln. Vielleicht eine königliche? Er versuchte es beim Landeskriminalamt, dem immerhin ein Polizeipräsident vorstand. In Schleswig-Holstein

145

begnügte man sich mit einem »Leiter«. Lüder durchwanderte die Organisationsstruktur von der Abteilung 4, über den polizeilichen Staatsschutz bis hin zum Dezernat 42 und wurde von dort an das Sachgebiet 421 verwiesen.

»Grüß Gott«, meldete sich eine Männerstimme.

»*As-salāmu ʿalaikum*«, erwiderte Lüder. Er war nicht erfreut über die nicht nur sprichwörtliche lange Leitung bis zu diesem Gesprächspartner. Es störte ihn, dass man sich am anderen Ende der Republik hinter Verwaltungsstrukturen zu verstecken schien.

»Hä? Was soll das?«

»Ich habe mit einem Gruß aus einer anderen Religion erwidert. So begrüßen sich zum Beispiel auch die orientalischen Christen.«

»Verstehe ich nicht.«

»Sie haben ›Grüß Gott‹ gesagt, statt einen ›Guten Tag‹ zu wünschen.«

»Sind Sie nicht ganz dicht?« Der Bayer schien es deftig zu lieben.

»Richtig. Und das ist gut so. Sonst würden die Endprodukte der Verdauung nicht ausgeschieden werden, sondern irgendwann im Gehirn landen. Und manche Leute haben eben Sch…«, Lüder ließ einen langen Zischlaut hören, »im Gehirn. Mein Name ist Lüders vom Landeskriminalamt Schleswig-Holstein.«

»Und? Was soll das heißen?«

»Ich würde gern mit einem kompetenten Kollegen aus Ihrem Haus sprechen.«

Es erscholl ein tiefes Lachen. »Wir fühlen uns alle verantwortlich. Jeder Polizist in Bayern schützt den Staat. Und die Menschen in Bayern.«

»Ich suche einen Spezialisten im Bereich polizeilicher Staatsschutz. Und bevor Sie wieder mit Erklärungen kommen: Es geht um einen möglichen Anschlag.«

»Soso. Spannend. Von links? Von rechts? Islamisten? Andere Ausländer? Spionage? Oder planen die Fischköpfe eine Invasion mit Heringskuttern?«

»Bin ich beim LKA gelandet, oder unterhalte ich mich mit einem Redakteur des Bayerischen Fernsehens für Komik?«, fragte Lüder. »Wie heißen Sie überhaupt?«

»Ist das von Belang?«

»Es ist höflich.«

»Dopplmair.«

»Hör mal zu, Zwilling«, sagte Lüder unfreundlich. »Ich möchte hier nicht Nonsens diskutieren. Im bayerischen Polizeiaufgabengesetz steht, dass Sie auch präventiv tätig werden. Sie schützen den Bürger und den Freistaat. Und manchmal vielleicht auch die Bundesrepublik. Also! Verbinden Sie mich jetzt mit dem Abteilungsleiter des polizeilichen Staatsschutzes.«

»Dem Abteilungsleiter? Sind Sie größenwahnsinnig? Der hat nicht für jeden Zeit, schon gar nicht für einen Fischkopp. Sie sollten wieder zurück zu Ihren Kühen und Krabben fahren.«

Lüder unterließ es, darauf etwas zu entgegnen. Es ärgerte ihn, dass sein Gesprächspartner sich gleichzeitig arrogant und überzogen folkloristisch gab. Das lag sicher auch an der übertriebenen Klangfärbung seiner Aussprache.

»Genug des Palavers. Freistaat hin oder her. Bei uns gibt es frei laufende Hühner. Verbinden Sie mich jetzt mit einem kompetenten Kollegen, oder ich hetze Ihnen sonst wen auf den Hals, weil Sie einen schwerwiegenden Angriff auf unsere Demokratie begünstigt haben. Wissen Sie überhaupt, was Demokratie ist?«

»Schafbeidlwascher.«

Es knackte in der Leitung, dann erklang Musik, unterbrochen vom Hinweis »Bitte warten Sie«.

»Luther«, meldete sich eine weitere Männerstimme.

»Martin?«

»Hauptkommissar. Um was geht es?« Der Mann sprach Hochdeutsch, obwohl deutlich der bayerische Dialekt mitschwang. Lüder stellte sich vor.

»Wir haben Anzeichen dafür, dass in München ein Anschlag verübt werden soll.«

»Sie?«, kam es ungläubig über die Leitung. »Woher?«

»Das ist eine lange Geschichte.«

»So viel Zeit habe ich nicht. Außerdem wüssten wir davon,

wenn etwas im Busch wäre. Glauben Sie mir. Wir haben unseren Laden im Griff.«

»Offenbar nicht. Wir sind hier auf etwas gestoßen, das wir nicht ohne Weiteres abtun können.«

»Geht es in einer Kurzfassung?«, knurrte Luther.

Lüder berichtete knapp von seinem Verdacht, dass die Münchner Sicherheitskonferenz das mögliche Ziel eines terroristischen Anschlags sein könnte.

»Das klingt dubios«, sagte Luther. »Haben Sie etwas Konkreteres als Ihre Vermutung? Wir können nicht auf jeden Verdacht hin aktiv werden. Hier herrscht Hochbetrieb. Die Sicherheitskonferenz fordert unsere Ressourcen.«

»Wenn wir Namen, geplante Orte oder Zeiten kennen würden, hätten wir Ihnen diese Informationen zukommen lassen.«

»Ich weiß nicht.« Luther zeigte sich nicht interessiert.

»Gut. Dann werde ich jetzt ein Protokoll über unser Gespräch erstellen und es dem Innenministerium zustellen.«

»Gleich dem Ministerium?«, fragte der Bayer erstaunt.

»Bei uns gibt es kurze und effektive Dienstwege. Eine Kopie geht ans BKA, eine weitere an den bayerischen Staatsminister des Inneren.«

Es entstand eine kurze Pause.

»Sie wollen den Bund aktivieren? Bist a Zipfelklatscher?«

»Ja. Das BKA. Das marschiert dann nach Bayern ein.«

»Haha.« Das Lachen klang unecht. »Haben Sie Material, das wir prüfen können?«

»Wollen wir kollegial zusammenarbeiten?«, antwortete Lüder mit einer Gegenfrage.

»Wir sind hier in Bayern. Wer wüsste besser als wir, was hier läuft?«

»Offenbar ist Ihnen etwas entgangen.«

Luther seufzte. Dann sagte er etwas auf Bayerisch, das Lüder nicht verstand.

»Ich spreche mit meinen Vorgesetzten«, sagte der Bayer und bat um Lüders Kontaktdaten, bevor er sich mit einem »Pfüati« verabschiedete. Der abfällige Ton war nicht zu überhören.

Lüder suchte den Abteilungsleiter auf. Dr. Starke machte

einen erschöpften Eindruck. Das hat sicher andere Gründe als bei mir, überlegte Lüder und berichtete von seinem Telefonat mit dem LKA in München.

»Das ist sehr unbestimmt«, gab der Kriminaldirektor zu bedenken. »Und mit diesen halb leeren Händen wollen Sie nach München fahren?«

»Wir haben derzeit keine anderen konkreten Spuren. Oder gibt es Erkenntnisse bei der Sonderkommission, von denen ich nichts weiß?«

Dr. Starke sah ihn an, antwortete aber nicht. Der Kriminaldirektor zog die Stirn kraus. Schließlich zuckten seine Augenlider.

»Haben Sie mit den Bayern gesprochen, ob die bereit sind, die Kosten für die Amtshilfe zu übernehmen?«

»Sie meinen, die sollen meine Reise bezahlen?«

Dr. Starke nickte.

»Dann gebe ich den Auftrag zu Ihren Händen zurück.« Lüder betrachtete die Schatten unter Dr. Starkes Augen. »Und mit dem Auftrag die Verantwortung.«

»So geht das nicht, Herr Lüders«, antwortete der Vorgesetzte.

»Doch. Sie können nicht sagen: Wasch mich, aber mach mich nicht nass. Wenn Sie glauben, es wäre eine Lustreise nach München … Ich schreibe Ihnen einen Bericht über meine Ermittlungen und Vermutungen, dann können Sie den Fall vor Ort weiterverfolgen. Vielleicht macht ein Kriminaldirektor auf die Bayern mehr Eindruck als ein kleiner Beamter.«

Mit Belustigung registrierte Lüder, wie Dr. Starkes Mundwinkel nervös zuckten.

»Gut«, entschied der Abteilungsleiter. »Sie hören von mir.«

Auf dem Flur stieß Lüder mit Gärtner zusammen. Lüder nickte dem Kriminaloberrat zu und war schon fast an ihm vorbei, als er »Ach, Herr Kollege« hörte. Er drehte sich um. Gärtner zeigte mit dem Finger auf Lüder.

»Ich vermute, es interessiert Sie. Die Kriminaltechnik hat superschnell gearbeitet. Am Saum der Hose, die zuerst bei Ihnen gelandet war, konnten Blutspritzer festgestellt werden. Die DNA-Analyse wird zeigen, ob sie von Thomas Laimpinsl stammen. Es ist anzunehmen, dass etwas an den Hosensaum gekommen ist, als der Täter auf das Opfer eintrat. Das kann noch nicht beim ersten Tritt erfolgen, sondern bei einem der folgenden, als die Haut Laimpinsls schon aufgeplatzt war. Eine der Hosen ist ein wahrer Fundus an Spuren. Es sollte nicht schwerfallen, sie dem Träger zuzuordnen. Wir müssten nur eine Idee haben.«

»Da kann ich auch nicht weiterhelfen. Ich weiß nur, dass Laimpinsl von Ismail Shabani und einem seiner Schläger – einem gewissen Bledi – öfter bedroht wurde.«

»Wie heißt der weiter?«

Lüder zuckte mit den Schultern. »Tut mir leid. Aber das sind nur allgemeine Informationen. Mehr weiß ich auch noch nicht.«

»Dafür haben wir Rexhe Ajdarevic zur Fahndung ausgeschrieben. Bisher konnten wir feststellen, dass er sich unter falschem Namen am Ostseekai einen BMW gemietet hat.«

»Wie nennt er sich?«

»Dušan Šćepović.«

»Das ist ein serbischer Name«, überlegte Lüder. »Ganz schön dreist. Ajdarevic steht im Verdacht, an Terrorakten gegen serbische Polizisten beteiligt gewesen zu sein. Jetzt bedient er sich serbischer Namen. Sind Sie weitergekommen hinsichtlich der Verbrechen, die Shabani und seine Leute in ihrer Heimat begangen haben sollen?«

»Wir werden uns diese Leute genauer ansehen. Aber vorrangig müssen wir die anderen Spuren verfolgen«, sagte Gärtner und setzte seinen Weg fort.

Lüder sah auf die Uhr. Verdammt. Er hatte noch einen wichtigen Termin.

Es war spät, als Lüder auf die Einfahrt seines Hauses am Hedenholz fuhr.

Margit saß im Wohnzimmer, strickte und ließ nebenbei den Fernseher laufen. Lüder würde nie verstehen, wie Frauen beidem gleichzeitig Aufmerksamkeit schenken konnten.

»Als Mutter lernst du, multitaskfähig zu sein«, hatte Margit ihm geantwortet. Sie sah ihn an, blickte demonstrativ zur Uhr und spitzte die Lippen.

»Ich habe das neue Auto abgeholt«, erklärte er.

»Du hast … was?« Sie war verblüfft.

»Es war nicht mehr erträglich, dass wir nur mit einem Auto auskommen mussten, nachdem der Bulli endgültig den Geist aufgegeben hatte.«

Margit legte das Strickzeug zur Seite, stand auf, gab ihm einen flüchtigen Kuss und fragte: »Steht er draußen?«

Lüder nickte.

Er schmunzelte, als er ihre unbezähmbare Neugierde bemerkte. »Zieh dir etwas über«, sagte er. »Es ist nasskalt.« Margit ignorierte seine Warnung, öffnete die Haustür und blieb wie angewurzelt stehen.

»Ist das dein Ernst?« Als sie ihn ansah, bemerkte er das Entsetzen in ihren Augen.

»Aber wieso? Für einen rassigen Sportwagen reicht es nicht. Und der hier hat alle Vorzüge, die unser Bulli auch hatte.«

»Biiiitte?«

Lüder war überrascht, wie lang man diese Frage dehnen konnte.

»Ist das …?« Jonas drängelte sich an beiden vorbei.

»Komm sofort rein«, rief Margit, als er auf Strumpfsocken durch den Matsch zum Auto eilen wollte. Reaktionsschnell packte sie ihn an der Kapuze seines Shirts und zog ihn zurück.

»Grrrrh«, entfuhr es Jonas' Lippen, als ihm die Luft abgeschnitten wurde. Er ruderte mit den Armen, blieb aber im schützenden Hauseingang. »Geil«, war sein Kommentar zum neuen Fahrzeug.

»Du siehst, die Kinder sind begeistert.«

»Du glaubst nicht wirklich, dass ich mich da hineinsetze?«

»Warum nicht? Der Wagen hat Platz und Ladefläche.«

»Lüder!« So nannte sie ihn nur, wenn es kritisch wurde. »Was ist das überhaupt für einer? So etwas fährt man im Urwald. Oder in der Wüste.«

Er versuchte, ihre Hand zu greifen, aber sie entzog sie ihm.

»Das ist trendy. Wer etwas auf sich hält, fährt einen SUV.«

Margit lachte auf. »Den hast du wohl eher im Suff gekauft.«
Sie sah ihn an. »Sag nicht, du hast ihn von Horst. An dem
Abend, als du so fürchterlich versackt warst?«

»Horst hat nichts damit zu tun.«

»Das will ich auch hoffen. Bei so was geht die beste Freundschaft in die Brüche. Oder eine Beziehung.«

»Sieh ihn dir bei Tageslicht an«, empfahl Lüder.

»Lieber nicht.« Sie drehte sich um und verschwand ins
Hausinnere.

Es dauerte drei Gläser Rotwein, bis Margit vorsichtig fragte.
»Was ist das für ein Modell?«

»Ein Toyota Land Cruiser.«

»Baujahr?«

»Na ja«, druckste Lüder herum. »Er ist gebraucht.«

»Baujahr!« Es war ein Befehlston, den man nicht ignorieren
konnte.

»Was in den Achtzigern.«

»Bist du übergeschnappt?«

»Margitmäuschen. Ich bin noch älter und ganz brauchbar.«

»Du hast auch keine vier Räder. Was schluckt er so?«

»Diesel.«

»Ich will wissen, wie hoch der Verbrauch ist.«

»Das ist nicht so wichtig. Du fährst ihn ja nur auf kurzen
Strecken in der Stadt.«

»Ich fahr das Ding nicht.«

Es waren Margits letzte Worte an diesem Abend. Fast. Als sie
sich später im Bett an ihn anschmiegte, kam ein »Gute Nacht.
Schlaf gut« über ihre Lippen. Das klang schon versöhnlicher.

SIEBEN

Die morgendliche Lagebesprechung hatte keine neuen Ergebnisse gebracht. Das lag sicher nicht nur daran, dass heute, am Sonnabend, nur ein Teil der Mitarbeiter anwesend war. Die Mitglieder der Sonderkommission arbeiteten fieberhaft daran, Höpkes Kontakte zu ermitteln. Der Mann schien ein Einsiedler gewesen zu sein.

Man hatte noch einmal den Pastor und den Küster der Lukaskirche befragt, die Höpke gelegentlich aufgesucht hatte. Dort konnte man sich vage an ihn erinnern. Außer dem Kirchenbesuch hatte er aber kein Engagement gezeigt und mit niemandem gesprochen. Die Nachbarn stellten mehr Mutmaßungen an, als sie an Informationen vermitteln konnten. Freunde gab es anscheinend keine, nur Bekannte. Die wussten aber auch nichts über irgendwelche Verbindungen zu politisch tätigen Gruppierungen. Höpke hatte sich nicht an Protestaktionen beteiligt, man hatte von ihm nie kritische Äußerungen wahrgenommen.

»Ein ehemaliger Schulfreund, mit dem er ein paar Worte wechselte, wenn man sich zufällig auf der Straße traf«, erklärte ein Beamter in der Lagebesprechung, »meinte, Höpke hätte so viel Interesse für Politik gezeigt, wie er an der Lebensweise des Gewitterfurzers interessiert war.«

»Des was?«, fragte Gärtner nach. Ein Hauch Missbilligung lag in der Stimme.

Der Beamte lächelte. »Klingt merkwürdig, aber das ist ein seltener Fisch, den es wirklich gibt.«

»Es ist unwahrscheinlich, dass ein Gesinnungstäter seine Meinung so verdeckt hält, er sich nie offenbart und ihm zu keiner Zeit ein Wort herausrutscht, das seine Überzeugung anklingen lässt«, sagte Lüder. »Das lässt nur den Schluss zu, dass Höpke die tödliche Mixtur im Auftrag anderer hergestellt hat.«

»Aber für wen?«, fragte Dr. Starke.

Belustigt registrierte Lüder, dass die Anwesenden den Kriminaldirektor spöttisch ansahen. Lüder unterdrückte die Frage, ob der Abteilungsleiter wisse, weshalb sich die Runde traf.

»Thomas Laimpinsl ist immer noch nicht vernehmungsfähig«, fuhr Gärtner fort. »Wir sind weiter am Ball. Unklar sind auch noch die Quellen, von denen Höpke seine Materialien bezog. Das gilt insbesondere für die Glaskolben, die wir in Höpkes primitivem Labor gefunden haben. Die sind nicht im allgemeinen Handel zu beziehen. Wir haben die einschlägigen Quellen abgefragt. Leider vergeblich.«

»Sind die vertrauenswürdig?«, wollte Dr. Starke wissen.

»Soweit wir es abschätzen können – ja.« Dann berichtete Gärtner, dass auch die anderen Spuren weiterverfolgt würden. Wie immer gab es zahlreiche Hinweise aus der Bevölkerung. Keiner hatte sich bisher als richtig erwiesen.

Anschließend trug Dr. Starke Lüders Theorie vor, dass möglicherweise die Münchner Sicherheitskonferenz das Anschlagsziel sein könnte.

»Ich bin dafür, auch den Papst als Zielobjekt in Erwägung zu ziehen«, murrte ein jüngerer Beamter. »Das klingt sehr abwegig.«

»Ich bin auch nicht davon überzeugt«, schloss sich der Abteilungsleiter an.

»Warum sollte ausgerechnet hier – in Kiel – ein Attentat auf die Sicherheitskonferenz vorbereitet werden?«, fragte ein weiterer Teilnehmer der Runde.

Dr. Starke zeigte auf Lüder. »Dazu kann Herr Dr. Lüders etwas sagen. Von ihm stammt diese Idee.«

»Es gibt Hinweise, die in diese Richtung führen«, antwortete Lüder ausweichend.

»Dann lassen Sie Fakten hören«, forderte der jüngere Beamte ihn auf.

»Die bewegen sich in einem sehr vertraulichen Rahmen. Schließlich trifft sich in München die Weltelite.«

»Machen wir hier Teamwork? Oder kurvt jemand von uns als Einzelgänger durch die Landschaft?« Der Kollege vermied es, Lüder direkt anzusehen. »Es passt zur Humoreske, dass selbst James Bond mitmischen soll. Dieser Araber …«

154

»Shabani stammt aus dem Kosovo«, unterbrach Lüder.

»Der faselt ständig davon, dass er James Bond begegnet wäre.«

»Sind Sie Bond auf der Spur?«, sprach Lüder den Beamten an.

»Ich? Wieso? Das ist doch ein Hirngespinst.«

»Vielleicht verstehen Sie irgendwann, dass wir hier fast nur Hirngespinsten hinterherjagen. Sehen Sie sich um, sammeln Sie Erfahrung. Dann können Sie auch mitreden.«

Der Mann schluckte. Es war nicht Lüders Absicht gewesen, ihn bloßzustellen, aber er hatte damit die Diskussion über seine Theorie von der Sicherheitskonferenz abgewürgt.

Nach Abschluss der Besprechung zog ihn Dr. Starke an die Seite. »Ich habe mich für Sie eingesetzt«, wisperte er. »Es war nicht einfach, aber Sie finden in mir stets einen Fürsprecher. Das wissen Sie ja.«

Lüder wunderte sich, dass seinem Vorgesetzten nicht der Honig aus dem Mundwinkel troff.

»Sie können nach München fahren. Ich habe außerdem Frau Beyer beauftragt, ein Hotelzimmer für Sie zu buchen. Ein schwieriges Unterfangen, da die Unterkünfte seit Langem ausgebucht sind. Die Sicherheitskonferenz zieht neben den Teilnehmern auch Journalisten an.«

»Das Beste wäre, wenn ich im Tagungshotel wohnen würde. Ich wäre direkt am Ort des Geschehens.«

Dr. Starke sah ihn entsetzt an. »Im Bayerischen Hof? Das ist eines der führenden Hotels Deutschland. Absolute Spitzenklasse. Da kostet eine Übernachtung über fünfhundert Euro. Ausgeschlossen.«

Natürlich war es Lüder klar, dass solche Reisekosten nicht genehmigt würden. Er ließ sich Namen und Anschrift des Hotels geben, registrierte, dass der Name der Unterkunft Annehmlichkeiten versprach, da er auf eine ruhige Gartenlage verwies.

»Sie nehmen den Zug«, erklärte der Abteilungsleiter.

Lüder kehrte in sein Büro zurück, suchte sich ein paar Unterlagen zusammen und rief zu Hause an.

»Na?«, fragte Margit. »Willst du mir sagen, dass du den rollenden Schrotthaufen vor der Haustür abholen willst? Ich habe mir das Ding bei Licht angesehen. Das Gefährt besteht nur aus Rost.«

»Das ist oberflächlich«, behauptete Lüder. »Dieses Modell ist ausgesprochen robust. In der ganzen Dritten Welt wird es geschätzt.«

»Dann lass es uns in den Busch verschicken. Wir tun damit ein gutes Werk.«

»Du bist ungerecht«, sagte Lüder und bat Margit, seine paar Sachen für eine Reise zusammenzupacken.

»Du willst weg?«, fragte sie überrascht. »Es ist Wochenende.«

»Ich arbeite nicht auf dem Katasteramt«, erwiderte er. »In München findet die Sicherheitskonferenz statt.«

»Da sollst du etwas vorsingen?«

»Ich war einmal im Personenschutz tätig. Jetzt ist meine Expertise gefragt.«

»Haben die in Bayern keine eigene Polizei?«

»Doch, aber keine so gute wie die Schleswig-Holsteinische Landespolizei.«

Margit lachte. »Ich höre dich nachher im Radio.«

»Bitte?«

»Da ist Märchenstunde.« Sie versprach, seinen Koffer zu packen.

Eine Viertelstunde später hielt er vor seinem Haus. Er registrierte, dass der Toyota keinen Zentimeter bewegt worden war.

Margit fand er im Schlafzimmer. Sie sortierte seine Wäsche in den Koffer.

»Der Kulturbeutel?«, fragte er.

»Schon erledigt.«

Er nahm sie in den Arm. »Danke.«

Aus den Augenwinkeln sah sie, dass er seine Pistole im Schulterhalfter zurechtrückte.

»Mit Waffe?«, fragte sie skeptisch. »Was hat das zu bedeuten?«

»Reine Routine. Vorschrift.«

»Du bist Kriminalrat!«

»Ich bin Polizist. Und die tragen im Dienst eine Waffe.«

»Wenn ich noch einmal auf die Welt komme, suche ich mir einen Mann mit einem anständigen Beruf.«

Lüder gab ihr einen sanften Klaps auf den Po.

»Geht nicht.«

»Wieso nicht?«

»Weil ich Polizist bin und du keinen Besseren als mich findest.«

»Ach«, sagte sie nur und fuhr ihn zum Hauptbahnhof. Auch in Kiel fanden sich rund um den Bahnhof keine Parkmöglichkeiten, sodass sie sich im Auto verabschiedeten. Lüder hatte kommentarlos zur Kenntnis genommen, dass Margit den BMW gewählt hatte.

Der Regionalexpress bis Hamburg war gut ausgelastet. Lüder wunderte sich, wie viele Leute an einem Sonnabend die Weltstadt an der Elbe aufsuchten.

Auch der ICE war relativ voll. Lüder fand einen Gangplatz im Großraum, der eigentlich bis Ingolstadt reserviert war. Dafür musste er bis Göttingen unfreiwillig zuhören, wie die ältere Dame neben ihm der Reihe nach ihre Enkel anrief und jedem erzählte, dass sie auf der Fahrt zu Tante Mimi sei. Leider hatte die Frau eine große Familie. Nachdem sie ausgestiegen war, eroberte ein junger Mann den Platz, breitete sich aus, baute seinen Rechner auf und nutzte ihn als Kinoanlage. Parallel dazu aß er eine im Karton mitgebrachte Pizza und trank gluckernd Cola aus einer Literflasche.

Kurz vor Kassel versuchte Oberrat Gärtner, Lüder zu erreichen. Die Verbindung brach immer wieder zusammen, da die Schnellfahrstrecke hier durch zahlreiche Tunnel führte. Lüder verstand nicht, weshalb sein Nachbar es trotzdem schaffte, mit »He, Alter« zu telefonieren.

Es war schon dunkel, als sie Würzburg erreichten. Von Weitem sah man die hell erleuchtete Feste Marienberg. Bei einer früheren Fahrt hatte ein gestresster Vater seinem neugierigen Kind auf die Frage, was für ein Schloss das sei, erklärt, es würde sich um die Würzburg handeln. Lüder erinnerte sich, dass man sie auch »unserer Frauen Berg« nannte. Im Norden verstand man darunter etwas anderes, ebenmäßige weibliche Formen. Heute war in der Dunkelheit nichts mehr zu erkennen. Bei anderen Gelegenheiten hatte Lüder immer wieder mit Erstaunen registriert, dass in Würzburg auf der linken Seite die Weinberge bis an den Hauptbahnhof heranreichten.

Kriminaloberrat Gärtner meldete sich.

»Wir sind ein gutes Stück vorangekommen. Das Blut am Hosensaum von Bledi Hysaj, so heißt er, stammt von Thomas Laimpinsl. Und die Hose kann eindeutig Hysaj ...«

»Blödi«, warf Lüder ein.

»Blödi? Nein. Bledi.« Gärtner hatte den Scherz nicht verstanden. »In einer Hose finden sich so viele DNA-Spuren unterschiedlichster Natur ... Nicht alle sind appetitlich. Ich werde das SEK mobilisieren. Dann holen wir uns die beiden. Wollen Sie mit?«

»Nein. Danke«, wehrte Lüder ab und hoffte im Stillen, dass er den beiden Kosovo-Albanern nach seiner Rückkehr nicht im LKA begegnen würde.

»Wie sind die Hosen nur zu uns gekommen?«, rätselte Gärtner.

»In solchen Gruppen gibt es interne Rivalitäten«, versuchte Lüder zu erklären. »Es ist möglich, dass jemand noch eine offene Rechnung mit Shabani hatte.«

»Ich werde Hysaj dazu befragen«, sagte Gärtner. »Dafür gibt es neue Hinweise auf Rexhe Ajdarevic. Er hat als Dušan Šćepović zwei Mal mit einer Kreditkarte getankt. In Harz-West, das ist bei Seesen, und in der Raststätte Köschinger Forst. Das liegt irgendwo in der Provinz zwischen Nürnberg und München.«

Lüder war erstaunt. »Wie blöde sind die eigentlich? Betreiben viel Aufwand und haben eine offenbar gut funktionierende Logistik, da sie sogar Kreditkarten für die falschen Identitäten benutzen, andererseits halten sie uns für so dumm, dass sie sich sicher sind, wir würden nicht dahinterkommen. In solchen Fällen zahlt man bar.«

»Zum Glück werden immer wieder solche Fehler gemacht«, sagte Gärtner.

»Mich wundert, dass man mit einer falschen Identität Konten eröffnen kann. Wenn die bettlägerige Oma Brömmelkamp ihrer Enkelin Kontovollmacht erteilt, wird es bei Big Brother gemeldet und dort registriert. Aber solche Fälle wie Ajdarevic bemerkt niemand.«

»Statt der Polizei sollte das Finanzamt solche Leute jagen«, sagte Gärtner verbittert. »Die gucken unter jede Decke.«

»Die Bürger im Land verstehen oft nicht, dass ein Staatssekretär, der mit einer hohen Summe bestochen wurde, vordringlich wegen Steuerhinterziehung gesucht und bestraft wurde. Ist das nicht ein Aberwitz? Hätte er in seiner Steuererklärung eingetragen: zehn Millionen aus Bestechung, würde sein Fall anders beleuchtet werden.« Lüder erschrak. Waren solche Gedanken nicht auch bei den Bürgern weit verbreitet? Baute sich dort ein Unwillen gegen den allmächtigen und alles kontrollierenden Staat auf? Peter Sühnsdorf hatte es mehrfach so formuliert.

»Rexhe Ajdarevic fährt nach Süden«, sagte Lüder laut. »Ich bin mir sicher, er will nach München. Wann hat er getankt?«

»Vorgestern.«

»Verdammt. Dann ist er schon da.«

»Viel Erfolg bei der Suche.«

Mit Belustigung registrierte Lüder, dass sein Sitznachbar vergaß, dem Film zu folgen, und ihn mit offenem Mund anstarrte.

»Ist was?«, fragte Lüder. »Ich bin James Bond.«

Irritiert wandte sich sein Nachbar dem Film zu und vermied bis München jeden Blickkontakt.

Der Zug hatte über zwanzig Minuten Verspätung. Es war nach zwanzig Uhr, als Lüder sich durch die hin und her eilenden Menschenmassen am Münchner Hauptbahnhof zwängte. Was führte die Leute an einem Sonnabend zum Bahnhof?, fragte er sich. Er folgte dem Hinweisschild »Taxi« und fand sich am Seitenausgang Arnulfstraße am Ende einer längeren Schlange wieder, die um die raren Taxen zu kämpfen schien.

Auf seinem Smartphone orientierte er sich und stellte fest, dass er sein Ziel auch zu Fuß erreichen konnte.

Es war dunkel, die Straßen matschig. Die Gehwege waren geräumt, aber an den Seiten türmte sich Schnee, der das unschuldige Weiß gegen das schmutzige Grau der verkehrsreichen Großstadt eingetauscht hatte. Der Verkehr schien nicht versiegen zu wollen. Stoßstange an Stoßstange wälzte sich die Schlange über die nasse Fahrbahn.

Lüder wartete geduldig an den Ampeln. Auf Fußgänger schien man in der Landeshauptstadt nicht eingestellt zu sein. Trugen viele Einheimische lange Bärte, weil sie so lange auf Grün warten mussten?, dachte Lüder grimmig. Endlich hatte er die Kreuzung am Bahnhof und die parallel dazu verlaufende Elisenstraße überquert, ließ das Gymnasium zur linken Hand liegen und folgte der Luisenstraße. Hier waren kaum noch Passanten unterwegs. Nach der nächsten Querstraße fand er sich allein wieder.

Am Königsplatz kreuzte er die Brienner Straße, die erste Prachtstraße Münchens. In der Mitte des großen Kreisverkehrs stand das Propyläen, ein monumental repräsentativer Torbau, der an die Akropolis in Athen erinnerte. Auf der anderen Straßenseite befand sich das Lenbachhaus, eine gelungene Komposition aus der alten Prachtvilla des Malerfürsten und einem Neubau. In der Anlage residierte das Kunstmuseum der Landeshauptstadt, das seinen Weltruhm auf die einmalige Sammlung der Gruppe »Der Blaue Reiter« begründete.

Ein Blick auf das Smartphone wies Lüder den Weg nach links. In der Nähe des Volkstheaters fand er das gebuchte Hotel, das sich in einem Garagenhof versteckte.

Nach dem Einchecken suchte Lüder sein Zimmer. Hinter jeder Biegung des Gangs tat sich ein neues Labyrinth auf. Ganz am Ende fand er den Raum und war nach dem Betreten der Überzeugung, Dr. Starke hatte die Unterkunft ausgesucht. Um durch den Raum zu gelangen, musste man Slalom laufen. Das Fenster führte auf einen engen Lichthof, auf dessen gegenüberliegender Seite in Armreichweite die Farbe von den Fensterrahmen abplatzte. Selbst beim Hinauslehnen war der Himmel nicht zu sehen. Ob ein vorheriger Gast aus Enttäuschung über das Quartier die Badezimmertür so heftig gegen die Wand geschlagen hatte, dass in der Türfüllung ein großes Loch prangte? Oder war es der Enge geschuldet?

Lüder kontrollierte seinen Maileingang und fand eine Meldung Feindts mit der Bitte um Rückruf vor.

»Das dauert aber lange«, beschwerte sich der Journalist. »Wo stecken Sie denn?«

»Brennt es irgendwo?«

»Ich dachte, Sie sind an Neuigkeiten interessiert. Der Schwede war gestern Abend in Kiel.«

»Und?«

»Er hat sich mit dem deutschen Kontaktmann getroffen.«

»Wer sind die Leute? Wollen Sie nicht endlich Namen nennen?«

»Damit würde ich gern noch ein wenig warten.«

»Weshalb rufen Sie mich an? Soll ich Ihnen auf die Schulter klopfen, weil Sie zwei mutmaßliche Terroristen zueinandergebracht haben?«

»Das ist nicht bewiesen.«

»Wenn sich zwei Verrückte zum Small Talk treffen, dürfte es weder für Sie noch für mich von Interesse sein.«

»So ist es auch wieder nicht. Immerhin gilt der eine ...«

»Wer?«, unterbrach Lüder.

»Der Schwede. Er gehört der Neonaziszene an.«

»Und hat sich mit einem gleichgesinnten Deutschen getroffen. Worüber haben die beiden gesprochen?«

»Das weiß ich nicht.« Es klang kleinlaut. »Ich bin mit diesen Leuten nicht so vertraut, dass sie mich an solchen Unterredungen teilnehmen lassen.«

»Wo fand das Treffen statt?«

»In Kiel.«

»Genauer. Kiel ist die größte Stadt im Land.«

»In einem Lokal am Wall.«

»Im Kieler Schloss.« Lüder nannte die Adresse des Kieler Veranstaltungszentrums.

»Blödsinn.« Feindt wirkte ungehalten. »Weiter vorn. Im Rotlichtbereich.«

»Eine tolle Location für ein vertrauliches Gespräch. Haben Sie Bilder von den beiden gemacht?«

»Das fällt unter die journalistische Diskretion.«

»Ich möchte sie sehen.«

»Das geht nicht.«

»Gut. Dann treffen wir uns in einer halben Stunde«, schlug Lüder vor.

»Das ist schwierig.«

»Ermöglichen Sie es. Die Sache ist wichtig. Da zählt das Wochenende nicht.«

»Das ist nicht der Grund. Ich bin im Augenblick nicht in Kiel.«

»Sondern? In Göteborg?«

»Darüber möchte ich nicht reden. Nehmen Sie es als wichtige Botschaft, dass die Schweden und die Deutschen etwas gemeinsam unternehmen wollen.«

»Was?«

»Das weiß ich auch nicht. In diesem Punkt bin ich nicht eingeweiht. Nachdem die beiden beschlossen hatten, allein zu sprechen, bin ich zu einem anderen Brennpunkt gefahren.«

»Dem Stiftungsfest der Chorgemeinschaft der Ostkieler Müllwerker?«, lästerte Lüder.

»Ich war östlich der Förde. In Schönkirchen. Dort gab es eine Bürgerversammlung.«

»Zu welchem Thema?«

»Allgemeiner Frust. Die Menschen wollen sich nicht mehr alles bieten lassen. Sie fühlen sich von der etablierten Politik verschaukelt. Die ständige Bevormundung. Und vieles läuft in die falsche Richtung. Natürlich brauchen wir eher eine vernünftige Infrastruktur im Lande als Beauftragte für jeden Furz. Das ist eben eine richtige Schwachstelle unserer repräsentativen Demokratie: Man hat zu wenig Möglichkeiten, den geistigen Fehlgeburten aus den höheren Politikbetrieben ein Stoppsignal zu setzen. Die jahrzehntelange Erfahrung zeigt es ja: Die Repräsentanten, die wir alle vier oder fünf Jahre wählen dürfen, verlieren sehr schnell die Bodenhaftung und agieren nur noch in ihren goldenen Käfigen. Je höher in der Hierarchie ein Parlament angesiedelt ist, desto abgehobener und kranker sind die Beschlüsse. Da ist einfach kein Bezug zur Lebensrealität der ›Normalos‹ erkennbar. Sicher kann man nicht zu allem und jedem ein Plebiszit durchführen. Aber wenn es immer mal dazu käme, dass besonders irrwitzige Beschlüsse der Politik durch eine Volksabstimmung revidiert werden, dann würde die Politikerkaste insgesamt vielleicht vorsichtiger im Durchwinken bescheuerter Gesetze. Derzeit können sie eine Legislaturperiode lang folgenlos jeden Mist machen. Und in vier Jahren kann man verdammt viel Chaos anrichten.«

»Das klingt aufgebracht.«

»Da steckt viel Unfrieden hinter. Das sind keine Revoluzzer, sondern stinknormale Bürger. Handwerker. Rentner. Hausfrauen. Beamte. Und Unternehmer.«

»Letzteres betonen Sie so sehr. Hat es eine Bewandtnis damit?«

»In Plön gibt es die ›Unabhängigen Bürger‹.«

»Ich weiß«, sagte Lüder. »Peter Sühnsdorf ist die treibende Kraft. Der ist Unternehmer und engagiert sich in der Kommunalpolitik.«

»Die Menschen wollen einfach nur, dass die Vernunft obsiegt. Statt inhaltlich die Sache anzugehen, was natürlich viel zeitintensiver und mühevoller ist, setzt man auf Populismus, was aber typisch für unsere Zeit ist. Man pinselt an der Fassade herum, kümmert sich aber nicht um das, was dahintersteckt.«

»Daran merkt man leider, wie dumm viele Leute sind, wie leicht sie sich hinters Licht führen lassen, wie unkritisch Journalisten sind«, warf Lüder ein.

»Die Journalistenschelte kann ich nicht teilen«, erwiderte Feindt. »Aber das Geblubber von Politikern ist oft populistisch und inhaltsleer, sobald sie eine Bühne betreten, auf der sie sich in Szene setzen können und ein Mikrofon in ihrer Nähe wissen. Niemand macht sich mehr die Mühe, etwas zu hinterfragen. Man hakt ein Thema ab, und das nächste folgt alsbald. Staatsabgaben steigen ständig. Es werden immer weitere Abgaben erfunden. Das ist maßlos. Pferdesteuern in Bad Sooden-Allendorf. Pah! Der Versuch, Balkone zu besteuern, die an der Vorderfront eines Hauses in den angeblich öffentlichen Luftraum ragen. Früher ist der Staat mit zehn Prozent Mehrwertsteuer ausgekommen. Heute greift er fast das Doppelte ab.«

»Verträgt sich Ihre mit Eifer vorgetragene Klage mit der journalistischen Unabhängigkeit?«

»Ich gebe nur wieder, worüber gestern Abend gesprochen wurde. Es kam noch schlimmer, als sich einer der beiden zu Wort meldete, die sich zuvor in Kiel getroffen hatten.«

»Die waren auch in Schönkirchen?«, fragte Lüder überrascht.

»Nur der Deutsche. Der Schwede nicht. Was hätte er da gewollt? Er versteht unsere Sprache nicht. Wir werden immer weniger und müssen Migranten ins Land holen. Uns droht Überfremdung!«

»Jetzt wird es aber kritisch«, sagte Lüder. »Das geht über den normalen Bürgerprotest hinaus.«

»Na ja«, sagte Feindt kleinlaut. »Das wurde auch in Schönkirchen klar. Die Anwesenden distanzierten sich von solchen Parolen. Danach wurde noch über fehlende Kinder geklagt. Es gibt aber keine Lehrmittelfreiheit, Schulen werden geschlossen, und Eltern müssen teuer den Schulbus bezahlen. Kurze Beine, kurze Wege. Das gilt nicht mehr. Wo Sie auch hinhören: Die Unzufriedenheit wächst im Land. Wenn sich da nicht eine Lawine in Bewegung setzt.«

»Das klingt mehr nach dem Gejammer eines Stammtisches«, sagte Lüder.

»Noch brodelt es an der Oberfläche. Es bedarf aber nur eines Urknalls, um alles aus den Fugen geraten zu lassen.«

»Wir leben in einer Demokratie. Uns geht es gut wie nie zuvor in der Geschichte. Nein, Herr Feindt. Der Deutsche ist kein Revolutionär.«

»Sie mögen recht haben. Aber wer es darauf anlegt, muss nur die Ängste der Menschen schüren. An den richtigen Stellen.«

Lüder ließ das Telefonat lange nachwirken. Gab es wirklich eine latente Unzufriedenheit, die Unruhe stiften könnte? Was hatte Feindt damit gemeint, als er davon sprach, dass man Angst verbreiten müsse. Durch Bombenattentate? Dieser Gedanke begleitete ihn bei seinem Gang durch die kalte Januarnacht. Auf dem Weg zum Hotel hatte er ein Wirtshaus gesehen.

Man begrüßte ihn mit dem hier üblichen »Griaß Gott«. Lüder

erwiderte mit einem »Guten Abend« und nahm an einem der blank gescheuerten Tische Platz.

Eine freundliche Bedienung fragte nach seinem Getränkewunsch.

»Ein Bier.«

Die Frau im Dirndl sah ihn erstaunt an. »Wos für oans?«, fragte sie und zählte ein halbes Dutzend Spezialitäten auf.

»Ein Pils.«

Damit konnte sie nicht dienen. Man einigte sich auf ein »Helles«.

Das Getränk wurde rasch serviert. Es schmeckte – typisch für bayerische Biere – süffig und war weniger stark gehopft als der Gerstensaft aus Lüders Heimat, auch wenn es ein weitverbreiteter Irrtum war, dass bayerisches Bier einen geringeren Alkoholgehalt hätte.

Lüder hatte aus der umfangreichen Karte mit bodenständigen Gerichten ein Schnitzel mit Rahmsoße und Spätzle gewählt. Er wollte seinem Gaumen ungewohnte Dinge wie Milzwurst oder Lüngerl nicht zumuten.

Auch das zweite Bier schmeckte, der abschließende Obstler war bekömmlich, und er kehrte zufrieden in das triste Hotelzimmer zurück. Das Telefonat mit Margit besänftigte seinen zwischendurch aufkeimenden Unmut über die bayerischen Absonderlichkeiten, sei es die mangelnde Kooperation der bayerischen Polizei oder die zu sehr herausgestellte Folklore.

ACHT

Der kleine Frühstücksraum war gut besucht. Heute, am Sonntag, bestimmten Touristen das Bild. In der Woche mochte das Hotel möglicherweise von Monteuren und Geschäftsreisenden frequentiert werden. Das Publikum war bunt gemischt. Zwei ältere Ehepaare, eine italienische Familie mit drei kleinen Kindern, mehrere Reisende aus dem Fernen Osten. Lüder fiel auf, dass die mittlerweile zahlreichen Besucher aus China sich ausgesprochen höflich benahmen und keineswegs so lautstark wie ihre japanischen Nachbarn auftraten.

Nach dem Frühstück rief Lüder im bayerischen LKA an und ließ sich mit Dopplmair verbinden. Er war nicht überrascht, dass am Wochenende Betriebsamkeit im Amt herrschte. Vor einem bedeutsamen Ereignis wie der Sicherheitskonferenz kannten die Sicherheitskräfte keine freien Tage.

»Grüß Gott.«

Lüder antwortete mit einem »Moin«. Diesmal schloss sich kein Disput über Dialekte an. »Ich bin in München und würde Sie gern besuchen.«

»Das passt gerade gar nicht. Wir haben alle Hände voll zu tun.«

»Dabei möchte ich Ihnen behilflich sein.«

»Ich kann mir nicht vorstellen, wie. Wir kennen in Bayern nicht die bequeme Dreißig-Stunden-Woche wie bei euch. Hier wird hart gearbeitet. Deshalb geht es uns auch so gut.«

»Nun mal ganz bedächtig. Wenn wir euch zu den Olympischen Spielen nicht die U-Bahn finanziert hätten, würdet ihr heute noch Fiaker fahren.«

»Gab es in Kiel nicht auch Olympische Spiele? Aber die U-Bahn verkehrt dort bis heute nicht«, konterte Dopplmair. »Erzählen Sie mir, was Sie wissen. Aber in Kurzform.«

Lüder hätte nicht nach München fahren müssen, um zu erzählen, dass die Schleswig-Holsteiner den Verdacht hegten, es könne ein Attentat geplant sein.

»Wir sollten es kollegial miteinander besprechen.«

»Nein!« Es klang entschieden.

»Ich bin in einer halben Stunde bei Ihnen.«

Ein blassblauer Himmel wölbte sich über München. Die Luft roch nach Schnee. Lüders Oma hatte diese Formulierung früher verwandt. Er hatte immer wieder seine Nase in die Höhe gestreckt, konnte aber nichts wahrnehmen. Erst viel später hatte er verstanden, was Oma damit meinte. Es war eine Vorahnung ähnlich der, die naturverbundene Menschen nach einem Blick zum Himmel sagen ließ: »Da kommt etwas auf uns zu.«

Das hätte er gern auch Dopplmair erklärt. Den Fußweg zum Polizeipräsidium nutzte Lüder, um noch einmal alle Fakten und die daraus gezogenen Schlüsse zu bedenken. Man hatte ihn darauf hingewiesen, dass der Stab während der Sicherheitskonferenz in der Ettstraße saß und nicht im BLKA, dem Bayerischen Landeskriminalamt, in der Maillingerstraße.

Den Weg hatte Lüder sich anhand seines Smartphones gesucht. Ob der Kripobeamte Luther auch lächelte, überlegte Lüder, als er die Katharina-von-Bora-Straße entlangging und sich anschließend im alten Botanischen Garten nasse Füße holte.

Das Polizeipräsidium in der stillen Ettstraße war ein lang gestreckter Altbau in einem verwaschenem Grün, der mit der Stirnseite an das »Hunting and Fishing Museum« stieß. Ob es da einen Zusammenhang gab?, überlegte Lüder schmunzelnd. Der Innenhof, in dem ein Rondell mit einem einsamen Baum ein wenig Grün bot, war durch einen Zaun abgetrennt. Am Tor wachten zwei steinerne Löwen, wenn man von den zahlreichen Kameras absah, die das Areal kontrollierten. Ob es außerhalb Bayerns auch denkbar war, dass im Gebäude der Polizei ein Teil des Amtsgerichts untergebracht war? »Ermittlungsrichter und Schnellgericht«, stand auf dem Schild am Eingang.

Auf der gegenüberliegenden Straßenseite stand ein Mercedes-Mannschaftswagen. Als Lüder durch das Tor ging, stieg ein uniformierter Beamter aus, setzte sich die Schirmmütze auf und rief Lüder hinterher: »Hallo, Sie. Wo wollen Sie hin?«

Hätte er »Zum Augustinerbräu« antworten sollen? Wenn

jemand auf den Eingang des Präsidiums zustrebte, sollte sein Ziel allgemein bekannt sein.

»LKA«, sagte Lüder.

»Die haben heute geschlossen.«

»Mir hat Dopplmair gesagt, sie würden im Amt sein.«

»Ah. Sie wollen zum Herrn Kriminalrat. Gehen S' do lang. Dann schelln S'.« Der Beamte tippte sich mit dem Zeigefinger an die Stirn und verzog sich wieder ins warme Wageninnere.

Lüder musste eine Weile warten, bis ein weiterer Beamter die Pforte öffnete, sich seinen Wunsch anhörte und ihm dann den Weg wies.

Auf dem Flur herrschte Hochbetrieb. Bürotüren standen offen, Mitarbeiter in Zivil liefen hin und her und grüßten freundlich. Niemand hielt ihn auf oder fragte nach seinem Ziel.

»Dopplmair?«, sprach er eine Frau an. Sie hielt mitten in der Bewegung inne.

»Herr Kriminalrat Dopplmair?«, erwiderte sie in belehrendem Tonfall. »Gang links, dann zweite Tür. Ich weiß aber nicht, ob er in seinem Zimmer ist.« Sie begleitete Lüder, klopfte an das Holz der angelehnten Tür und steckte ihren Kopf durch den Spalt.

»Besuch für Sie.« Dann gab sie den Weg frei.

Lüder öffnete die Tür ganz und fand sich in einem verstaubt wirkenden Büro wieder. Er hätte sich in die fünfziger Jahre zurückversetzt gefühlt, wäre nicht die moderne Technik vorhanden gewesen.

Ein Mann mit rundem Kopf und einem silbernen Haarkranz, der sich mit beiden Händen auf der Schreibtischplatte abgestützt hatte, sah auf. Ein grauer Schnauzbart über den wulstigen Lippen und das Doppelkinn, das im Stehkragen eines bestickten Jankers verschwand, zierten ihn.

»San S' der vom Telefon?«, fragte er.

»Wenn Sie der Dopplmair sind.«

Die beiden anderen Männer, die sich ebenfalls über den Schreibtisch gebeugt hatten, richteten sich auf.

»I hab kei Zeit.«

»Dann trifft uns das gleiche Problem«, erklärte Lüder und trat an den Tisch heran.

Ein dunkelhaariger Vierziger mit einem gepflegten Dreitagebart wechselte seinen Kaffeebecher in die linke Hand und streckte Lüder die rechte entgegen.

»Der Kollege von der Nordsee?«

»Ostsee«, korrigierte Lüder.

»Luther. Wir haben miteinander telefoniert. Grüß Gott.«

»Guten Morgen.« Lüder nickte dem dritten zu, ohne ihm die Hand zu reichen.

Mit einem schnellen Blick sah Lüder, dass die drei einen Stadtplan angesehen hatten, auf dem mit rotem Stift Markierungen angebracht waren.

»Wenn Sie schon mal hier sind. Drei Minuten«, sagte Dopplmair.

Lüder erzählte in Kurzform von der Explosion, dem Fund des geheimen Labors, der Fahndung nach Rexhe Ajdarevic und dessen Spur, die Richtung Süden führt.

»Wenn der Mann nach Hause fährt, muss er diesen Weg benutzen«, erklärte Dopplmair. »Ist das nicht einfach nur die überbordende Phantasie der Fischköpfe?«

»Vorsicht. Die meisten Leute bei uns laufen aufrecht. Und es ist bestimmt schon drei Monate her, dass man den letzten Missionar erschlagen hat. Dafür wimmelt es von Edelboutiquen in Kiel und Lübeck, den eleganten Ostseebädern, Sylt, St. Peter oder den anderen schicken Orten an der Küste und im Binnenland, während man hier noch mit Hühnerfedern am Kopf herumläuft und sich in Tierkleidung hüllt.«

»Ha?«

»Besteht die Lederhose nicht aus Kuhhaut? Ich will keinen folkloristischen Wettkampf austragen. Es geht um Menschenleben. Liegen Ihnen Anzeichen vor, dass religiös motivierte Tätergruppen einen Anschlag planen könnten?«

»Sie meinen al-Qaida?« Dopplmair sah seine beiden Mitarbeiter an. Zumindest nahm Lüder an, dass sie für den Kriminalrat tätig waren.

Beide schüttelten kaum wahrnehmbar den Kopf.

»Von der Seite sehen wir derzeit kein akutes Gefährdungspotenzial. Ihre zweite Vermutung zielt in die rechte Ecke.«

Lüder nickte.

»Genau das ist mein Problem. Auf mich wirkt Ihr Erscheinen wie ein unkontrolliertes Stolpern. Sie vermuten einen Anschlag. Ihre beiden Gefährder sind aber meilenweit voneinander entfernt. Niemand der Anwesenden glaubt, dass sich ausgerechnet die Neonazis mit den Islamisten zusammentun könnten. Nein, Herr äh …«

Lüder unterließ es, seinen Namen zu nennen. Es war eine grobe Unhöflichkeit, so zu tun, als wäre er nicht bekannt.

»Sie sind doch der, dessen Ermittlungsversuch außer Unheil nichts gebracht hat«, schien sich Dopplmair zu erinnern. »Ausgerechnet Sie. Ihr Einsatz in Somalia hat einen der angesehensten Bürger meines Heimatlandkreises diskriminiert.«

»Sie meinen Graupenschlager, den Ex-Staatssekretär, der sich die Hände bei dunklen Waffengeschäften schmutzig gemacht hat.«

»Vorsichtig!« Dopplmair schwenkte drohend den Zeigefinger hin und her. »Mit Ihren falschen Verdächtigungen haben Sie Sylvester Graupenschlager so weit getrieben, dass er sein Amt zur Verfügung gestellt hat.«

»Noch ist die Sache nicht erledigt«, sagte Lüder. »Der Vorgang liegt bei der Staatsanwaltschaft.«

»Nein. Alles ist eingestellt. Es liegt nichts gegen Graupenschlager vor. Das ist ein hochanständiger Mann, der sich für seine Heimat eingesetzt hat.«

»Mit krummen Waffengeschäften und illegalen Deals.«

»Noch ein Wort«, drohte Dopplmair«, »und ich lasse Ihre Dreistigkeit nicht mehr durchgehen. Das Ermittlungsverfahren wurde eingestellt.«

So funktioniert das System »Amigo«, dachte Lüder. Man würde nie erfahren, ob ein Anruf der Staatskanzlei dahintergestanden hatte.

»Wir sprechen hier in Bayern Klartext«, setzte Dopplmair nach.

»Das ist aber nicht hilfreich, weil außerhalb der Provinz niemand den Dialekt versteht.«

»Seien Sie endlich ruhig.«

»Im Kern gilt für die moderne Demokratie der Satz aus der berühmten Leichenrede des Perikles: Nur bei uns ist ein stiller Bürger kein guter Bürger. Aber das kennt man hier wohl nicht.« »Servus.« Dopplmair wandte sich seinen Mitarbeitern zu und ignorierte Lüder, als sei er nicht anwesend.

»Servus! Wir haben ein anderes Produkt im stillen Örtchen. Aber auch vierlagig«, sagte Lüder und verließ den Raum.

Auf dem Flur, der jedem Requisiteur alter Filme viel Freude bereitet hätte, fand er das Schild für das stille Örtchen. Dort roch es unangenehm wie in ungepflegten Bahnhofstoiletten.

Als er auf den Flur zurückkehrte, standen etwas abseits zwei stämmige Uniformierte. Er nickte ihnen zu und wollte Richtung Ausgang gehen, als die beiden Beamten ihm folgten, zu ihm aufschlossen und ihn in die Mitte nahmen. Von beiden Seiten drängten sie gegen seine Schulter und rempelten ihn an. Sie ließen auch nicht von ihm ab, als er stehen blieb.

»Ist was?«, fragte er. Lüder fühlte sich mit seiner Körpergröße von fast ein Meter neunzig durchaus nicht den Kleinwüchsigen zugehörig, aber seine Begleiter überragten ihn.

»Du bist hier unerwünscht«, knurrte der Polizist zu seiner Rechten. »Hier mag dich keiner.«

»Ich bin auch nicht zum Liebeswerben hier.«

»Solche Leute wie du sollen bleiben, wo sie hingehören.«

»Also doch eine Einladung. Mein Platz ist dort, wo andere blind sind.«

»Hau ab«, mischte sich der andere ein. »Wer Bayern nicht kennt, ahnt nicht, wie gefährlich Lawinen sein können.«

Lüder fasste sich an den Kehlkopf. »Jungs, ihr solltet ein wenig Meersalz mit Jod essen. Irgendwie scheint euch der Mangel aufs Gemüt zu schlagen. Nun verzieht euch, sonst lernt ihr, was eine Klappmuschel ist.«

»Schleich di, Saupreiß, fischiger, Schmarrnbeni«, sagte der zur Rechten und rempelte noch einmal gegen Lüders Schulter.

»Schast mi an Mors klei'n, bregenklöterigen Almdudler. So is dat, wenn an Döns keen Dieck nich is. Dann dröppelt dat lütt beten Schiet all wech.«

Lüder schmunzelte, als er in die ratlosen Gesichter blickte.

Wie zufällig trat er mit der Hacke dem Wortführer heftig auf die Schuhspitze, dass der einen Schmerzenslaut von sich gab. Wer sagte, dass man nichts vom Husumer Große Jäger lernen konnte? Ohne sich umzublicken, ging Lüder zum Ausgang.

Frustriert trat er auf die Straße. Er hätte mehr Interesse der Bayern an seinen Mahnungen erwartet. Und dass man ihn sogar bedrohte, hing sicher nicht mit diesem Fall, sondern mit seinen Ermittlungen gegen Graupenschlager zusammen.

Es hatte angefangen zu schneien. Innerhalb kürzester Zeit hatte sich eine weiße Schneedecke auf dem Pflaster ausgebreitet. Langsam ging Lüder Richtung Neuhauser Straße, als sich sein Smartphone meldete. Er war überrascht, Luther zu hören.

»Wenn man in Bayern jemanden Depp nennt, ist das kein Schimpfwort. Hier ist vieles anders«, erklärte der Kriminalbeamte. »Man ist hier direkter. Kriminalrat Dopplmair ist ein guter Polizist und ein überzeugter Bayer. Er mag keine Leute nördlich der Donau.«

»Das war mir schon aufgefallen, dass er einen begrenzten Horizont hat«, sagte Lüder doppeldeutig. »Aber dort wohnen doch auch Bayern.«

»Nicht für Dopplmair.«

»Wir sollten miteinander sprechen«, schlug Lüder vor.

»Bedaure, aber ich habe jetzt einen wichtigen externen Termin. Ach! Noch etwas. Die Nordlichter haben uns ein Bild des Jugoslawen …«

»Kosovo–Albaner«, korrigierte Lüder. »Sie meinen Rexhe Ajdarevic.«

»So heißt er wohl.« Es klang schon wieder desinteressiert. »Wir haben es innerhalb des LKA eskaliert.«

»Sie sollten es auch den Beamten der Schutzpolizei zukommen lassen«, empfahl Lüder.

»Das lassen Sie unsere Sorge sein.«

»Noch eine Frage. Kennen Sie Ismail Shabani?«

»Nein.« Es klang ehrlich. »Wer soll das sein?«

»Jemand, der böse zutreten kann.«

»So wie norddeutsche Polizisten?«

Das war ungeschickt von Luther. Unbeabsichtigt hatte er verraten, dass er von der Bedrohung Lüders auf dem Flur des Polizeipräsidiums wusste.

»Ich habe einen Termin«, sagte Luther und legte auf.

In der Neuhauser und der Fortsetzung, der Kaufinger Straße, drängten sich an Werktagen die Menschenmassen. Heute war es leer. Wenige Menschen eilten mehr, als dass sie gingen, durch die Fußgängerzone. Niemand schenkte den Auslagen der vielen Geschäfte einen Blick. Es war nicht der Tag fürs Promenieren.

Lüder stand unentschlossen im Eingangsportal der St. Michaelkirche, die stilistisch irgendwo zwischen Renaissance und Barock lag, als Kriminaloberrat Gärtner anrief.

»Kommen Sie voran in München?«

»Mäßig«, antwortete Lüder ausweichend. »Was gibt es bei Ihnen Neues?«

»Nichts Gutes. Wir haben Kurt Vierkant überwacht. Gestern haben ihn unsere Leute aber aus den Augen verloren. Vierkant ist von seinem Haus in Heikendorf in den Citti Park gefahren. Wissen Sie, was dort an einem Sonnabendvormittag los ist?«

Das Einkaufszentrum lag wenige Minuten von Lüders Haus in Hassee entfernt. Er kannte die Anlage.

»Einer der Kollegen ist Vierkant gefolgt, während der zweite beim Auto geblieben ist. Das hat später jemand abgeholt. Vierkant hat dort die Fahrzeuge getauscht. Wir haben ein Foto des Abholers und versuchen, ihn zu identifizieren. Vielleicht gelingt es uns, über diesen Weg herauszufinden, mit welchem Wagen Vierkant unterwegs ist.«

»Hatte er Gepäck dabei?«

»Nein.«

»Das hätte auch nicht weitergeholfen, es sei denn, er hätte es im Citti Park aus seinem Auto mitgenommen.«

Lüder fragte nicht nach, wie es geschehen konnte, dass man jemanden verlor. Sie waren unterbesetzt, und im Gedränge konnte es passieren, dass der Kontakt zu einer überwachten Person verloren ging.

»Dafür haben wir einen anderen Hinweis erhalten. Über einen V-Mann haben wir erfahren, dass sich in Vierkants Bar

173

zwei größere Glasballons befunden haben sollen, die jetzt verschwunden sind. Nun, es ist kein richtiger V-Mann«, schränkte Gärtner ein, »sondern jemand aus dem Rotlichtmilieu, der der Polizei gelegentlich einen Tipp gibt. Der Mann meinte, in den Ballons würde sich möglicherweise Schwarzgebranntes befinden und man könne Vierkant steuerlich etwas anhängen. In der Bezirkskriminalinspektion Kiel war ein pfiffiger Beamter, der sofort Hauptkommissar Vollmers informierte. Der wiederum dachte an den Fund in Höpkes Wohnung. Ob es eine Verbindung gibt, können wir derzeit nicht sagen. Ich bin aber überzeugt, dass wir auf eine brisante Spur gestoßen sind.«

Lüder durchfuhr es siedend heiß. Der Glasballon! Die Kriminaltechnik hatte in Verbindung mit Höpkes Labor berichtet, dass die Gefäße für Sprengstoffattentate benutzt würden. Wenn es gelänge, die Herkunft der Ballons zu klären, würde man einen Schritt weiter sein. War es denkbar, dass Höpke seine Höllenmixtur an Vierkant geliefert hatte? Wenn der Knallfrosch Höpke trotz Erfahrung im Umgang mit hochexplosiven Stoffen die Gefahr unterschätzt hatte, war dieser Stoff in Händen eines unerfahrenen Laien wie Vierkant eine tödliche Gefahr. Sicher!

Das war alles spekulativ. Lüder hatte keinerlei Beweise für seine Theorie. Eigentlich müsste er sofort umkehren und den bayerischen polizeilichen Staatsschutz informieren. Wie sollte er es Dopplmair nahebringen, insbesondere da der Mann auch noch persönliche Ressentiments gegen Lüder hegte? Dieser Sturkopf würde keinen seiner Beamten aktivieren, um Kurt Vierkant zu jagen, zumal es keinen Beweis dafür gab, dass er tatsächlich auf dem Weg nach München war. Weil ein – womöglich noch bekiffter – Gelegenheitsinformant einen Glaszylinder gesehen haben wollte, wurde keine Polizeibehörde tätig. Schon gar nicht in Bayern, wenn die Idee – gesicherte Spuren konnte man es kaum nennen – von einem schleswig-holsteinischen Polizisten stammte.

»Scheiß-Bayer«, entfuhr es Lüder spontan.

Abrupt blieb ein Mann im Trachtenmantel, mit Gamsfeder

geschmücktem Hut und gezwirbeltem weißen Bart stehen. Lüder hatte nicht bemerkt, dass der Einheimische in Begleitung seiner Frau neben ihm stand.

»Wos host g'sagt, Watscheng'sicht? Hams dir ins G'hirn g'schissn?«

Der Mann hatte Lüders spontanen Fluch auf sich bezogen. Obwohl Lüder wenig Verständnis für das in seinen Augen operettenhafte folkloristische Outfit im Alltag fand, würde er sich absichtlich nie zu solchen Äußerungen hinreißen lassen. Wie sollte er das erklären?

»Sorry«, sagte er und wandte sich schnell ab, verfolgt von einer Serie für ihn unverständlicher Flüche. Durch den kleinen Zwischenfall waren andere Passanten auf ihn aufmerksam geworden, die ebenfalls schimpften, ohne zu wissen, weshalb.

Lüder suchte einen Hauseingang auf, erduldete die vernichtenden Blicke der Leute, bis andere Passanten vorbeiströmten, die von dem Vorfall nichts mitbekommen hatten.

Erst jetzt bemerkte er, dass sein Handy vibrierte.

»Wir sind eben unterbrochen worden«, meldete sich Kriminaloberrat Gärtner.

»Das war ein lebendiger Nord-Süd-Konflikt«, sagte Lüder. »Ich könnte gut die Unterstützung der Marine gebrauchen. Die Schluchtenscheißer haben die Kombinationsgabe von in Weißbier getränkten Zaunpfosten.«

»Was sind das für Worte?«, fragte Gärtner erstaunt nach. »Das klingt sehr frustriert. Ich fürchte, Ihren nächsten Urlaub werden Sie nicht unter weiß-blauem Himmel verbringen.«

»Sicher nicht. Für mich muss der Himmel blau-weiß sein.« Dann gab Lüder dem Kieler Kollegen den Tipp, dass die Spurensicherung sich in Vierkants Etablissement umsehen sollte. »Ich habe auch den leisen Verdacht, dass Vierkant auf dem Weg nach München ist.«

»Zu diesem Schluss sind wir auch gekommen«, erwiderte Gärtner. »Wir haben ihn übers Bundeskriminalamt zur Fahndung ausgeschrieben. Wir werden auch das Münchner LKA informieren.«

Prima, dachte Lüder. Noch ein Schleswiger-Holsteiner Polizist, der auf die schwarze Liste kommt. Hoffentlich haben die Bayern eine große Datei.

Er duckte sich weiter in den Eingang, als er Hauptkommissar Luther vorbeigehen sah. Der Polizist trug einen dunklen Mantel und hatte den Kragen hochgeschlagen. Der breitkrempige Hut war tief in die Stirn gezogen. Luther hatte die Hände tief in den Manteltaschen vergraben und marschierte an Lüder vorbei Richtung Stachus. Immer wieder wich er einzelnen Passanten oder Gruppen aus und schlängelte sich durch die breite Front der Entgegenkommenden hindurch.

Luther durchquerte das Karlstor am Ende der Fußgängerzone und hatte keinen Blick für die den Platz im Halbkreis umschließenden Rondellbauten.

Kurz darauf tauchte er auf der Rolltreppe in die Unterwelt des Stachus ab, der einst als größtes Untergrundbauwerk Europas galt, und beachtete auch nicht die McDonald's-Filiale, die eine der umsatzstärksten weltweit ist. Lüder folgte ihm. Das dichte Schneetreiben war hilfreich. Luther hatte sich so eingewickelt, dass er nicht auf seine Umgebung achtete. Außerdem rechnete er nicht damit, beschattet zu werden.

Das nach dem Platz benannte Einkaufzentrum interessierte Luther nicht. Zielstrebig steuerte er eine Bierschänke an, in der ein buntes Völkchen schon am Vormittag dem bayerischen Nationalgetränk zusprach. Anhand der Glasform erkannte Lüder, dass auch Hefeweizen von den mehr oder weniger stillen Zechern geschätzt wurde. Hier galt offensichtlich nicht die von der Stadtverwaltung erlassene Stachusbauwerk-Satzung, die jegliche Art von Alkoholkonsum untersagte. Bayern.

Der Hauptkommissar stellte sich an einen Stehtisch, an dem ein Mann in Lederkleidung träge in sein Bierglas starrte. Er sah auf, als Luther neben ihm stand. Der Mann hob kurz sein Glas an und schwenkte es andeutungsweise in Richtung Theke. »Da gibt's etwas zum Trinken«, sollte die Geste bedeuten, aber Luther schüttelte den Kopf.

Die beiden Männer führten ein kurzes, aber intensives Gespräch. Aus dem Ablauf der Bewegungen, der Lebhaftigkeit der die Worte unterstreichenden Hände und der Mimik des

Mannes schloss Lüder, dass sie unterschiedlicher Auffassung waren. Lüder war froh, dass Luther ihm den Rücken zuwandte. Mehrfach fing Lüder Blicke des Ledermannes auf. Er durfte sich nicht zu interessiert zeigen, sonst würde der Biertrinker möglicherweise Luther auf den Beobachter aufmerksam machen. Zum Glück schien das Gespräch so intensiv, dass der Mann nicht auf diese Idee kam.

Nach etwa zehn Minuten Diskussion, die fast einem Streit ähnelte, hielt Luther einen etwas längeren Monolog, wedelte noch einmal mit seinen Armen, drehte sich um und ging keine fünf Schritte an Lüder vorbei Richtung Rolltreppe. Lüder hatte sich hastig zur Wand gedreht und sah intensiv in ein Schaufenster. Zum Glück schien der Hauptkommissar keinen Argwohn zu hegen und marschierte davon, ohne ihm Beachtung zu schenken.

Mit wem hatte sich Luther getroffen? War der Mann in der Lederkleidung ein verdeckter Ermittler? Vermutlich hätten die beiden sich dann nicht gestritten, sich schon gar nicht an diesem Ort getroffen, überlegte Lüder. Er nahm an, dass der Biertrinker ein Informant war. Lüder wollte es wagen.

Bedächtig schlenderte er auf die Bierstube zu, sah sich suchend um und ging scheinbar unentschlossen auf den Mann zu.

»Hello«, sprach er ihn auf Englisch an. »Was ist das für ein Bier? Ein deutsches?«

Der Mann stierte ihn sein Glas. »Lass mich zufrieden«, knurrte er auf Deutsch.

Lüder wiederholte seine Frage auf Schwedisch.

Jetzt sah sein Gegenüber auf. »Wo kommst du Kasperl her?«

Lüder tat, als würde er es nicht verstehen, und wiederholte seine Annäherungsversuche wechselweise auf Englisch und Schwedisch.

»Leck mich, du Arsch«, brummte der Mann grob. »Sprich Deutsch. Wenn's sein muss, auch Hochdeutsch.«

»Ah. Deutsch«, strahlte Lüder und versuchte, radebrechenderweise ins Gespräch zu kommen.

»Du Bier?«, fragte er und zeigte auf das Glas.

Sein Gegenüber hob es leicht an.

Lüder ging zum Tresen und bestellte in einer Mischung aus Englisch, Schwedisch und deutschen Brocken ein Hefeweizen und für sich ein Helles. Mit beiden Gläsern kehrte er zum Stehtisch zurück und schob dem Mann das Glas hinüber. Der setzte es an, ohne sich zu bedanken. Nicht einmal ein Kopfnicken gönnte er Lüder.

»Du Deutsch?«, fragte Lüder.

»Scheiß-Ausländer. Holländer?«

»Nix. Schweden. Du weißt. Nordpol.«

Der Mann lachte und zeigte dabei zwei Reihen gelber Zähne, die viele schwarze Stellen aufwiesen. Nein. Das war kein verdeckter Ermittler.

»Du hast was gegen Ausländer?« Lüder bediente sich eines aus Wortfetzen zusammengestückelten Deutschs.

»Ja. Dreckiges Pack.«

Lüder zeigte auf sich. »Ich bin gewaschen.« Das kann man von dir nicht sagen, dachte er, als er sein Gegenüber musterte.

»Solche Ausländer mein ich auch nicht. Ihr seid ja keine richtigen Ausländer, sondern gehört zu uns. Irgendwie.«

Beide tranken. Während Lüder eher vorsichtig an seinem Glas nippte, nahm der Mann einen großen Schluck, ließ ein »Ahhh« hören, dem ein saures Aufstoßen folgte. Eine widerwärtig riechende Wolke erreichte Lüder, der sich bemühte, keine Miene zu verziehen.

»Hast mal 'ne Zigarette?«, fragte der Mann.

Lüder bedauerte und erklärte auf Schwedisch, dass man in Skandinavien restriktiv gegen Raucher vorging.

»Du magst keine Südländer?«, fragte er beiläufig.

»Die sollen bleiben, wo der Pfeffer wächst. Was wollen die hier? Fahr mal zum Hasenbergl ...« Der Mann streckte den Arm aus.

Lüder kannte den Namen des sozialen Brennpunkts. Chorweiler in Köln, Mümmelmannsberg in Hamburg, Neukölln in Berlin. Bisher war es nicht gelungen, diese Pulverfässer zu entschärfen.

»Wir haben ein ähnliches Problem in Schweden«, erklärte Lüder. »Die Massen kommen aus dem Nahen Osten, Afrika oder

178

Südeuropa und wollen alle nach Schweden. Wie gut, dass oben im Norden, in Schleswig-Holstein, der Bundesgrenzschutz auf der Hut ist.« Lüder wählte bewusst die alte Bezeichnung.

»Ach, hör doch auf«, schimpfte sein Gegenüber. »Die Penner da oben, das sind doch Lahmärsche. Die kriegen nichts auf die Reihe. Hier bei uns in Bayern – da wird durchgegriffen. Da gibt es so etwas nicht.«

»Das sagt mein Freund Kurt auch immer«, behauptete Lüder.

»Kurt? So einen kenne ich auch. Ist ein saublödes Arschloch. Kommt von da oben, der Saupreiß.«

»Ob wir denselben meinen?«, fragte Lüder.

»Dummschwätzer. Der kommt doch nicht von den Elchen.« Der Mann tippte sich an die Stirn. Er rülpste vernehmlich und stürzte dann den Rest des Hefeweizens hinunter. »Ich muss jetzt.«

»Wo gehst du hin?«, fragte Lüder arglos.

Sein Gegenüber hob abwehrend die Hand hoch. Dann sagte er laut: »Ich verpiss mich jetzt. Haltet mir den schwulen Schweden vom Leib. Sind doch alle gleich. Ausländerpack.«

Mit leicht unsicherem Gang verschwand der Mann Richtung Justizpalast. Er war angetrunken. Lüder wagte es nicht, ihm zu folgen. Er ließ den Rest im Glas stehen und ging demonstrativ langsam zur Rolltreppe, die ihn ans Tageslicht führte. Es schneite immer noch.

Lüder ging durch die Fußgängerzone zurück zum Marienplatzplatz und bog Richtung Odeonsplatz ab.

Ein Stück weiter befand sich die Feldherrnhalle, eine klassizistische Loggia, wo schon einmal unrühmliche deutsche Geschichte geschrieben wurde, als der österreichische Gefreite mit seinen braunen Gesinnungsgenossen 1923 auf das Bauwerk zumarschierte. Der als Hitler-Ludendorff-Putsch in die Geschichte eingegangene Aufstand forderte zwanzig Menschenleben. Eine weitere Bluttat sollte unbedingt vermieden werden. Deshalb war Lüder hier.

Gleich nebenan befand sich die Theatinerkirche. Geradeaus führte der Prachtboulevard Ludwigstraße an der Universität vorbei zur Münchner Freiheit ins Herz Schwabings, ein wenig

versetzt residierte am Wittelsbacherplatz die Zentrale des Welt-
konzerns Siemens, und zur rechten Hand lag der Hofgarten mit
seinen strengen geometrischen Formen, dessen andere Seite die
Staatskanzlei begrenzte. Ob sich jeder der Vorbeihastenden der
Geschichtsträchtigkeit dieses Ortes bewusst war?

Sollte er den Löwen in der Parallelstraße die Nase reiben,
wie es viele der Passanten taten? Die blank gescheuerten Na-
sen kündeten davon, dass die Leute glaubten, diese Berührung
würde Glück bringen. Er verließ sich lieber auf seine Intuition.
Auch wenn ihm niemand dabei folgen wollte.

Auf der linken Straßenseite fand er ein Café, in dem er einen
Cappuccino bestellte und sich ins Obergeschoss zurückzog.

»Ich verstehe, weshalb du aus Kiel geflüchtet bist«, sagte
Margit zur Begrüßung, als er sie anrief. »Wir saufen hier ab.
Das soll der Winter sein? Es schüttet wie aus Eimern.«

»Irgendwann ist wieder Mai«, versuchte er, sie zu trösten.

»Mag sein. Aber es hilft uns nicht weiter. Die Förde reicht
dann sicher bis Bordesholm.«

»Das ist auch ein schöner Ort zum Wohnen. Stell dir vor …
ein hübsches Anwesen an der Uferpromenade von Bordesholm.
Und vom Schwedenkai an der Bordesholmer Holstenstraße
kannst du direkt nach Göteborg reisen. Was macht das Auto?«

»Ich bin gestern damit unterwegs gewesen.«

»Und? Wie fährt er sich?«

»Wie immer.«

»Was heißt das?«, fragte Lüder lauernd.

»Was soll mit dem BMW sein?«, antwortete Margit mit einer
Gegenfrage.

»Heißt das …?«

»Ich hab es dir gesagt. In die Wüstenkiste steige ich nicht.
Jonas hat gesagt, sie muss bewegt werden.«

Lüder schwante Böses. »Pass gut auf die Wagenschlüssel auf,
sonst kommt der Junge noch auf die Idee, dieses Amt zu übernehmen.«

»Das Beste wäre, du kämest zurück und würdest das selbst
regeln.«

»Mach ich. Doch zuvor muss ich noch schnell die Welt retten.«

»Ach, Lüder. Wie wäre es, wenn du damit erst einmal im Kleinen anfängst? Zum Beispiel bei uns in der Familie.«

Sie tauschten noch ein paar liebe Worte aus, und er versicherte Margit, wie glücklich sie alle sein durften, dass sie im Mittelpunkt der Patchwork-Familie stand. Es waren keine leeren Worte. Er meinte es auch so.

Während er den Rest des Cappuccinos trank, schweiften seine Gedanken ab. Rexhe Ajdarevic schien auf dem Weg Richtung München zu sein. Zumindest war es nicht auszuschließen. Kurt Vierkant war ebenfalls untergetaucht und hatte sich bewusst seiner Bewachung entzogen. Der Rocker war es gewohnt, dass ihm die Polizei sporadisch folgte. Wenn er zu diesem Manöver griff, musste es eine besondere Bewandtnis damit haben. Ob Lorenz Feindt Neues wusste? Bisher hatte sich der Journalist sehr zugeknöpft gezeigt und seine Quellen nicht verraten.

»Wollen Sie nicht endlich den Schleier lüften?«, fragte Lüder, nachdem Feindt sich gemeldet hatte.

»Es ist noch nicht gar«, erwiderte Feindt.

»Lassen Sie die Suppe nicht überkochen. Daran kann man sich fürchterlich die Finger verbrennen, Herr Feindt! Nennen Sie endlich Ross und Reiter. Wir sind uns sicher, dass jemand ein großes Attentat plant. Die Toleranzschwelle ist überschritten. Ich akzeptiere nicht mehr, dass Sie sich hinter der journalistischen Unabhängigkeit verstecken. Es geht um das Leben vieler Menschen. Sie wissen es genauso wie wir.«

Es herrschte Totenstille in der Leitung. Lüder spürte, wie erschrocken Feindt war. Gern hätte er ihm gegenübergesessen, um seine Reaktion zu sehen. Selbst am Telefon war sie zu spüren.

»Sie haben ganz andere Möglichkeiten als ich«, verteidigte sich Feindt. »Ihnen steht der ganze Apparat zur Verfügung. Ich bin Einzelkämpfer.«

»Sie haben mit Ihren hervorragenden Kontakten zur Terrorszene geprahlt«, sagte Lüder.

»So habe ich das nicht gesagt. Von Attentaten weiß ich nichts. Möglicherweise sind wirkungsvolle Protestaktionen geplant.«

»Was verstehen Sie darunter?«

»Dazu sage ich nichts. Wären Sie vorbereitet, würden die Aktionen ins Leere laufen. Damit hätte ich Parteiverrat begangen.«

»Sie sind im Irrglauben. Ihre sogenannten Protestaktionen sind Terrorakte, die viele Menschenleben fordern werden.«

»Dann wissen Sie doch alles. Was kann ich Ihnen noch erzählen?«

»Nennen Sie uns die Namen.«

»Fragen Sie beim Ordnungsamt nach. Dort werden die Veranstalter von Demonstrationen im Vorhinein erfasst.«

»Feindt! Nun ist Schluss mit dem Versteckspiel. Wo genau sollen die Explosionen stattfinden?«

»Um Gottes willen. Welche Explosionen?«

»Ich verlange von Ihnen, dass wir uns in einer Stunde treffen.«

»Das geht nicht.«

»Ich scheue mich nicht, ein Krisenkommando loszuschicken, das Sie abholt und ins LKA bringt.«

»Das würde einen Aufschrei der Medien geben wie damals bei der Spiegel-Affäre.«

»Nun übertreiben Sie nicht. Ein Journalist, der mit Gewalttätern konspiriert, ist kein Ruhmesblatt für Ihre Zunft. Erinnern Sie sich an das Entsetzen der Bevölkerung, als der Reporter einer Boulevardzeitung eine Weile zu den Geiselnehmern von Gladbeck ins Auto kroch und sie und ihre Geiseln hemmungslos interviewte? Die Verbrecher haben später nicht davor zurückgeschreckt, ihre Opfer zu ermorden. Und so etwas können Sie gutheißen? In diesem Fall dürfte es noch viel schlimmer kommen. Wo soll das Attentat stattfinden? Sie dürfen nicht mehr schweigen.«

»Ich weiß von keinem Attentat.«

»Schauen Sie zum Himmel, Feindt. Glauben Sie wirklich, mit dem frisch gefallenen Schnee wird alles friedfertig zugedeckt?«

»Lassen Sie solche Metaphern.«

»Ist der Himmel nicht weiß?«

»Doch. Warum?«

»Das ist die Farbe der Unschuld. Das passt nicht zu Ihnen. Ich gebe Ihnen eine halbe Stunde. Dann beginnt die Großfahndung.«

»Wenn Sie damit keinen Fehler begehen«, sagte Feindt. Es klang wie eine Drohung. Dann drückte der Journalist das Gespräch weg.

Der bayerische Luther würde jetzt sagen, Feindt sei ein Depp, dachte Lüder. Was hatte Feindt gesagt? Es schneite. Und Margit hatte berichtet, dass Kiel infolge des Regens bald absaufen würde.

Feindt war nicht in Kiel.

Lüder hangelte sich durch die Apps auf seinem Smartphone und versuchte, sich einen Überblick über die derzeitige Wetterlage in Deutschland zu verschaffen. Schneefall gab es ganz im Osten, im Saarland, in den Mittelgebirgen und … in München.

Eine weitere Vermutung, dachte Lüder grimmig. Warum hielten sich Rexhe Ajdarevic, Kurt Vierkant und Lorenz Feindt in der bayerischen Metropole auf?

Wie sollte er weiter vorgehen? Er kehrte zum Marienplatz zurück, wo es für die Münchner schon Gewohnheit geworden war, die auf dem Rathausbalkon winkenden Spieler des FC Bayern zum Gewinn einer Meisterschaft oder eines Pokals zu feiern. Friedjof hätte seine Freude an diesem fußballgeschichtsträchtigen Ort gehabt, auch wenn Holstein Kiel seine Qualitäten noch ein wenig steigern musste, um wenigstens regulär gegen die Übermannschaft aus München antreten zu dürfen.

Als Nächstes wollte er sich den Konferenzort ansehen.

Lüder bog in die Maffeistraße ab. Sie öffnete sich zu einem kleinen Platz, in dessen Mitte im Sommer die Kronen mächtiger Bäume zum Flanieren im Schatten einluden. Auf dem Promenadeplatz stand eine Reihe von Denkmälern, ein »geheimer geistlicher Rath«, der Tondichter Ritter von Gluck und der »Churfürst Maximilian Emanuel von Bayern«, der Belgrad erobert hat. Dessen Sockel war mit bunten Bildern des Affen von Michael Jackson beklebt, die angeblich Teil eines Kunstprojekts im öffentlichen Raum sein sollten, während die zahlreichen Blumen davor eher dem verstorbenen Künstler selbst galten.

Fast die gesamte rechte Straßenfront nahm das Hotel »Bayerischer Hof« ein, der Tagungsort der Sicherheitskonferenz.

Das Hauptgebäude des Hotels machte auf den ersten Blick einen eher schlichten Eindruck. Lediglich der blaue Baldachin vor dem repräsentativen Eingang ließ einen Hauch Luxus erahnen. Lüder sah an der Fassade im Stil der Gründerzeit empor. Er wusste, dass sich der VIP-Bereich in der siebten Etage befand. Rechts schloss sich das Palais Montgelas an, das seit fast einem halben Jahrhundert ebenfalls zum Bayerischen Hof gehört.

Etwas abseits standen mehrere Polizeifahrzeuge in der alten grün-weißen Lackierung. Uniformierte liefen allerdings nicht herum. Morgen sollte die Konferenz beginnen. In Anbetracht des engen Zeitplans der Gäste ging Lüder davon aus, dass noch keiner von ihnen anwesend war.

Auf dem Platz patrouillierten Mitglieder der Bayerischen Sicherheitswacht, die ein Kennschild an der Brust trugen und zudem durch eine grüne Ärmelschlaufe oder einen blauen Blouson erkenntlich waren. Es wurde stets betont, die Angehörigen seien keine Hilfspolizisten. Trotzdem wurde ihnen neben den Rechten, die alle Bürger bei Notwehr und Nothilfe für andere haben, zusätzlich ermöglicht, Personen anzuhalten, die Personalien festzustellen und Platzverweise auszusprechen.

Angeblich sollte damit die Arbeit der Polizei ergänzt werden. Lüder hielt es für fragwürdig. Eindeutig hoheitliche Aufgaben wurden an Zivilisten abgetreten. Es war sicher überzogen, das mit Texas zu vergleichen, wo jedermann mit einem Revolver in der Tasche sich bemüßigt fühlte, sein Verständnis von Recht und Ordnung durchzusetzen. Er stellte sich vor, wenn Leute wie Kurt Vierkant und seine Gesinnungsgenossen als Sicherheitswacht durch Gaarden marschierten und dabei auf Shabani und seine Freunde trafen.

Der Wagenmeister mit der Melone auf dem Kopf vor dem Hoteleingang musterte ihn professionell, als er durch die messingfarbene Drehtür mit den bayerischen Löwen auf dem Glas ins Foyer trat. Dem Stil dieses Spitzenhotels entsprechend, fiel den meisten Gästen der Sicherheitsdienst nicht auf, der diskret im Hintergrund ein wachsames Auge auf das Geschehen warf.

Lüder wandte sich zum Empfang und wurde von einer attraktiven jungen Frau nach seinen Wünschen gefragt.

»Ich würde gern mit einem Verantwortlichen Ihres Hauses über die Sicherheitskonferenz sprechen.«

»Kleinen Moment bitte«, sagte die junge Frau mit einem Lächeln und kam kurz darauf mit einem älteren Mann wieder, der in einen perfekt sitzenden grauen Anzug gekleidet war. Lüder wiederholte seine Bitte.

»Darf ich fragen, aus welchem Grund?«

»Ich bin Polizeibeamter.«

Am leichten Zucken der Augenbraue erkannte Lüder, dass sein Gegenüber überrascht war. Es war ungewöhnlich, dass jemand mit dieser Bitte an der Rezeption erschien. Die Maß-nahmen zur Sicherheit der Gäste und Veranstaltung waren seit Langem zwischen dem Hotelmanagement und den Sicher-heitsbehörden abgesprochen. In anderen Häusern hätte man Lüder gebeten, sich zu legitimieren, ihn vielleicht bezichtigt, ein neugieriger Journalist zu sein. Hier wurde er höflich gebeten, im Foyer Platz zu nehmen.

Lüder suchte sich einen der tiefen Sessel und sah sich um. Das Grand Hotel schien nie zur Ruhe zu kommen. Unentwegt strömten die Menschen durch die Halle, steuerten die Rezeption an oder schlenderten gemächlich vorbei. Manche hatten es sich in der Lobby bequem gemacht, lasen Zeitungen, fingerten an Smartphones und iPads herum oder genossen die Atmosphäre.

Lüder sah die drei Männer von Weitem, die auf ihn zusteu-erten. Einer im gut sitzenden Anzug, dienstbeflissen mit einem Funkgerät in der Hand, schien zum Hotel zu gehören. Der zweite war mit einer Jeans und einem Pullover bekleidet, aus dem am Hals die Kragenecken hervorlugten. Der dritte trug einen dunklen Anzug, ein weißes Hemd und einen schma-len Schlips. Sein Haar war so kurz geschnitten, dass es nur als schwarzer Schimmer wahrzunehmen war. Im Ohr steckte ein Kopfhörer, von dem ein Kabel in die Jacke des Mannes führte. Deutlich wölbte sich die linke Seite seines Anzugs. Er trug eine Waffe.

Lüder stand auf.

»Mein Name ist …«, begann er, aber der Mann im Pullover unterbrach ihn sofort.

»Wir wissen, wer Sie sind, Herr Lüder.« Der Mann hatte das »s« am Zunamen vergessen. Es lag sicher nicht an der bayerischen Klangfärbung.

»Ich würde mir gern die Räumlichkeiten ansehen, in denen die Veranstaltung stattfindet«, sagte Lüder.

»Das ist nicht möglich. Sie können sicher sein, dass wir alles unter Kontrolle haben. Die Sicherheitskonferenz wird schon seit Jahren von uns begleitet. Gemeinsam mit dem Hotel«, dabei nickte er in Richtung des Mannes mit dem Funkgerät, der diskret einen halben Schritt zurückgeblieben war, »verfügen wir über eine große Portion Routine. Ich nehme an, die fehlt Ihnen. Ein solches Treffen hochrangiger Persönlichkeiten gibt es nur hier.«

»Daran zweifele ich nicht. Auch nicht an Ihrer Kompetenz. Es spricht aber für Ihre Professionalität, wenn wir gemeinsam eine Inspektion der Räume vornehmen.«

Der Mann, der sich nicht vorgestellt hatte, schüttelte energisch den Kopf. »Wir haben ein ausgewiesenes Expertenteam. Ich kann mir nicht vorstellen, dass Sie etwas entdecken könnten, was uns entgangen ist.«

»Niemand unterstellt Ihnen etwas«, sagte Lüder. »Ich habe Anhaltspunkte, die …«

»Genug«, unterbrach ihn der Mann im Pullover. »Haben Sie Verständnis dafür, dass wir noch viel zu tun haben. Unsere Arbeit beginnt nicht erst morgen mit dem Eintreffen der Konferenzteilnehmer.«

»Kann ich einen Einblick in die Gästeliste bekommen, ich meine der Leute, die nicht an der Konferenz teilnehmen, aber dennoch hier wohnen oder noch kommen werden?«

»Ich würde Sie bitten, zu gehen«, mischte sich der Mann mit dem Funkgerät ein.

»Hat Professor Bamberger schon eingecheckt?«, versuchte es Lüder ein letztes Mal.

Der Hotelmitarbeiter machte einen Schritt auf Lüder zu und berührte ihn vorsichtig am Arm. »Bitte«, sagte er höflich, aber bestimmt.

Es war zwecklos. Man wollte ihn nicht anhören.

»Tschüss«, sagte Lüder und verließ das Hotel. Er spürte, wie ihn die drei Männer mit ihren Blicken folgten.

Vor der Tür versuchte er, Hauptkommissar Luther zu erreichen. Es meldete sich nur die Mailbox. Bei Kriminaloberrat Gärtner hatte er mehr Glück.

»Können wir eine Handyortung für Rexhe Ajdarevic, Vierkant und Lorenz Feindt veranlassen?«, fragte Lüder.

»Der Journalist? Ausgeschlossen. Was meinen Sie, was in der Öffentlichkeit los wäre, wenn wir die Presse überwachen? Die Medien würden uns schlachten. Bei den anderen beiden habe ich es versucht. Oberstaatsanwalt Brechmann hat uns an Bayern verwiesen und meint, die wären zuständig. Muss ich dazu etwas sagen?«

Das war nicht erforderlich.

Allmählich wurde es kalt. Lüder begann zu frieren. Dazu trug sicher auch der dichte Schneefall bei. Seine Schritte führten ihn zur Frauenkirche mit den beiden markanten Türmen und den charakteristischen Hauben, der Kathedralkirche des Erzbischofs zu München und Freising.

Während er auf einer der hinteren Bänke Platz nahm und die Weite des Kirchenschiffs auf sich wirken ließ, erinnerte er sich an Shabanis Aussage, Laimpinsl hätte den Weg zu Gott versperrt. Fünf Männer seien davon betroffen gewesen. Bisher waren alle Überlegungen auf einen politisch motivierten Anschlag ausgerichtet gewesen. Einen religiösen Grund hatten sie als unwahrscheinlich verworfen. Was hatte Shabani damit gemeint, zumal sich Laimpinsl ausgesprochen kritisch gegenüber religiösen Bekenntnissen gezeigt hatte? Sein Auftritt im Kieler Gewerkschaftshaus, als Pastor Röder ihm wegen des Unfalls von Frau und Tochter Trost zusprechen wollte, war unmissverständlich gewesen.

Shabanis Vergangenheit im Kosovokrieg und die von ihm mutmaßlich zu vertretenden Verbrechen schienen kein Grund zu sein, einen Anschlag in München zu verüben. Es brodelte noch im Kosovo, aber im Blickpunkt der Sicherheitskonferenz standen andere wichtige Themen. Es lagen keine Erkenntnisse vor, dass Shabani sich den Islamisten zugewandt hatte. Wenn so etwas geschickt erfolgte, konnte es allerdings den beobachtenden Verfassungsschützern entgangen sein.

Lüders Blick wanderte zum großen Kreuz, das im Mittelschiff von der Decke herab über dem Altarraum hing. Wie die Menschen ihren Gott auch immer nannten, welches Symbol sie für ihn verwandten, in der langen Geschichte blutiger Kriege gab es nur wenige Religionen, die sich nicht schuldig gemacht hatten. Auch die Christen hatten fleißig mitgemischt und ihren mordträchtigen Konflikt bis in unsere Tage hineingetragen. Mitten in Europa gab es in Nordirland Tote bei der Auseinandersetzung zwischen Katholiken und Protestanten. Nun saß Lüder hier, und niemand fragte nach seiner Religion. Es gab auch Hoffnung.

Was – verdammt noch mal – hatte es mit Shabanis Aussage auf sich? Er hatte sogar eine ungewöhnliche Formulierung benutzt und vom »Heiland« gesprochen. Diese Bezeichnung für den christlichen Gott hatte Lüder noch nie von einem Moslem gehört.

Es war sicher dem Wetter geschuldet, dass der »Dom zu Unserer Lieben Frau«, wie die Kirche offiziell hieß, nur wenig besucht war.

Lüders »liebe Frau« saß in Kiel in einem älteren Einfamilienhaus und schaute vielleicht aus dem Fenster auf den Regen. Und auf den ungeliebten Geländewagen. Er lächelte, stand auf und betrachtete die Westemporen-Orgel. Sein Blick fiel auf einen Mann in einem eng anliegenden schwarzen Mantel. Warum trug er keinen Schal? Der Mantel ließ sich nicht bis oben schließen. So konnte der Schnee ungehindert den Kragen des weißen Hemdes mit der exakt gebundenen Krawatte durchnässen. Der Fast-Glatze machte es sicher nicht viel aus. Merkwürdig, dachte Lüder. Leute in dem Alter tragen keine Hemden mit Krawatten, schon gar keine weißen Hemden.

Lüder wandte sich zum Hauptausgang. Draußen empfing ihn wieder der nasskalte Schnee. Auf Dauer war der auch nicht erquicklicher als der Kieler Regen.

Die kurze Liebfrauenstraße führte ihn zurück zur Kaufingerstraße. An schönen Sommertagen oder in der Vorweihnachtszeit herrschte hier sicher mehr Betrieb. Unentschlossen ging er erneut Richtung Marienplatz und hatte das unbestimmte Gefühl, er würde verfolgt. Man sah nichts, aber Blicke schienen sich an seinen Nacken zu heften.

Er überquerte den Rathausplatz und schlenderte in Richtung des Alten Rathausturms, einer Rekonstruktion des im Kriege zerstörten Originals aus den siebziger Jahren. Rechts daneben führte der Weg zum Viktualienmarkt.

Auf einmal blieb er stehen, legte die Fingerspitzen ans Kinn, als wäre ihm etwas eingefallen, und drehte sich um. Aus den Augenwinkeln bemerkte er den Mann aus der Kirche, der ihm folgte, um sich plötzlich sehr interessiert an der Mariensäule zu zeigen. Lüder tat, als hätte er es nicht bemerkt, ging quer über den Platz und bog in die Theatinerstraße ein. Halb links befand sich früher die Traditionsgaststätte Donisl, die bundesweit in Verruf geraten war, weil das Personal auswärtigen Gästen K.-o.-Tropfen in die Getränke gemischt und sie dann ausgeraubt hatte.

Lüder wollte sich nicht umdrehen. Langsam ging er an der Westfront des Rathauses entlang. In der Parallelstraße führte der Weg zum heute geschlossenen Stammhaus Dallmayr, das bundesweit durch seinen Kaffee bekannt geworden war, aber in dem verschachtelten Ladenlokal auch eine schier unerschöpfliche Auswahl an Delikatessen anbot.

Rechts öffnete sich die Fassade zu einem Durchgang in den Rathausinnenhof. Lüder bog ab und fand sich auf einem idyllischen ruhigen Plätzchen wieder.

Er verbarg sich hinter einem Mauervorsprung. Kurz darauf tauchte sein Verfolger auf. Lüder trat einen Schritt vor.

»Moin. Wenn Sie mir verraten, welches Interesse Sie an mir haben, könnte ich Ihnen vielleicht behilflich sein, und es würde uns den Spaziergang durch das winterliche München ersparen.«

Der Mann hatte scharf geschnittene Gesichtszüge. Das glatt rasierte Kinn würden Leute, die sich auf das Deuten verstanden, als energiegeladen bezeichnen. Die braunen Augen durchbohrten Lüder. Die schmalen Lippen waren fest geschlossen. Zwischen den extrem kurz rasierten Haaren hatten sich Schneeflocken gefangen.

Der Mann zog ganz langsam die Hände aus den Taschen des taillierten dunkelblauen Mantels.

»Na, Schlapphut. Was ist?« Lüder grinste herausfordernd.

»*Fuck you, bloody bastard. Go home.*«

Der Mann war Amerikaner. Seine Aussprache ließ keinen Zweifel daran. Er sprach hart und verschluckte dabei die Worte. Gleichzeitig presste er die Zähne zusammen. Der Ton war fordernd, bestimmend.

»Benimmt man sich so, wenn man Gast in einem anderen Land ist? Wir sind doch Freunde. Behauptet unsere Bundesregierung immer wieder.« Erneut grinste Lüder. Er war sich bewusst, dass er provozierte.

Plötzlich schlug der Mann zu. Es geschah ohne jede Vorwarnung. Kein Aufblitzen der Augen, kein Zucken der Gesichtsmuskeln verriet die Aktion. Die beiden Arme schnellten hoch, drehten sich, und die Außenkanten der Hände trafen Lüder beidseitig am Hals.

Ein höllischer Schmerz durchfuhr ihn. Die aufkommende Übelkeit spürte er schon nicht mehr, so schnell wurde er bewusstlos. Lüder stürzte zu Boden. Der ganze Körper krampfte. Er bekam auch nicht mit, wie sein Widersacher einen verächtlich wirkenden Blick auf den am Boden Liegenden warf, sich gelassen umdrehte, lässig die Hände in die Manteltaschen versenkte und ging.

Es dauerte etwa eine Minute, bis das Bewusstsein zurückkehrte. Lüder hatte Probleme, sich zu erinnern, zu erkennen, wo er war und warum er dort war.

Er versuchte sich aufzurichten, aber der Schmerz war übermächtig. Er holte mehrfach tief Luft und versuchte es erneut. Mühsam gelang es ihm, zunächst in die Hocke zu gehen und sich dann langsam in die Höhe zu schrauben. Immer wieder tanzten Sterne vor seinen Augen. Er taumelte leicht.

Draußen gingen die wenigen Passanten achtlos vorbei. Niemand schien etwas mitbekommen zu haben.

Langsam kehrte die Erinnerung zurück. Der Verfolger. Amerikaner. Die Drohung. Der überraschende Schlag. Vorsichtig tastete Lüder seinen Hals ab.

Der Mann war Profi. Er hatte blitzschnell mit den Handkanten zugeschlagen und einen Vagusreiz ausgelöst. Das führte, richtig angesetzt, zu einem Krampf und zur Bewusstlosigkeit, im schlimmsten Fall zu einem Herzstillstand.

So etwas war ihm selten passiert. War er zu gutgläubig? Vor allem – was sollte das? Warum hatte ihn der Unbekannte verfolgt und plötzlich angegriffen? Mit Sicherheit war der Mann perfekt für einen Angriff ausgebildet. So etwas lernte man nicht im Fitnesskurs an der Volkshochschule. Sein Outfit war ungewöhnlich für einen Sonntagsspaziergang in der Münchner Innenstadt. Es ähnelte dem des dritten Mannes im Hotel, der sich wortlos im Hintergrund gehalten hatte. So sehen typische Bodyguards aus.

Lüder warf einen Blick in ein Schaufenster. Er selbst hatte ein Jahr lang im Personenschutz mitgewirkt und die harte Ausbildung absolviert, auch wenn man nicht auf das Töten von Menschen im Nahkampf trainiert wurde. Sein Angreifer aber war darauf abgerichtet. Davon war Lüder überzeugt.

Amerikaner. Typ Bodyguard. Hervorragende Nahkampfausbildung. Durchtrainiert. Skrupellos. Lüder war sich sicher, dass der Mann zum Geheimdienst gehörte. Der CIA? Nein. Die waren für die aktive Spionage zuständig. Die seit der Veröffentlichung von Edward Snowden bekannt gewordene NSA beschäftigte sich mit der elektronischen Signalaufklärung, wie es etwas umständlich hieß.

Es blieb nur das FBI, von dem Groschenhefte und Hollywood das Bild einer besonders erfolgreichen Polizei vermittelten. Aber die Menschen ahnten nicht, dass es auch spezifische nachrichtendienstliche Aufgaben erfüllte und in den Sektionen *National Security Branch* und Terrorismusabwehr sich gelegentlich Methoden bediente, die bei allem Respekt für die Sorge um die Sicherheit über die Verhältnismäßigkeit der Mittel hinausgingen.

»Unsere Regierung wird Länder für schlechtes Verhalten nicht belohnen«, hatte der US-Politiker Menendez gewarnt. »Handelsvorteile sind ein Privileg, das Staaten gewährt wird, kein Recht.« Ähnlich hatte sich der führende Demokrat im Handelsausschuss des Abgeordnetenhauses geäußert. Handelsprivilegien für Ecuador würden auf keinen Fall verlängert, sollte das Land Snowden Asyl gewähren.

Natürlich würde man am Rand der Sicherheitskonferenz auch darüber sprechen. Ob hinter verschlossenen Türen Amerikas Verhalten gerügt würde, würde der Öffentlichkeit vorenthalten bleiben. Die Amerikaner waren sensibilisiert. Und ihr Präsident galt vielen Terroristen als Feind Nummer eins. Es war verständlich, dass man alles zu seinem Schutz unternahm. Deshalb verstand Lüder nicht, dass man ihn verfolgte. Er hatte kein anderes Ziel, als Menschenleben zu schützen.

Zu gern hätte er seine Erkenntnisse, Vermutungen und Befürchtungen mit jemandem diskutiert.

Lüder schlich mehr, als dass er ging, zum Stachus, stieg in ein Taxi und gab die Adresse des Hotels an.

»Für diese kurze Strecke habe ich so lange gewartet«, murrte der Taxifahrer. Lüder unterließ es, ihm zu antworten.

Als sie den weitläufigen Königsplatz umrundeten, verengte sich die Fahrbahn, und der Fahrer fing an, auf Bayrisch zu fluchen.

»G'lump«, schimpfte er. »Nur weil die Affen sich hier treffen, ist die ganze Stadt in Aufruhr. Überall wird abgesperrt. Die sollen sonst wo tagen.«

Polizisten luden von einem Lastwagen Absperrgitter ab und stellten sie auf den Gehweg.

Lüder beugte sich vor. »Warum hier?«, fragte er.

»Das ist in jedem Jahr so. Hier werden die Reporter zusammengepfercht. Dann karrt man sie zum Promenadeplatz, wo der Hof ist.« Er kürzte den Hotelnamen ab. Kurz darauf hielt er vor Lüders Hotel, fluchte erneut, als er von einem folgenden Fahrzeug angehupt wurde, drohte dem Wagen mit der Faust hinterher, als der überholte, und brachte in einer langen Tirade seine Ansicht von Autofahrern mit dem Kennzeichen »DAH« für Dachau zum Ausdruck.

Lüder zog sich auf sein Hotelzimmer zurück, duschte ausgiebig und ließ sich aufs Bett fallen. Der Angriff des Amerikaners hatte mehr Wirkung erzielt, als er zunächst wahrhaben wollte.

Es war die Kombination aus dem Schnarren des Vibrationsalarms und dem Anschlag der Kirchenglocken, die Jonas als Klingelzeichen auf Lüders Handy eingestellt hatte, die ihn wach werden ließen.

Er räusperte sich, bevor er sich meldete.

»Luther.«

»Der Reformator?«

»Den Spruch kenne ich. Franz-Josef. Wie es sich für einen bodenständigen Bayern gehört. Ich würde mich gern mit Ihnen treffen.«

»Bitte?« Es war Luther gelungen, Lüder zu verblüffen.

»Es ist jetzt drei viertel acht.«

Lüder rechnete um. Das hieß, es war Viertel vor acht. Im Zimmer war es stockfinster. Durch den Lichtschacht fiel nicht einmal ein Strahl Helligkeit.

»In einer Viertelstunde im Schelling-Salon. Das ist eine Traditionsgaststätte in der Maxvorstadt an der Ecke Barer Straße und Schellingstraße.«

Lüder willigte ein. Die Entfernung war fußläufig. Der Eingang des Lokals befand sich in einem wunderbar restaurierten Haus direkt an der Straßenecke. Lüder empfing nach dem Eintritt eine Mischung aus bürgerlicher Gemütlichkeit und sportlicher Unterhaltung. Für Letzteres sorgten die Billardtische im Hintergrund. Wappen und Bilder zierten den oberen Bereich der Wände, die bis zur Hälfte mit dunklem Holz getäfelt waren. Die Holztische waren gut besucht. Eine Gruppe älterer Männer war über Schachbretter vertieft.

Aus einer Ecke winkte ihm Luther zu. Vor dem Hauptkommissar stand ein Glas Hefeweizen.

»Sie auch?«, fragte er, als Lüder ihm gegenüber Platz genommen hatte.

»Danke«, wehrte Lüder ab und bestellte ein »Helles«.

»Was verschafft mir die Ehre?«

»Es gibt Neuigkeiten«, erklärte Luther. »Wir haben Kurt Vierkant verhaftet.«

Das Erstaunen musste Lüder anzusehen sein. Er sah es an Luthers entspanntem Lächeln.

»Jo, so samma.« Stolz schwang in der Stimme mit.

»Wie ist Ihnen das gelungen?«

»Kümmern wir uns erst einmal um die wichtigen Dinge«, schlug Luther vor und reichte Lüder die Speisekarte.

Würstl sowie Beuscherl – dahinter verbargen sich Lungen und Semmelknödel – ließ Lüder unbeachtet und entschied sich für ein unverfängliches Wiener Schnitzel.

»Franz Josef Strauß ist in dieser Straße groß geworden. In dieser Gaststätte hat er als Bub das dunkle Bier im Krug für seinen Vater geholt. Hier gab es aber noch andere prominente Gäste. Brecht. Kandinsky. Rilke. Aber auch Hitler und Lenin. Hitler hat übrigens irgendwann Hausverbot erhalten.«

»Und jetzt schlagen wir den Bogen von Hitler zu Vierkant«, nahm Lüder den Faden wieder auf.

»Vierkant ist bei uns ein unbeschriebenes Blatt. Wir haben Tipps bekommen und die Aktion erfolgreich vollendet. Warum habt ihr das nicht gemacht?«

»Wir hatten ihn im Visier. Vor dem Zugriff hat er sich davongemacht.«

»Na, na.« Luther zwinkerte mit den Augen. »Wir wussten, dass er der rechten Szene angehört und auf dem Weg nach München war.«

Also musste Kriminaloberrat Gärtner doch Erfolg gehabt haben, vermutete Lüder.

»Es hieß, er hätte eventuell gefährlichen Sprengstoff dabei.«

»Hochexplosiv«, warf Lüder ein.

»Man hatte eine Vermutung, um welchen Stoff es sich handeln könnte.« Luther ließ seine Worte auf Lüder wirken. »Es gab noch eine zweite Quelle, die diesen Verdacht erhärtete.«

»Ein Journalist?«, riet Lüder.

Luther ging nicht drauf ein. »Es sei nicht auszuschließen, dass deutsche und schwedische Rechtsextremisten in München ein Fanal setzen wollten. So haben wir unsere Kontakte zur Szene genutzt und sind fündig geworden. Ich habe mich gestern mit einem Informanten getroffen ...«

»Ein Neonazi?«

»Ein Informant.« Luther wählte eine neutrale Formulierung.

»Der wollte sich umhören. Heute Morgen kam der entscheidende Tipp.«

Das war das Treffen in der Unterwelt des Stachus, das Lüder beobachtet hatte.

»Ihr Tippgeber … Ist der undercover unterwegs oder Beteiligter?«

»Im Grunde ein armer Wicht. Ein kleines Licht. Keine große Leuchte. Er hört gelegentlich etwas. Manchmal läuft es auf verschlungenen Wegen. Ein Spezi des Informanten hat einen anderen Spezi, der sauer auf Vierkant ist. Vierkant hat sich für ein paar Tage an die Freundin des Manns herangemacht und wohnt bei ihr. So hieß es. Der Spur sind wir nachgegangen.«

Lüder starrte auf die Tischplatte.

Er war überzeugt, dass der umtriebige Lorenz Feindt der zweite Tippgeber war. Der Journalist hielt nicht nur Kontakt zum Kieler LKA, sondern auch zu den Bayern. Wer sonst hätte Luthers Abteilung über die Kontakte zwischen Vierkant und den Schweden in Kenntnis setzen können? Ob dieses Treffen auf Initiative Dopplmairs erfolgte oder Luther es aus eigenem Antrieb angeregt hatte, würde er nie erfahren.

»Hat Vierkant ausgesagt?«

»Ich dachte, Sie kennen ihn. Jeden, der in seine Nähe kommt, beschimpft und bedroht er. Solche Typen sind hartnäckig. Von denen erfahren Sie nichts.«

»Was ist mit dem Auto?«

»Darum kümmert sich eine Spezialabteilung. Wir haben im Tiguan sorgfältig verpackte Sprengeinrichtungen gefunden. Seltsam ist, dass die Zündvorrichtungen mit Glasflaschen verbunden sind.«

»Um Himmels willen. Das ist APEX.« Lüder berichtete von der Explosion auf der Kieler Straßenkreuzung und den Funden in Höpkes Wohnung.

Luther wurde blass. »Das ist ungeheuerlich.«

»Ich habe die ganze Zeit versucht, es Ihrem Chef klarzumachen.«

»Wenn es Vierkant gelungen wäre …« Luther führte den Satz nicht zu Ende.

»Der Mann ist gewalttätig und schreckt vor nichts zurück. Er ist nicht dumm, aber nicht die treibende Kraft hinter dem Ganzen. Andererseits ist er kein Bombenexperte und auch nicht mehr derjenige, der selbst die Hand an den Zünder legt. Vierkant hat die Bombe hierhergebracht. Sie wurde zum Glück rechtzeitig entdeckt. Aber sie zur Explosion zu bringen, dafür war ein anderer vorgesehen.«

»Wer?«

Lüder zuckte die Schultern. Das wusste er auch nicht. War es Rexhe Ajdarevic? Der Albaner konnte damit umgehen. Zumindest verfügte er über Erfahrung im Umgang mit Sprengsätzen. Lüder erinnerte sich an den Physikunterricht. Wie wurde eine Wasserstoffbombe gezündet? Durch eine Atombombe. War es denkbar, dass Höpkes Höllenwerk durch eine kleinere konventionelle Bombe gezündet werden sollte, die Rexhe Ajdarevic gebastelt hat?

»Sind Sie religiös?«, fragte Lüder und stellte das Glas mit dem hausgemachten Obstler auf den Tisch zurück.

Luther sah ihn irritiert an.

»Kommt jetzt der Scherz, den ich schon tausendmal gehört habe? Warum ich Luther heiße und in Bayern lebe? Um der nächsten dummen Frage vorzubeugen: Ich bin katholisch. Wie jeder gute Christ.«

»Ich wollte nicht persönlich werden. Im Zusammenhang mit meinen Ermittlungen gibt es einen Fall von schwerer Körperverletzung. Nach unseren bisherigen Erkenntnissen hat das Opfer Freunde der vermeintlichen Täter nicht zu Gott gelassen.«

»Wie äußert sich der Geschädigte?«

»Der ist nicht vernehmungsfähig.«

»Das hört sich nach Islamisten an«, vermutete Luther.

»Vordergründig schon. Aber in diesem Zusammenhang sprachen die Täter davon, dass sie zum *Heiland* wollten. Das ist nicht das Vokabular des Islams.«

»Eigentlich nicht«, stimmte Luther zu. »Kann es sich um eine fundamentalistische Sekte handeln?«

Lüder schüttelte den Kopf. »Kaum. Die Täter sind Moslems.«

»Man müsste mehr wissen«, überlegte Luther.

Lüder winkte ab. Sollte er preisgeben, dass er auch nicht mehr wusste?

»Morgen wird es einen aufregenden Tag geben«, sagte Luther. »Ich werde mich auf den Heimweg machen.«

Sie zahlten. Dann drückte der Hauptkommissar Lüder fest die Hand. »Meiden Sie die Umgebung des Bayerischen Hofs weiträumig«, empfahl er zum Abschied. »Kriminalrat Dopplmair mag Sie nicht.«

»In diesem Punkt sind wir Brüder im Geiste.«

Die kalte Winternacht empfing sie, als sie vor die Tür traten. Es schneite.

NEUN

Der Frühstücksraum war heute weniger stark besucht als am Wochenende. Die Touristen waren abgereist, und die Monteure und Geschäftsreisenden würden erst am Abend kommen.

Lüder verzichtete auf die Lektüre der Morgenzeitung und kontrollierte stattdessen den Maileingang auf seinem Smartphone. Er freute sich, dass er eine Nachricht von Margit erhalten hatte. Sie berichtete in wenigen Worten von Kiel und der Familie. Ein lieber Gruß schloss die kurze Mail ab. Lüder ärgerte sich, dass es auf dem Smartphone keinen Spamfilter gab und ihn auch die dümmste Werbung erreichte. Wenn es eine intelligente Software gäbe, die unerwünschten Datenmüll zehnfach an den Absender zurückschicken würde mit der Info, er sei unerwünscht, müsste der Urheber in Daten ertrinken. Insgeheim wünschte Lüder es ihm.

Geert Mennchen hatte ihm eine Information gesandt und gefragt, ob Lüder den Artikel im Jupiter gelesen hätte. Mennchen hatte einen Link angefügt. Er öffnete den Beitrag und sah zunächst nach dem Verfasser. Es überraschte ihn nicht, den Namen Lorenz Feindts zu lesen. Der Artikel war in der zwei Wochen zurückliegenden Ausgabe erschienen.

»Deutsch – eine sterbende Eigenschaft« lautete die provozierende Überschrift. Feindt führte alle Vorurteile gegen Menschen anderer Herkunft auf. Er bewegte sich am Rande von Volksverhetzung und Rassendiskriminierung, ohne Sprachgebrauch und Kampfansagen der Neonazis zu verwenden. Bei oberflächlicher Lektüre klang es, als würde sich der Autor Gedanken über die Verwässerung der einheimischen Kultur machen, als hege er Befürchtungen wegen der Unterwanderung von Behörden und Wirtschaft durch Migranten, hätte Zweifel an der Loyalität türkischstämmiger Polizisten und fragte sich, ob Gefreiter Müller am Hindukusch sich auf seinen Nebenmann, den Obergefreiten Ali, hundertprozentig verlassen könne. Warum, so fuhr Feindt fort, unterließ man es, bei Meldungen über schwere Straftaten die ethnische Herkunft des Täters zu nennen?

»Weil niemand erwartet, in der Zeitung zu lesen, ein katholischer Betrüger hat den evangelischen Ehebrecher mit einem jüdischen Leuchter niedergestreckt«, murmelte Lüder und registrierte, wie ein Gast am Nebentisch ihn irritiert ansah.

Der Artikel war, nach Lüders Auffassung, ausländerfeindlich. Dazu gehörte auch die Forderung, mit der Feindt schloss, die Menschen wieder in ihre Heimat zurückzuschicken und ihnen Asyl und Hilfe zu versagen.

Lüder stutzte.

Dieses Bewusstsein, so las er weiter, würde auch dort Einzug halten, wo man es zuletzt vermuten würde. Selbst bei einem kritischen norddeutschen Gewerkschaftsführer würden diese Erkenntnisse reifen.

War damit Thomas Laimpinsl gemeint? Der war Mitarbeiter der Gewerkschaft, übte dort aber keine verantwortliche Position aus. Und Heinz Motzeck, sein Vorgesetzter, hatte klargestellt, dass Laimpinsls persönliche Ansichten weit entfernt von der Position der Gewerkschaft waren. An dieser Stelle log Feindt. So, wie er es bei den Schleswiger Nachrichten gemacht hatte, weshalb man ihn dort geschasst hatte. Die Schleswiger hatten aufgepasst. Beim Jupiter schien man einen anderen Stil zu pflegen.

Ob dieser Artikel Anlass für Shabani gewesen war, Laimpinsl zu überfallen und schwer zu verletzen? Shabani hatte Hass auf die Medien entwickelt. Er vermochte nicht zu trennen, was eine objektive, wenn auch kritische Berichterstattung war und in welchen Punkten sie sich von Schmierwerk wie Feindts Artikel im Jupiter unterschied. Doch auch solche krausen Gedanken fielen unter den Schutz der Meinungsfreiheit. Shabanis Handlanger Rexhe Ajdarevic hielt sich vermutlich in München auf. Und Lüder war sich nicht sicher, ob der Kosovare hier mit Kurt Vierkant verabredet gewesen war.

Lüder wählte Feindts Handynummer an. Sofort meldete sich die Mobilbox. Er verzichtete darauf, dem Journalisten eine Nachricht zu hinterlassen.

Es musste die ganze Nacht über geschneit haben. Jedes Kinderherz würde höherschlagen, wenn es die gut zwanzig Zentimeter Neuschnee entdecken würde. Selbst auf den Fahrbahnen lag eine platt gefahrene, aber geschlossene Schneedecke.

Lüder stapfte zum nahen Königsplatz, auf dem sich modernes Lebensgefühl, Klassizismus und Antike trafen. Vor dem Absperrgitter drängelte sich die Meute der frierenden Journalisten.

Während in den anderen Bundesländern die Polizisten blaue Uniformen trugen, die vom Stardesigner Luigi Colani entworfen worden waren, gab sich in Bayern die Staatsmacht seit Menschengedenken in Grün. Das war bis heute so geblieben. Einige Polizisten warteten ein wenig abseits und traten abwechselnd auf das linke oder rechte Bein, um sich warm zu halten. Nur gelegentlich warfen sie einen Seitenblick auf die Journalisten, die mit Kameras und Stativen oder Notebooks bewaffnet mit dem zivilen Sicherheitsdienst diskutierten.

Lüder ging zu der Gruppe.

»Von wegen ... Die sollen perfekt sein?«, schimpfte ein Reporter auf Sächsisch. »Wir frieren uns hier die Beine fest. Wo bleiben die Busse?«

Ein dem Aussehen nach asiatischer Journalist sah ihn verständnislos an. Erst als der Nachbar das sächsische Fluchen ins Englische übersetzte, nickte der Asiate.

Lüder schnappte Wortfetzen aus vielen verschiedenen Sprachen auf. Das Medieninteresse war groß.

»Wie soll das hier laufen?«, fragte Lüder den Sachsen.

»Im Moment – gar nicht.«

»Theoretisch.«

Der Sachse musterte Lüder. »Einer von der schnellen Truppe, was? Hast du den Ablauf nicht gelesen?«

»Ich bin als Ersatz für einen erkrankten Kollegen hier«, log Lüder.

»So 'ne Scheiße«, fluchte der Sachse. »Rund um das Hotel ist alles abgesperrt. Deshalb sollen wir hier antreten. Die Wichtigtuer«, dabei nickte er in Richtung des Sicherheitsdienstes, »kontrollieren die Akkreditierungen, und dann soll es per Bus zur Konferenz gehen.« Der Mann wischte sich mit der Hand über die nasse Stirn. »So ein Schwachsinn.«

Plötzlich ging ein Raunen durch die Gruppe. »Da kommt der Bus. Endlich!«

In den Verkehr hatte sich ein hellblauer MAN-Bus der Münchner Verkehrsgesellschaft eingefädelt, umrundete den Kreisverkehr und steuerte die Journalistengruppe an. Sofort entstand ein heftiges Schubsen und Schieben. Jeder wollte der Erste sein, und die Mitarbeiter des Sicherheitsdienstes hatten alle Hände voll zu tun, den Ansturm zurückzudrängen.

»Da schicken die einen Bus. Einen! Und nicht mal einen Gelenkbus. Haben die so was nicht?«, meckerte der Sachse. Neben ihm ruderte ein Reporter mit beiden Armen, wurde aber unsanft in seinem Tun unterbrochen.

»So nicht«, schimpfte ein Österreicher.

Der Bus hielt, sodass die Tür innerhalb des abgesperrten Bereichs blieb. Der Fahrer öffnete sie.

Auf dem Fahrzeug prangte das Wappen der Landeshauptstadt, das Münchner Kindl, das Lüder stets ein wenig an einen Engel im Nachthemd erinnerte.

Unentschlossen stieg der Fahrer aus und sah sich um.

»Was jetzt?«, fragte er einen Mann im dunklen Dress und dem Barett des Sicherheitsdienstes, der sich mit seinen Springerstiefeln in den Schneematsch stemmte.

»Weiß ich das?«, antwortete der Mann gereizt.

»Wer hat hier das Sagen?«, fragte der Fahrer und sah sich um.

»Ich nicht.«

»Lass uns einsteigen«, rief ein Reporter. »Wir frieren uns hier den Arsch ab.«

Er erhielt Zustimmung aus mehreren Kehlen.

Plötzlich sah Lüder Lorenz Feindt. Der Journalist stand am Rande der Gruppe. Er musste Lüder im gleichen Moment entdeckt haben.

»Eh, Feindt!«, rief Lüder.

»Was heißt hier Feind? Mein Freund bist du jedenfalls nicht«, brüllte der Sachse und stieß Lüder den Ellenbogen in die Seite, um seine Meinung zusätzlich durch eine Geste zu unterstreichen.

Lüder versuchte, sich aus dem Gewühl zu befreien, und wollte den Journalisten erreichen. Der riss die Augen vor Angst weit auf, sprang auf die Fahrbahn, zwängte sich zwischen dem Absperrgitter und dem Bus hindurch und schnellte in das Fahrzeug.

»Der macht es richtig«, rief ein Reporter. »Los. Hinterher.«

Feindt nahm auf dem Fahrersitz Platz, beugte sich über das Armaturenbrett, fand den Knopf und schloss die Tür.

Jetzt hatte es auch der Fahrer bemerkt.

»Mein Bus«, schrie er, »mach auf!«, und trommelte gegen die Tür. Er hatte den Motor laufen lassen. Das war sicher eine gute Idee bei den frostigen Temperaturen.

Ruckartig setzte sich der Bus in Bewegung.

Fäuste wurden geschwungen. Flüche in allen Sprachen folgten dem blauen Fahrzeug.

Inzwischen hatten auch die Polizisten registriert, dass etwas Unvorhergesehenes geschehen war. Ein Oberkommissar lief zu den Mitarbeitern des Sicherheitsdienstes und sprach mit ihnen. Dazwischen gestikulierte der Busfahrer und zeigte mit ausgestrecktem Arm seinem Fahrzeug hinterher.

Der Bus war in die Brienner Straße eingebogen und fuhr zwischen den Grünanlagen der Glyptothek entlang. Zwei Polizisten liefen zu ihrem Streifenwagen. Lüder schloss sich ihnen an.

»Landeskriminalamt«, sagte er. »Ich komme mit.«

»Halt.« Der Beifahrer baute sich vor ihm auf. »Das ist ein billiger Trick.« Mit zusammengezogenen Augenbrauen verfolgte er, wie Lüder seinen Dienstausweis aus der Tasche fingerte und ihm zeigte.

»Das ist gar kein richtiger«, stellte der Polizist fest, während sein Kollege ihm zurief: »Mach schon. Sonst verlieren wir ihn ganz.«

»Hier ist einer, der will mitfahren.«

»Bist du jeck? Soll sich ein Taxi rufen.«

»Ich bin vom LKA«, sagte Lüder und beugte sich in den Streifenwagen.

»Aber vom falschen«, behauptete der Beifahrer.

»Ich kenne den Entführer«, sagte Lüder. »Er heißt Lorenz Feindt.«

»Warum habt ihr ihn nicht vorher festgesetzt?«, wollte der Beifahrer wissen.

»Lass ihn rein«, sagte der Fahrer.

Lüder nahm auf der Rückbank Platz. Das Palaver hatte Feindt zusätzlichen Vorsprung verschafft. Der Streifenwagen fuhr an, kam auf der Schneedecke kurz ins Schlingern und folgte schließlich dem Bus. Es herrschte reger Verkehr. Trotz Blaulicht und Martinshorn gelang es kaum, den Abstand zum Bus zu verringern.

Der Beifahrer gab eine Statusmeldung durch. Zwischendurch fragte er über die Schulter: »Wie soll der Entführer angeblich heißen?«

»Lorenz Feindt.«

»Wie schreibt sich das?«

»Feindt mit ›dt‹ wie Damentoilette.«

»Was soll das mit dem Frauenklo?«

Lüder zweifelte an dem angeblichen Vorsprung Bayerns beim PISA-Test.

»Die Leitstelle soll Kontakt zu den Verkehrsbetrieben aufnehmen. Der Bus hat sicher eine Überwachungskamera. Das Bild soll man in die Leitstelle umleiten. Außerdem muss sofort Hauptkommissar Luther vom LKA informiert werden.«

»Von welchem LKA?«

»Vom Münchner.«

»Das heißt bayerisches Landeskriminalamt«, belehrte ihn der Beifahrer.

Sie umrundeten den Karolinenplatz. Der Obelisk in der Mitte war als Ehrenmal für die bei Napoleons Russlandfeldzug gefallenen Soldaten der bayerischen Armee errichtet worden.

Der Fahrer wich anderen Fahrzeugen aus und trat dann fluchend die Bremse durch. Der Streifenwagen schlitterte über die rutschige Schneedecke und kam kurz vor den Gleisen zu stehen. Eine Straßenbahn, die man hier Tram nannte, bestand auf ihrer Vorfahrt.

Die Gebäude an den Straßenrändern zeugten noch heute

von der Pracht vergangener Zeiten. Hier residierten Büros und Kanzleien. Ein Stück weiter vorn war der Bus zu sehen.

»Ist Hauptkommissar Luther informiert?«, fragte Lüder.

»Langsam. Immer hübsch eins nach dem anderen.«

»Bei diesem Tempo«, fluchte Lüder, »könnte man vermuten, dass Sie Austauschgendarm aus Bern sind.«

Die Sicht auf den Bus wurde jetzt durch einen Müllwagen versperrt, der einen langsam auf der rechten Spur fahrenden Möbeltransporter überholte. Nachdem sich der Müllwagen links eingeordnet hatte, sahen sie, dass der Bus in den Maximiliansplatz abgebogen war.

»Feindt will möglicherweise zum Hotel Bayerischer Hof«, sagte Lüder. »Er ist ortsfremd. Welches Ziel sollte er sonst haben?«

»Mr. Superschlau«, schimpfte der Beifahrer in Lüders Richtung. »Wenn Sie gleich gesagt hätten, wo der Entführer hinwill, hätten wir durch die Max-Joseph-Straße abgekürzt und ihm den Weg abgeschnitten.«

»Hätte man mir vorher zugehört, wäre das alles gar nicht passiert«, erwiderte Lüder.

Es gelang ihnen nur in geringem Maße, die Distanz zu verkürzen.

Während der Beifahrer im heftigen Dialog mit der Leitstelle stand, überlegte Lüder, welchen Sinn die Fahrzeugentführung haben könnte. Er fand keine Antwort. Feindts Verhalten überraschte ihn. Eine strafbare Handlung hatte der Journalist zuvor noch nicht begangen. Zumindest keine, die Lüder wahrgenommen hätte.

Die beiden Richtungsfahrbahnen des Maximiliansplatzes wurden durch eine breite Grünanlage getrennt, die im Sommer sicher zahlreiche Spaziergänger anlockte.

Der Bus bog jetzt links ab.

»Wohin geht es da?« Lüders hatte seine Frage an den Fahrer gerichtet, da dessen Kollege mit dem Funkverkehr ausgelastet war.

»Hier ist der Lenbachplatz. Da drüben mündet die Pacellistraße ein.«

»Die geht doch …«, begann Lüder.

»Zum Promenadeplatz«, vollendete der Fahrer. »Da liegt das Hotel. Saudepp, damischer«, fluchte er übergangslos, als sich trotz Blaulicht ein Pkw zwischen Bus und Streifenwagen drängelte, dem ein weiterer folgte.

Die Zufahrt war durch Lübecker Hütchen, wie die rot-weißen Leit- oder Warnkegel hießen, abgesperrt. Der Bus missachtete sie und fuhr darüber hinweg. Einer verfing sich unter dem Fahrzeug und wurde mitgeschleift.

Polizisten, die am Straßenrand standen, rissen die Arme hoch und versuchten sinnloserweise, dem Bus hinterherzulaufen.

Mit halbem Ohr nahm Lüder die laufenden Statusmeldungen des Beifahrers zur Kenntnis. Er hatte aufgehört, dem im Dialekt geführten Gespräch zu folgen.

An der rechten Straßenseite zog sich ein lang gestreckter unscheinbarer Zweckbau entlang, in dem nicht nur Geschäfte die Straßenfront bestimmten, sondern auch »Das Amtsgericht« untergebracht war. Gefühlt war »Das Amtsgericht« in jedem zweiten Innenstadthaus beheimatet. Auf dem breiten Bürger-steig streckte sich ein Turm in die Höhe, der mit unpassenden Übergängen auf jeder Etage mit dem Gebäude verbunden war. Es sollte sich um einen Rest der im Zweiten Weltkrieg zerstör-ten Herzog-Max-Burg handeln. Ein Stück weiter befand sich das Archiv des Erzbistums.

Im Schatten des Turms sah Lüder einen Mann stehen, der sein Handy in beiden Händen hielt und gebannt dem blauen Bus hinterhersah.

»Halt«, rief Lüder. »Sofort anhalten. Da ist einer der Gesuch-ten.«

»Der Bus«, rief der Fahrer zurück und zeigte mit der linken Hand nach vorn. »Der Bus. Der Bus.«

»Hier wimmelt es von Polizisten.«

»Der Bus!«

»Seid leise«, schrie der Kollege dazwischen. »Ich verstehe nichts mehr.«

»Der Bus!«

»Anhalten!« Lüders Ruf ging unter.

Plötzlich zuckten alle zusammen. Der Knall war durchdringend und brach sich mehrfach an den Fassaden der Häuser. Eine Stichflamme schoss aus dem Bus hervor. Es folgte eine Qualmwolke, die links und rechts unter dem Bus hervorquoll.

»Himmel sakra«, fluchte der Fahrer. »Was war das?«

»Eine Bombe«, erklärte Lüder.

Gebannt starrten die drei Männer durch die Frontscheibe. Der Bus schwenkte nach links, wurde langsamer und prallte gegen ein schmiedeeisernes Gitter am Eingang einer Kirche.

Lüder riss die hintere Wagentür auf und sprang aus dem Streifenwagen.

»Halt inne«, rief der Fahrer, stieg aus und versuchte, Lüder zu folgen.

Die Fahrbahndecke war mit Eisplacken übersät. Lüder ruderte mit den Armen, um das Gleichgewicht zu halten. Mit einem Blick hatte er bemerkt, dass offenbar kein Passant betroffen war. Jetzt lief er in Richtung des Turms, an dem er den Mann mit dem Handy gesehen hatte. Er war ihm nie zuvor persönlich begegnet.

Zu seiner großen Überraschung kam der ihm entgegengerannt, verfolgt von den Polizisten, die am Eingang der Straße gestanden hatten und ihrerseits in Richtung des verunglückten Busses laufen wollten.

Der Mann in der rot karierten Jacke und der Pudelmütze hastete an der Glasfront des Gebäudes entlang. Lüder versuchte, ihm den Weg abzuschneiden. Der Mann sah ihn kommen. Sein Gesicht war verzerrt. Immer noch hielt er krampfhaft das Handy umklammert. Lüder hörte ihn keuchen vor Anstrengung. Jetzt schlug der Mann einen Bogen, um Lüder auszuweichen, und kam ins Stolpern. Der Schwung riss Lüder mit. Er schoss vorwärts, hatte Mühe, sich aufrecht zu halten, und krachte in den Flüchtenden hinein. Beide fielen gegen die gläserne Fensterfront des Büros einer arabischen Airline. Das Glas schepperte und vibrierte, aber es hielt.

Lüder lag auf dem Mann, der von dem kurzen Sprint völlig erschöpft war und keine Gegenwehr leistete. In diesem Moment erreichten die Polizisten die beiden. Lüder wurde mit harten

Griffen hochgezogen. Stiefel schoben sich brutal zwischen seine Beine und spreizten sie. Tausend Arme schienen ihn zu fixieren. Kommandos erschallten. Es war ein wildes Durcheinander. Man zog ihn fort, hielt ihn aber weiterhin fest. Das Gleiche geschah mit dem Verfolgten.

Rexhe Ajdarevics Flucht hatte hier ein Ende gefunden.

»Ich bin Polizist«, versuchte Lüder zu erklären.

»Ich auch«, erwiderte ein Polizeihauptmeister mit grauem Bart. »Nehmt ihn mit«, forderte er seine Kollegen auf.

»Was ist mit dem Bus?«

»Der nächste kommt in fünf Minuten.«

Inzwischen hatten sich Schaulustige eingefunden. Durch die Gasse hindurch wurde Lüder Richtung Lenbachplatz abgeführt. Wenn er sich umdrehte, um einen Blick auf den Bus zu werfen, verstärkten die beiden Polizisten, die ihn am Oberarm hielten, den Druck. Zumindest hatte man ihm keine Handschellen angelegt.

»Ist das der Lump?«, fragte ein Mann im Lodenmantel und grünem Tirolerhut.

Der Marsch endete an einem Mannschaftswagen, den die Polizisten an der ursprünglichen Absperrung postiert hatten. Lüder nahm auf einer der Bänke Platz.

»Polizei?«, fragte ein Beamter mit einem kantigen Gesicht, das einer geschnitzten Holzpuppe ähnelte.

»Richtig.« Niemand hinderte ihn daran, seinen Dienstausweis hervorzuholen.

Das Holzpuppengesicht las das Dokument. »Aus Schleswig-Holstein«, erklärte er. »Der ist tatsächlich so was wie ein Polizist.«

»Verständigen Sie Hauptkommissar Luther«, forderte Lüder ihn auf.

»Luther?« Der Beamte lachte. »Den soll es hier geben? Luther? Glaub ich nicht. Hier sind alle rechtgläubig. Das heißt: katholisch.«

»Seppl«, sagte Lüder. »Pass up, min Büxenschieter. Gliecks geih dat hier af, an dat Klabüstern schast no na Johren denkn.«

»Hä?« Der Beamte sah ihn irritiert an.

»Sie setzen sich sofort mit Hauptkommissar Luther vom LKA in Verbindung«, sagte Lüder scharf. »Schluss mit dem Komödienstadel. Ihr habt in Bayern einfach zu viele Berge. Da fehlt euch der Weitblick.«

Lüder ignorierte die Proteste, die verbal über ihn hereinbrachen. Immerhin setzte sich der Polizist mit der Leitstelle in Verbindung und gab Lüders Wunsch durch. Dann vermieden die Beamten jedes Gespräch mit Lüder.

»Kann ich gehen?«, fragte er.

»Sie warten, bis der Dingsbums da ist.«

Nach einer Viertelstunde tauchte der Hauptkommissar auf. Er begann vor der Wagentür eine lebhafte Diskussion mit den Uniformierten, bis schließlich jemand die Schiebetür öffnete und Lüder zurief: »Kannst gehn.«

In der Zwischenzeit waren Feuerwehr und Rettungsdienst eingetroffen. Sie gingen langsam die Straße entlang. Luther sorgte dafür, dass sie ungehindert die Absperrung passieren konnten. Lüder hatte die Zeit genutzt, um dem Hauptkommissar die Geschehnisse zu berichten.

»Und Sie glauben, der andere, den wir festgenommen haben, sei derjenige, der die Bombe ausgelöst hat. Wenn es denn eine war.«

»Glauben Sie, die Münchner Verkehrsbetriebe schicken solche Busse in den Verkehr?«

Luther lächelte. »Kaum. Es ist schon vorgekommen, dass ein Linienbus in einem sich plötzlich öffnenden Loch auf der Straße verschwunden ist. Aber das ist lange her.«

Die Bombe musste zwei Sitzreihen hinter dem Fahrerplatz deponiert gewesen sein. Dort war ein Loch in die Außenhaut gerissen worden. Die Sitze waren verkohlt, das Glas geborsten. Ein Stück vom Dach war herausgerissen.

»Wie hieß der Fahrer?«, fragte Luther.

»Lorenz Feindt. Ein zwielichtiger Journalist.«

»Dem galt aber nicht der Anschlag«, überlegte Luther laut.

»Richtig. Er ist erst in Panik geflüchtet, als er mich sah. Geplant war das nicht. Da Feindt ortsfremd ist, hat er diesen Weg eingeschlagen.«

»Wenn das Attentat nicht Feindt galt – wem dann?«

»Dem Bus. Schließlich war die Bombe dort deponiert. Und Rexhe Ajdarevic wusste, dass der Bus hier vorbeikommt. Ursprünglich sollte er voll mit Journalisten besetzt sein.«

»Mein Gott.« Luther war das Entsetzen anzusehen. »Das wäre ein fürchterliches Blutbad geworden. Wir hätten viele Tote und Verletzte gehabt.«

»Was ist mit Feindt?«

Luther sprach einen uniformierten Hauptkommissar an, der direkt am Bus stand. Dann kehrte er zurück.

»Keine Hoffnung. Der muss sofort tot gewesen sein.« Der Hauptkommissar zog ein Papiertaschentuch hervor und schnäuzte sich. »Dieses verdammte nasskalte Wetter. Wenn es endlich richtig Winter würde, so mit Schnee und Kälte, dann wäre man auch nicht erkältet. Dieser feuchte Schneeregen ist grässlich.«

Wenn der wüsste, wie bei uns in Kiel der »Winter« aussieht, dachte Lüder. »Rexhe Ajdarevic gehört zum Umfeld von Ismail Shabani.« Lüder erklärte in wenigen Worten, was sie über den Kosovo-Albaner wussten. »Es ist der, von dem die Bemerkung stammt, dass man seine Leute nicht zum Heiland ließ.«

»Heiland?«

»Das hat er wörtlich gesagt. Mich hat diese Formulierung auch gewundert. Shabani ist nie öffentlich mit Propaganda in Erscheinung getreten. Wir halten ihn für einen Mörder, der in seiner Heimat unter anderem ein Attentat auf serbische Polizisten verübt haben soll. Bei uns hat er Asyl beantragt. In Wahrheit steht er aber einem kriminellen Netzwerk vor. Wir hoffen, ihn anhand von Indizien überführen zu können, einen Kieler Gewerkschafter schwer verletzt zu haben. Ich würde auf Mordversuch plädieren. Aber damit kommen wir bei den Gutmenschen in der Staatsanwaltschaft und vor Gericht nicht durch.«

»Höre ich da ein wenig Verbitterung heraus?«, fragte Luther lauernd. »Wir reißen uns an der Front den Arsch auf, und die Juristen drehen es so zurecht, wie es ihnen am besten passt. Ich mag keine Juristen. Sie?«

Lüder schwieg lieber dazu.

»Die Explosion scheint mir durch einen anderen Sprengsatz erfolgt zu sein als beim Unglück in Kiel. Ich möchte nicht der Spurensicherung vorgreifen, aber ich vermute, dass diese Bombe von Rexhe Ajdarevic gebastelt wurde. Wir haben bei einer Razzia in einem seiner Internetcafés das Grundmaterial gefunden. Es dürfte zusammenpassen.«

»Aus welchem Grund haben sich die Täter einen Bus voller Journalisten ausgesucht?«, fragte Luther.

»Bei Geiselnahmen sind die Medien stets vor Ort. Ist Ihnen aufgefallen, dass die Berichterstattung immer besonders intensiv ist, wenn ein Reporter betroffen ist?«

»Doch.« Luther nickte heftig.

»An die Gäste der Sicherheitskonferenz kommen Sie kaum heran. Die sind zu gut abgeschirmt. Das wollten Kurt Vierkant und seine Helfer versuchen. Während der Tagung in München sind viele Augen auf diese Stadt gerichtet. Hier trifft sich die Führungselite der Welt. Auch die Medien sind vertreten. Wenn Sie bei einer solchen Gelegenheit einen Coup wie die Explosion eines Busses voller Journalisten durchführen, blickt die ganze Welt auf Sie. Mehr Aufmerksamkeit kann man nicht erregen.«

Luther sah Lüder lange an. »Warum haben Sie uns davon nicht in Kenntnis gesetzt?«

Lüder winkte ab. »Wann werden Sie Kurt Vierkant verhören? Ich möchte gern wissen, wer seine Auftraggeber sind.«

Luther zeigte in Richtung Bus und dann zum Hotel. »Heute haben wir dafür keine Zeit mehr. Sie sehen selbst, dass unsere Kapazitäten gebunden sind.«

Lüder wünschte Luther viel Erfolg bei der Detailklärung und ging. Dazu gehörten auch die Fragen, wie es Rexhe Ajdarevic gelungen war, die Bombe in den Bus zu schmuggeln, woher er vom Transfer der Reporter wusste und Kenntnis hatte, welches Fahrzeug eingesetzt würde.

Vierkant, davon war Lüder überzeugt, würde schweigen. Es gehörte zum Ehrenkodex dieser Leute, keine Informationen preiszugeben und lieber persönliche Nachteile in Kauf zu nehmen, als zu reden.

Lüder suchte sich einen Hauseingang und rief Dr. Starke an. Er berichtete von den Münchner Ereignissen und erfuhr, dass in Kiel keine neuen Ergebnisse vorlagen.

»Alle drei Zielpersonen sind aus dem Verkehr gezogen«, sagte der Kriminaldirektor. »Dann können Sie sich unverzüglich auf den Heimweg machen.«

»Gleich morgen früh.«

»Weshalb nicht heute? Müssen wir dem Steuerzahler noch eine teure Übernachtung in München aufbürden?«

»Das Hotel, in das Sie mich geschickt haben, ist eher eine Strafe. Amnesty International würde eine Protestaktion starten, würde man in meinem Hotelzimmer straffällige Jugendliche einquartieren.«

Dr. Starke schalt ihn der maßlosen Übertreibung.

Als Nächstes berichtete Lüder dem Kieler Verfassungsschutz von der Münchner Aktion.

»Mensch, Mennchen. Sie hätten offen mit mir reden sollen. Es war nur ein glücklicher Umstand, dass es hier nicht zu einer Katastrophe gekommen ist.«

»Es gibt manchmal Gründe, die uns daran hindern«, wich der Regierungsamtmann aus.

Natürlich, dachte Lüder. Der Verfassungsschutz wollte auf jeden Fall vermeiden, dass die illegale Abhöraktion publik wurde. Wäre Lüder nicht unerlaubt in Ajdarevics Wohnung eingedrungen, hätte er nie erfahren, dass dort Abhöreinrichtungen installiert waren.

Sollten die Gäste der Sicherheitskonferenz doch die großen Probleme der Welt diskutieren, Lüder würde zunächst ein kleines lösen. Er hatte Hunger. Im Café Luitpold vereinte sich Moderne und Klassik. Er fand einen Platz im Palmengarten und ließ sich Cappuccino und Kuchen von der geschwungenen Theke munden. Während das Café früher ein Treffpunkt der Bohemiens war, wurde es heute von jungen Leuten aus dem Viertel, aber auch von Schönlingen, denen es nicht gefiel, wenn ihnen keine Aufmerksamkeit zuteilwurde, besucht.

Er ließ sich Zeit und fand Gefallen daran, seine Umgebung zu beobachten. Der Druck war von ihm abgefallen. Es war gleich, welcher Grund die Menschen hierherführte, welches Vorhaben den weiteren Tagesverlauf bestimmte. In vierhundert Meter Luftlinie entfernt saßen die Mächtigen der Welt und diskutierten, wie es mit der Menschheit weitergehen sollte. Würden sie ihr Augenmerk hierher lenken, hätten sie möglicherweise einen anderen Blick.

Als er das Café verließ, war es dunkel geworden. Es schneite schon wieder. Gemächlich schlenderte er zur Feldherrnhalle und warf einen Blick auf die Löwen, Graf von Tilly und andere Heerführer, die man hier in Stein und Bronze monumental verewigt hatte.

Der nur mäßige Strom der Passanten ließ ihn durch die Straße Richtung Marienplatz mittreiben. An der Ecke zum Promenadeplatz stand ein größeres Polizeiaufgebot. Die Frauen und Männer trugen Einsatzkleidung. Die schweren Stiefel an den Füßen mochten vielleicht vor der Kälte schützen. Die in den Koppeln verhakten Daumen waren eine unbewusste Geste, dennoch waren Lüder Polizisten in einer weniger paramilitärischer Erscheinung sympathischer. Er folgte einem Impuls und bog Richtung Bayerischer Hof ab.

Der Eingangsbereich war weiträumig abgesperrt. Davor hatten sich kleinere Gruppen versammelt, die ihren Protest auf Plakaten und Spruchbändern kundtaten. Wenige aus ihrer Mitte skandierten irgendwelche Forderungen. Lüder hörte Proteste »gegen die Ausbeutung der südeuropäischen Staaten durch das internationale Finanzmonopol«, die Abrüstungsgegner waren präsent, und eine andere Gruppe bestand auf »Asyl für alle«. Die Polizeibeamten taten, als würden sie die Protestierer nicht wahrnehmen.

Lüder schlängelte sich bis zum Absperrgitter durch. Eine junge Frau mit rot gefrorener Nase, die aus dem um den Kopf gewickelten Arafat-Schal hervorblitzte, sah Lüder an.

»Wogegen protestierst du?«, fragte sie mit klappernden Zähnen.

»Ich bin gegen den Missbrauch der Sardinen. Man sollte ihnen mehr Freiheit gönnen, wenn man sie in die Dose stopft.«

»Genau«, sagte sie und stutzte. »Hä?«, hörte er hinter seinem Rücken.

»Man muss die da oben radikal wegräumen«, erklärte ein junger Mann mit Strubbelbart. »Ein Urknall.«

»Das kann aber auch Unschuldige treffen«, gab Lüder zu bedenken und sah in Richtung der Dreifaltigkeitskirche, an deren Eingang vor ein paar Stunden der explodierende Bus gestrandet war und Lorenz Feindt das Leben gekostet hatte.

»Da muss man aufpassen«, belehrte ihn der junge Mann, dem die bayerische Herkunft anzuhören war. »Weg mit dem Kapitalismus.«

Lüder ging darauf ein. »Ein Unternehmer hat die Möglichkeit, Oma, Opa, Kinder und Ehefrau zu beschäftigen.«

»Der Scheiß-Kapitalist bekommt das auch noch von der Steuer wieder.«

»Er kann die Kosten steuermindernd geltend machen«, korrigierte ihn Lüder. »Das ist ein Unterschied. Aber zunächst muss er das Geld erst einmal verdienen. Und das Unternehmen gehört ihm, während sich zahlreiche bayerische Landespolitiker hemmungslos aus dem Steuersäckel bedient haben. Bist du von hier?«

»Klar.« Der junge Mann schlug sich mit der Faust gegen die Brust. »Ein ganz Echter.«

»Dann kennst du den Unterschied zwischen dem Unternehmer und eurer Staatspartei. Da gibt es quasi eine Erbmonarchie. Wie bei Diktatoren.« Lüder wusste, dass das stark aufgetragen war. »Euer Land gehört der Staatspartei. Dumm ist nur, dass die manchmal zwangsweise das Volk fragen muss.«

»Nun sag nichts gegen uns.« Es klang unfreundlich.

»Protestiert doch einmal gegen die Politiker, die sich hemmungslos an euren Geldern bedient haben. Die haben Kinder, Neffen und Ehefrauen beschäftigt und aus Steuermitteln finanziert. Wie vielen Studenten hätte man stattdessen einen tollen Job anbieten können? Im Unterschied zu den geschmähten Unternehmern waren das aber fremde Gelder.«

»Bist du ein Kapitalist?«, fragte der junge Mann.

»Ich wäre gern einer«, erwiderte Lüder. Hatte Peter Sühnsdorf vielleicht doch recht mit seiner Schelte gegenüber der Führungselite? Der Unternehmer protestierte auch, genau wie die jungen Leute, allerdings auf einer anderen Ebene. Und Vierkant sowie Shabani wollten auch etwas ändern. Jeder auf seine Weise.

Es gab nicht viel zu sehen. Kein Demonstrant unternahm den Versuch, die Absperrung zu überwinden. Die Polizisten standen teilnahmslos herum.

Lüder trat von einem Bein aufs andere. Es war sehr kalt geworden. Allmählich zogen sich die Protestierer zurück.

»Wir gehen einen Glühwein trinken«, schlug jemand aus der benachbarten Gruppe vor. Die Zustimmung war größer als der Vorsatz, die Welt zu retten.

Lüder wollte sich auch abwenden. Er hatte viel zu lange hier gestanden. Er warf einen letzten Blick auf das Geschehen. In diesem Augenblick trat ein Mann aus dem Hotel. Er trug den obligatorischen eng taillierten Mantel und hatte auf Schal und Kopfbedeckung verzichtet. Lüder hatte ihn sofort erkannt. Es war sein Widersacher, der ihn im Rathausinnenhof niedergestreckt und ihm Schmerzen zugefügt hatte.

Der mutmaßliche FBI-Agent sprach mit einigen Zivilisten und wandte sich dann einer Gruppe Bereitschaftspolizisten zu. Er sagte etwas zu einem Hauptkommissar. Auf Distanz sah es aus, als würde er ihm Anweisungen erteilen. Jedenfalls nickte der Beamte mehrfach beflissen. Anschließend ließ der Amerikaner seinen Blick in die Runde schweifen.

Lüder schwenkte den Arm und winkte ihm zu. Zunächst schien es, als würde der Mann es ignorieren, dann sah er Lüder an.

Lüder grinste, hob seinen rechten Arm und streckte den Mittelfinger in die Höhe. Mehrfach hob und senkte er ihn. Jetzt war auch der Hauptkommissar darauf aufmerksam geworden. Der Beamte sagte etwas zu seinen Kollegen. Es sah aus, als wollte er auf Lüder zugehen, aber der Amerikaner hielt ihn davon ab. Lüder war überrascht, welchen Einfluss der Mann auf die Polizei zu haben schien. Als der Amerikaner auf Lüder zuging, drehte er sich um und überquerte den Promenadeplatz auf einem Fußweg, steuerte eine Nebenstraße auf der gegenüberliegenden Seite an und warf einen Blick auf das Schild einer Anwaltskanzlei, auf dem der Name eines aufmüpfigen Landespolitikers prangte.

Die enge Straße mündete in die Löwengrube. Hoffentlich ist der Name nicht Programm, dachte Lüder. Das graue Gemäuer auf der anderen Straßenseite war ein Seitenflügel des großen Komplexes des Polizeipräsidiums. An der Straßenecke warf er einen Blick über die Schulter. Der Mann folgte ihm.

Lüder wählte den Weg Richtung Frauenkirche. Hier begann die Fußgängerzone, die ihn in einem Bogen Richtung Neuhauser Straße führen würde.

Seine Sinne waren angespannt. Auf dem frisch gefallenen Schnee hörte er das Knirschen der näher kommenden Schritte. Der Amerikaner holte auf. Lüder wusste nicht, wie weit sein Verfolger aufgeschlossen hatte, als er abrupt stehen blieb und sich umdrehte. Die Distanz zwischen ihnen betrug etwa zwei Meter.

Der Amerikaner sah Lüder an. Er grinste breit und fühlte sich ihm offenbar nach ihrer ersten Begegnung überlegen. Lüder wusste, dass der Mann gefährlich war. Noch hatten sie beide die Hände in den Taschen vergraben. Wie bei einem Duell kam es darauf an, wer schneller zog. In Zeitlupe setzte Lüder Fuß um Fuß zentimeterweise vor, bis er direkt vor dem Amerikaner stand. Ihre Blicke maßen sich, als würden sie durch die Augen hindurch ins Innere des Gehirns tauchen, um die Absichten des anderen zu erraten. In der Mimik seines Gegenübers registrierte Lüder kalte Professionalität, aber auch die Arroganz der vermeintlichen Überlegenheit.

Ansatzlos trat Lüder zu, ohne dabei seine Hände zu bewegen. Der Amerikaner hatte einen Angriff mit den Händen erwartet, nicht aber, dass ihn ein kräftiger Tritt am Schienbein traf. Lüder hatte den Mann eine Handbreit unter dem Knie erwischt. Der Amerikaner zuckte zusammen. Ein erstickter Schrei drang aus seinem Mund. Er riss die Hände aus den Manteltaschen, aber Lüder nutzte den winzigen Zeitvorsprung, den ihm Schrecksekunde und Schmerz schenkten. Er schlug mit der flachen Hand kräftig zu. Mit rechts, sodass der Kopf des Amerikaners zur Seite pendelte. Dort wartete die linke Hand, die klatschend gegen den Kopf fuhr. Während der heftigen Hin- und Herbewegung sagte Lüder: »Das ist auch amerikanisch. Habe ich bei Terence Hill gelernt.«

Sein Kontrahent war so überrascht, dass er jegliche Gegenwehr unterließ. Die Ohrfeigen erfolgten so schnell, dass es dem Amerikaner nicht einmal gelang, zum Eigenschutz reflexartig die Hände hochzureißen. Als er sie schließlich aus dem Mantel herausgeholt und seinen Kopf mit den Unterarmen abdeckte, trat Lüder noch einmal gegen das andere Bein. Jetzt knickte der Mann zusammen. Lüder warf sich über ihn und legte ihm Handfesseln an.

»Die alten Preußen haben auch unfaire Methoden auf Lager«, sagte er auf Deutsch.

Der Amerikaner krümmte sich, als wolle er sich vor weiteren Tritten schützen. Er verbarg seinen Kopf hinter den Armen.

Lüder packte ihn am Revers und zog ihn hoch. Dann zerrte er ihn zur Hauswand und setzte ihn halb liegend dagegen.

»Wie heißt du?«, fragte er auf Englisch und erhielt keine Antwort.

Lüder wollte in die Tasche des Mannes greifen, als der sich plötzlich wegdrehte. Lüder packte ihn am Kragen und stupste den Kopf in den Schnee. »Das ist bei uns ein beliebtes Kinderspiel. Und wenn du nicht artig bist, kühle ich dir dein Gemüt auf diese Weise ab. Verstanden?«

Er erhielt keine Antwort. Dafür fand er einen Dienstausweis.

»Sieh da«, sagte Lüder und lachte plötzlich auf. »Da haben unsere Freunde vom FBI ja einen richtigen Experten geschickt. Special Agent bist du. Aber das Schönste ist dein Name: Hugh Spinner. Ob man auf der anderen Seite des Großen Teichs weiß, was das hier bedeutet?«

Lüder steckte den Ausweis zurück in die Brusttasche des Agenten.

»Was wolltest du von mir?«, fragte er.

»*Fuck you*«, antwortete Spinner und zuckte zusammen, als Lüder den Arm hob und tat, als würde er erneut zuschlagen.

»Wer hat dich beauftragt, mich zu verfolgen?«

Keine Antwort.

»Mit welchem Recht läufst du hier herum und glaubst, das Faustrecht wäre auf deiner Seite?«

Der Amerikaner spie aus, zielte aber nicht auf Lüder.

»Das werden wir hier wohl nicht klären können«, sagte Lüder. Spinner der Polizei auszuliefern würde nichts bringen. Wenn Lüder die Einzelheiten ihrer Begegnung erläutern würde, könnten für ihn selbst Schwierigkeiten entstehen.

Er packte Spinner erneut am Kragen und zerrte ihn hinter sich her. Von der Öffentlichkeit kaum wahrgenommen, erlaubten sich amerikanische Sicherheitsdienste in Deutschland manche Freiheiten, die im deutschen Rechtssystem nicht vertretbar waren, dachte Lüder.

Spinner hatte Mühe beim Gehen. Lüder hoffte, dass die Tritte dem Mann nicht die Knochen gebrochen hatten. Möglicherweise hatte der Agent eine Gehirnerschütterung aufgrund der Ohrfeigen davongetragen. Mühsam erreichten sie die Haupteinkaufsstraße. An der Ecke befand sich der Eingang des Deutschen Jagd- und Fischereimuseums. Davor stand auf einem Sockel eine Bronzeplastik, der sitzende Keiler. Auch hier sollte das Berühren Glück bringen. Ob Spinner abergläubisch war?

Das mächtige Tier hockte auf den Hinterläufen. Stoßzähne ragten aus der Schnauze. Niemand mochte so einem Kraftprotz in der freien Natur begegnen.

Lüder zog Spinner zu der Plastik, drückte ihn auf die Knie nieder und fesselte die Hände um einen der Vorderfüße. Dann griff er erneut unter den Mantel des Amerikaners und zog die Pistole, eine Smith & Wesson, hervor. Lüder ignorierte die Flüche des FBI-Agenten. Er wusste, welche Probleme Spinner bekommen würde, wenn seine Waffe verschwunden war.

»Ich rufe jetzt unsere Kanzlerin an«, sagte Lüder, »und erzähle ihr, wo der Spinner hockt.« Lüder sprach es »Schpinner« aus. »Da die NSA alles mithört, werden sie wissen, wo sie dich finden können. Das ist die Überlegenheit des Alten Kontinents gegenüber Amerika. Auch wenn euer Knallfrosch Donald Rumsfeld«, auch den Namen des ehemaligen Verteidigungsministers sprach Lüder deutsch aus, »es anders gesehen hat.« Lüder tippte sich mit dem Zeigefinger gegen den Haaransatz. »Ich wünsche noch einen schönen Aufenthalt in München. Und … Falls man mich suchen sollte: Mein Name ist Blond! Lüder Blond.«

Mit einer Spur Genugtuung ging er Richtung Stachus davon. Er würde den letzten Abend in München mit einem deftigen Essen beschließen. Und einem Hellen. Vielleicht auch noch mit einem Obstler.

ZEHN

Lüder hatte darauf verzichtet, in aller Herrgottsfrühe aufzustehen. Der Schlaf war erholsam gewesen. Kurz nach neun Uhr hatte er am Vortag den Zug ab München genommen, eine ruhige Fahrt gehabt und war vom Kieler Hauptbahnhof gleich ins LKA gefahren. Dort erwartete man ihn bereits im Besprechungsraum.

Er schilderte in wenigen Worten die Münchner Ereignisse, unterließ es aber, Hugh Spinner zu erwähnen.

Dann zeigte Dr. Starke auf den Leiter der Sonderkommission.

Gärtner hielt Kontakt zu den Münchner Kollegen. Dort war man noch nicht weitergekommen. Kurt Vierkant befolgte die ungeschriebenen Gesetze der Rockerszene und schwieg. Er weigerte sich sogar, Angaben zur Person zu machen.

»Wir haben den Süddeutschen alle Informationen zukommen lassen, über die wir verfügen«, erklärte der Kriminaloberrat. Man warte auch noch auf die Aussage Thomas Laimpinsls, der immer noch nicht vernehmungsfähig sei.

»Außerdem liegt eine erste Einschätzung der Münchner Rechtsmedizin vor. Ich erspare es mir, sie vorzulesen. Sie ist im Netz eingestellt. Dort kann nachgelesen werden, woran Lorenz Feindt gestorben ist. Außerdem scheint es, als wäre der Sprengstoff, der für die Explosion des Busses benutzt wurde, nicht vergleichbar mit dem Zeug, das Höpke fabriziert hat. Vielmehr deutet alles darauf hin, dass Rexhe Ajdarevic nach anderen Rezepturen vorgegangen ist.«

»Das bestätigt unsere Vermutung, dass wir es mit zwei unterschiedlichen Tätergruppen zu tun haben«, sagte Lüder. »Shabani und ...«

Gärtner räusperte sich. »In diesem Punkt habe ich eine schlechte Nachricht. Gegen Shabani wird wegen des Überfalls auf Laimpinsl ermittelt. Der Untersuchungsrichter sieht aber keine Fluchtgefahr. Formell ist es die erste Tat, in der gegen

219

Shabani ermittelt wird, außerdem hat er einen festen Wohnsitz.
So befindet er sich auf freiem Fuß.«

»Wir sollten ihm einen Besuch abstatten«, sagte Lüder.

»Mit welchem Ziel?«, mischte sich Dr. Starke ein.

»Ich habe eine Idee«, erwiderte Lüder und ließ drei Beamte
in Zivil kommen.

Sie fuhren um die Förde herum nach Gaarden. Lüder ließ das
Zivilfahrzeug in Sichtweite von Shabanis Haus parken und bat
die Polizisten, im Auto zu bleiben. Er stieg aus.

Bei diesem schlechten Wetter waren nur vereinzelt Fußgänger unterwegs. Sie huschten an der Hauswand entlang und
verschwanden in irgendwelchen Eingängen. Es war eine ge-
spenstische Szenerie.

Lüder ging ein Stück die Straße entlang. Er konnte den BMW
nirgendwo entdecken. Schließlich suchte er den kleinen Laden
bei Shabanis Wohnung auf.

»Guten Abend«, sagte er und schüttelte sich wie ein Hund,
um die Nässe loszuwerden.

»Guten Abend.« Der Ladenbesitzer, ein freundlich dreinbli-
ckender Mann mit dunklen Augen und schwarzem Schnauzbart,
schien ihn wiedererkannt zu haben.

»Sie wollen zu Shabani?«

Lüder nickte. »Sein Auto ist nicht da. Ist er weggefahren?«

»Nein.« Der Ladenbesitzer schüttelte den Kopf. »Sprechen
Sie ihn nicht auf das Auto an. Der ist sauer bis obenhin.« Der
Mann hielt die Hand ans Kinn. »Das Auto ist sein ganzer Stolz.«

»Ist das denn seiner?«

»Natürlich. Ich glaube, Shabani würde denjenigen schlachten, der sich ans Steuer setzt. Große Autos und Frauen. Damit
umgibt er sich. Daran sollte man sich nicht vergreifen, wenn
man nicht lebensmüde ist.«

»Sie haben nie jemand anders mit dem BMW fahren sehen?«

»Nie. Hoch und heilig.«

»Und jetzt ist Shabani damit unterwegs?«

Der Ladenbesitzer kam ein wenig näher.

»Ein Unbekannter hat den Wagen zerkratzt und dann die

Reifen zerstochen. Jeder im Viertel weiß, dass es gefährlich ist, sich mit Shabani anzulegen. Er hat zu viele Freunde, die ihm jeden Gefallen tun. Wenn ich ihn sehe, mache ich einen großen Bogen um ihn. Ich habe nichts getan, ich bin nur ein kleiner Mann.« Der Ladenbesitzer legte die Hand aufs Herz. »Der BMW ist in der Werkstatt. Shabani hat im Viertel verbreiten lassen, dass er einen Wachdienst organisiert und es jedem schlecht ergehen wird, der sich seinem Wagen oder ihm nähert. Außerdem hat er gesagt, dass der Torweg zum Hinterhof und der Hausflur Sperrgebiet ist. Kein Unberechtigter darf ihn ohne Shabanis Zustimmung betreten.«

Lüder wünschte dem Mann einen schönen Abend und kehrte zu den drei Beamten zurück. Er sah auf die Uhr. Es war kurz vor sechs Uhr. Lüder rief bei seiner Werkstatt an und ließ sich mit dem Meister in der Annahme verbinden.

»Herr Dr. Lüders. Gibt es Probleme mit Ihrem Wagen?«

»Hallo, Herr Ahrendt. Ich habe eine andere Bitte. Ist bei Ihnen ein tiefergelegter BMW der 7er-Reihe mit folgendem Kennzeichen zur Reparatur abgegeben?« Er nannte die Buchstaben-Zahlen-Kombination.

Ahrendt musste nicht nachsehen. »Klar doch. Ich darf es nicht laut sagen. Ist schließlich ein Kunde. Aber die Zuhälterkarre ist anscheinend jemandem ein Dorn im Auge. Der Eigentümer ist stinksauer. Der hat hier einen Tanz aufgeführt, als hätten wir seinen Wagen zerkratzt.«

»Der Eigentümer? Ajdarevic?«

»Nix da. Den Namen kenne ich nicht. Banani sagen wir hier immer.«

»Shabani.«

»So heißt er. Komischer Typ. So ein richtig finsterer Geselle. Wenn die Rechnung nicht jedes Mal woanders hinginge, würde ich mich fragen, wo der das Geld herhat.«

»Die Werkstattrechnungen zahlt jemand anders?«

»So ist es.«

»Auch in diesem Fall?«

»Ich habe keine andere Anweisung erhalten.«

»Nennen Sie mir den Namen.«

»Augenblick. Da muss ich nachsehen.«

Wenig später meldete sich Ahrendt wieder und gab Lüder Namen und Anschrift durch.

»Sie sind sich ganz sicher?«, fragte Lüder.

»Hundertpro. Die Rechnungen werden immer prompt beglichen.«

»Das bleibt unter uns«, sagte Lüder.

»Das will ich doch schwer hoffen«, erwiderte Ahrendt. »Wär mir unangenehm, wenn das rauskäme.«

»Tut mir leid«, sagte Lüder zu den Beamten. »Wir müssen noch einen kleinen Ausflug unternehmen.«

»Wohin?«

»Das wissen wir gleich«, sagte Lüder und ließ sich von der Zentrale die Adresse durchgeben. Dann fuhren sie Richtung Norden. Die Gemeinde Heikendorf war ein beliebter Ort zum Wohnen. Die bevorzugten Wohnlagen befanden sich direkt an der Förde, aber auch ein Stück von der Küste entfernt ließ es sich vorzüglich leben.

»An den Baken« hieß die ruhige Wohnstraße mit den komfortabel aussehenden Reihenhäusern. Sie fanden problemlos einen Parkplatz direkt vor dem schmalen Fußweg, der zum Eingang führte. Ein Namensschild fehlte. Obwohl kein Licht brannte, betätigte Lüder den Klingelknopf. Nichts rührte sich. Auch bei wiederholten Versuchen öffnete niemand.

Lüder versuchte es im Nachbarhaus.

»Ja?«, fragte eine junge Frau in hautengen Leggins, um deren Hals ein Kopfhörer hing.

»Ich möchte zu Frau Abdollahzahde«, sagte Lüder.

»Ah, die. Da haben Sie Pech. Die ist selten zu Hause.«

»Wo könnte ich sie antreffen?«

Die Frau zuckte gleichgültig mit den Schultern. »Keine Ahnung. Wir haben keinen Kontakt zu ihr. Niemand. Sie wohnt hier, sagt freundlich Guten Tag, aber mehr … Null Ahnung.«

»Wissen Sie, wo sie arbeitet?«

»Ich sagte doch: keine Ahnung.« Plötzlich stutzte sie. »Was wollen Sie eigentlich?«, fragte sie misstrauisch.

»Frau Abdollahzahde ist neulich Zeuge einer Verkehrssache

geworden. Ich bin von der Polizei und wollte noch ein paar Informationen einholen«, sagte Lüder und zeigte seinen Dienstausweis.

»Ach.« Es klang erleichtert. »Vielleicht ist sie bei ihrem Freund.«

»Der wohnt hier in der Nähe?«

»Kann sein. Ich habe sie manchmal gesehen. Sie waren dann immer zu Fuß unterwegs.«

»Der hat auch mit im Auto gesessen«, log Lüder. »Ein dunkelhaariger südländischer Typ.« Lüder dachte an Shabani.

Sie lachte. »Nee. Ganz bestimmt nicht. Kann sein, dass er Ausländer ist. Hat nie einen Ton gesagt. Vielleicht ein Amerikaner. Oder Nordeuropäer. Bestimmt kein Südländer. Ganz sicher nicht.«

»Ein Schwede?«

»Woher soll ich das wissen? Kann sein. Oder nicht. War's das?«

Lüder bedankte sich und kehrte zum Auto zurück.

Wer war Soheila Abdollahzahde, dass sie die Werkstattrechnungen für Shabanis Auto übernahm?

Lüder hatte unruhig geschlafen. Immer wieder war er wach geworden, und tausend Gedanken geisterten ihm durch den Kopf. Es war fast eine Erlösung, als er endlich ins Büro fahren konnte. Dort fragte er die ihm zugänglichen Daten ab.

Soheila Abdollahzahde war gebürtige Iranerin, besaß seit zwei Jahren einen deutschen Pass und arbeitete bei einem Außenhandelsunternehmen in Kiel. Sie war zweiunddreißig Jahre alt und ledig. Kinder waren nicht vermerkt. Das Bild zeigte eine aparte langhaarige Schönheit mit ausdrucksvollen Mandelaugen.

Lüder rief bei ihrem Arbeitgeber an und bat unter dem Vorwand, er würde noch eine Rückfrage zum Reparaturauftrag zum Auto haben, sie sprechen zu dürfen.

»Blöder Trick, Kumpel«, erklärte ein der Stimme nach jüngerer Mann. »Frau Abdollahzahde ist mit dem Auto im Urlaub. Was wollen Sie von ihr?«

Lüder legte auf, ohne zu antworten.

Bei Lüders Besuch in Shabanis Hinterhof hatte der Kosovare gesagt, Lüder solle die Deutschen befragen. Hielt Shabani Lüder für einen Ausländer? Glaubte Shabani, Lüder sei der schwedische Rechtsradikale, der sich plötzlich für die Geschehnisse in Deutschland interessierte? Woher sollte Shabani vom Schweden wissen?

Oder hatte der umtriebige Journalist Feindt auch zu Shabani Kontakte geknüpft und ihm erzählt, dass jetzt auch die Schweden mitmischen würden? Natürlich könnte Lüder vom äußeren Erscheinungsbild her mit einem Schweden verwechselt werden. War es wirklich Feindt gewesen, der die Intrige spann? Wer koalierte hier eigentlich mit wem? Vielleicht hatten die Münchner bei ihren Verhören mehr Glück.

»Das sind echte Nordlichter«, stöhnte Luther, als Lüder ihn endlich telefonisch erreichte. »Die bekommen den Mund nicht auf. Ajdarevic gibt vor, nichts zu verstehen. Er sagt aber auch nicht, welchen Dolmetscher wir antreten lassen sollen. Und Vierkant, der pferdeschwänzige Skinhead, verweigert jede Auskunft. Ganz im Gegenteil. Er möchte von uns wissen, wer ihn verpfiffen hat. Wir haben ihn mit Straftaten konfrontiert, die uns die Kieler gesteckt haben. Das war das einzige Mal, wo Vierkant die Kontrolle verloren hat. Er hat einer ›skandinavischen Sau‹ den Tod angedroht. Der soll ihn angeblich verraten haben. Wissen Sie, wer damit gemeint ist?«

Lüder verneinte bedauernd.

Dann fuhr er nach Plön. Lüder hatte Vierkant vom Werksgelände Sühnsdorfs fahren sehen. Allerdings hatte der Unternehmer geleugnet, geschäftliche Kontakte zu Vierkant und seinem Sicherheitsunternehmen zu pflegen.

Man empfing Lüder freundlich, bedauerte aber, dass der Chef nicht im Hause sei. Er habe sich krankgemeldet. Vielleicht könnte Lüder ihn in seinem Privathaus erreichen, schlug die Mitarbeiterin vor.

»Können Sie mir bitte die Telefonnummer und die Anschrift geben?«, bat Lüder.

Das gehe leider nicht, erklärte die Frau. Herr Sühnsdorf lege Wert auf eine strikte Trennung zwischen Geschäft und privat.
»Wer vertritt Herrn Sühnsdorf während seiner Abwesenheit?«
»Herr Ocke. Den kann ich im Moment aber nicht stören. Der ist in einer wichtigen Besprechung.«

Lüder kehrte zu seinem BMW zurück und ließ sich von seiner Dienststelle die gewünschten Daten durchgeben. Sühnsdorf wohnte zehn Kilometer weiter östlich.

Bad Malente-Gremsmühlen lag mitten im Herzen der Holsteinischen Schweiz. Die idyllische Lage zwischen Dieksee und Kellersee hatten den heilklimatischen Kurort zu einem gesuchten Erholungs- und Wohnort werden lassen. In der Sportschule der Gemeinde hatte die Fußballnationalmannschaft 1974 zum berühmten »Geist von Malente« gefunden, der zum späteren Gewinn der Weltmeisterschaft beigetragen hatte, nachdem man zuvor das einzige Länderspiel gegen die Nationalmannschaft der DDR verloren hatte.

Es war zwar kein Seegrundstück, aber ein beeindruckendes Areal mit altem Baumbestand, auf dem ein gepflegtes Haus stand, das zu Recht als Villa bezeichnet werden konnte. Der Erker mit dem Turm verlieh dem Gebäude etwas Herrschaftliches.

Ein melodischer Gong ertönte, als Lüder den Messingknopf betätigte. Es dauerte eine Weile, bis eine Frau mit kurzen grauen Haaren die wunderbar verzierte Tür öffnete und Lüder fragend ansah.

»Frau Sühnsdorf?«

Sie nickte.

Lüder stellte sich vor. »Ich würde gern mit Ihrem Mann sprechen.«

Instinktiv griff Frau Sühnsdorf zu der Kette aus Korallen, die sie über dem Rollkragenpullover trug. Lüder warf einen kurzen Blick auf die Ringe, die ihre schlanke Hand schmückten.

»Darf ich fragen, in welcher Angelegenheit?«

»Ich würde gern ein Gespräch fortsetzen, das wir mit Professor Bamberger zusammen geführt haben«, sagte Lüder ausweichend.

Frau Sühnsdorf zeigte zwei Reihen ebenmäßiger weißer Zähne. »Der alte Fluhskopf«, sagte sie. Der Schweizer Akzent passte gut zu ihr. »Wenn die beiden zusammensitzen, geht es immer hoch her. Erst nach der zweiten Flasche Rotwein wird es versöhnlicher.« Sie musterte Lüder. »Wollen Sie auch die Welt verbessern?«

»Ist das nicht unser aller Ansinnen?«

Sie presste die Lippen zusammen. »Kluge Antwort. Kommen Sie bitte ins Haus«, forderte sie ihn auf und bat ihn, in der Halle zu warten.

Eine breite Treppe mit kunstvoll geschnitztem Geländer führte ins Obergeschoss. An den Wänden hingen Bilder von finster dreinblickenden Männern. Wenn es eine Ahnengalerie war, hatte Sühnsdorf Ratsherren und Pastoren unter seinen Vorfahren.

Frau Sühnsdorf erschien wieder. »Es wäre mir lieb, wenn Sie das Gespräch nicht zu sehr ausdehnen würden«, sagte sie mit ihrer angenehmen Altstimme. »Mein Mann hat Probleme mit dem Kreislauf. Damit umschreibt er, dass es mittlerweile auch das Herz ist. Es hilft nicht, ihn an eine gesündere Lebensweise zu gemahnen.« Sie hob hilflos die Hände. »Man sieht ihm an, woran er krankt.«

Peter Sühnsdorf saß in einem bequemen Ohrensessel. Er zeigte auf einen zweiten, der in seiner Nähe stand. Beide Sitzmöbel waren so ausgerichtet, dass sie den Blick durch die großen Fenster in den Garten ermöglichten. Selbst jetzt im Winter konnte man erahnen, welch ein Paradies er im Sommer sein musste.

Zwischen den Sesseln standen messingfarbene Beistelltische.

»Mögen Sie auch Tee?«, fragte Frau Sühnsdorf und zeigte auf das silberne Stövchen und das Bone-China-Service, das bei ihrem Mann stand.

»Sagen Sie lieber Ja, sonst ereilt Sie auch ein Vortrag über gesunde Ernährung«, sagte Sühnsdorf lachend.

Als seine Frau den Raum mit der hohen Stuckdecke verlassen hatte, fragte Sühnsdorf nach dem Grund des Besuchs.

»Mir lässt unser letztes Gespräch keine Ruhe«, erklärte Lüder.

»Ich habe immer wieder an Ihre Politikverdrossenheit denken müssen.«

»Mein Freund Leo Bamberger ist derzeit in München. Dort hocken sie alle zusammen und sabbeln. Sabbeln. Sabbeln. Da kommt doch nichts bei rum. Das sind doch alles Verbrecher. Die Politiker. Die Großindustrie. Die Gelddynastie. Die Islamisten. Der Papst.« Sühnsdorf beugte sich vor und legte die Hand auf Lüders Unterarm. »Nehmen Sie das nicht für bare Münze. Das ist maßlos übertrieben, was ich sage. Gerade der neue Papst … Ich bin nicht in der Kirche, aber von dem verspreche ich mir einiges. Scheint ein vernünftiger Mann zu sein. Ich habe es schon öfter gesagt: Die da oben sind völlig abgehoben und weltfremd. Es bedarf irgendwann eines Urknalls, um die Welt zu retten. Sehen Sie. Gott hat angeblich seinen Sohn geschickt, um die Menschheit zu erlösen. Das hat aber nicht geklappt. Die Welt ist nicht besser geworden. Seit zweitausend Jahren hauen sich die Leute gegenseitig auf die Plauze und bringen sich um. Und was macht Gott? Von dem ist nichts zu hören oder zu sehen. Der sieht seelenruhig zu, wie sich seine Repräsentanten auf Erden goldene Badewannen einbauen lassen. Und anschließend gehen sie in die danebenliegenden Kirche und nötigen die Rentnerin, von ihrem ohnehin nicht ausreichenden Einkommen noch etwas zu spenden.«

»Sie vereinfachen das Ganze sehr«, sagte Lüder. »So, wie Sie es darstellen, sind weder Kirche noch Gesellschaft. Sicher gibt es Defizite. Nicht alles ist perfekt. Aber an der Weiterentwicklung zu arbeiten … Das ist unser aller Aufgabe.«

»Das klingt mir zu salbungsvoll«, widersprach Sühnsdorf. »Genau so versuchen uns die Politiker zu beschwichtigen. Wir müssen endlich etwas unternehmen. Wir – die Menschen in diesem Land. Wollen Sie es zulassen, dass wir unterwandert werden und Extremisten die Republik ins Chaos stürzen?«

»Sympathisieren Sie mit dem braunen Gedankengut?«

»Nein«, wehrte Sühnsdorf ab. »Ich verabscheue solche Ideen. Ich bedaure die historische Schuld, die wir kollektiv auf uns geladen haben. Aber die Wutbürger, wie man sie nennt, setzen Zeichen zur rechten Zeit. Müssen wir Stuttgart 21 akzeptieren? Ich will nicht vom Versagen beim neuen Flughafen in Berlin und oder der Elbphilarmonie in Hamburg sprechen. Jeder vernunftbegabte Mensch sieht die Katastrophe auf uns zukommen. Unsere Infrastruktur bricht zusammen. Die Verkehrswege bröckeln. Das Schienennetz ist marode. Die Brücken drohen einzustürzen. Und was machen wir? Die deutschen Gutmenschen retten Pleitestaaten. Wer denkt darüber nach, was mit uns Unternehmern geschieht, wenn wir so wirtschaften würden? Ich bin gegen Stützungsmaßnahmen für weitere Pleitekandidaten. Ich bin gegen eine nicht demokratisch legitimierte Brüsseler Bürokratie, ich bin ...«

»Danke, das reicht«, unterbrach Lüder den aufgebrachten Mann. »Nehmen Sie Ihre Aussage ›Es müsste einen Urknall geben‹ wörtlich?«

»Ja! Warum sollte ich das nicht? Darf man nicht einmal mehr seine Meinung äußern?«

»Es gibt einen Unterschied zwischen einer Meinung und strafbarem Tun.«

»Dessen bin ich mir wohl bewusst. Es sind keine guten Zeiten für uns heute. Wir haben arg zu kämpfen mit den wirtschaftlichen Problemen. Wir haben früher in großem Umfang wehrtechnische Produkte geliefert. Hauptabnehmer waren Systemwaffenproduzenten: U-Boote, Panzer, Raketensysteme, Drohnen. Aber jetzt sparen alle Staaten. Insbesondere die sich verkleinernde Bundeswehr macht uns zu schaffen. Mein Mitarbeiter, Simon Ocke, den Sie ja bereits kennengelernt haben, ist extrem ehrgeizig. Er engagiert sich für unser Unternehmen. Natürlich weiß er, dass ich kinderlos bin und mich irgendwann zurückziehen werde. Simon ist nicht dumm. Zu gern möchte er als Unternehmer einsteigen. Zunächst als Juniorpartner. Oder sich mit innovativen Leistungen und Ideen im Ausland bewerben. Zum Beispiel in Amerika. Er ist sich sicher, dass sein Können, aber auch die Produkte der Sühnsdorf-Gruppe wieder gefragt sind, wenn die Diskussion um Terrorismus neu entflammt und der Gedanke an Sicherheit wieder erwacht. Die Bevölkerung ist müde geworden. Ich habe Leo Bamberger gesagt, er soll die Teilnehmer der Sicherheitskonferenz wachrütteln. Wenn man sich wieder der Gefahren bewusst wird, die um uns herum bestehen, wird man auch wieder mehr in Technologien investieren, die unserem Schutz dienen.«

»Sie meinen Rüstungsgüter.«

»Das ist Ihre Formulierung.«

»Sie halten viel von Simon Ocke?«

Sühnsdorf nickte nachdenklich. »Ein tüchtiger Bursche. So jemanden hätte ich mir als Sohn gewünscht. Das klingt jetzt sehr pathetisch. Schön. War nicht so gemeint. Aber wir haben keine Kinder. Es wäre beruhigend zu wissen, dass das Unternehmen, dem ich viel Zeit und Kraft geschenkt habe, auch nach meiner Zeit von jemandem geführt wird, der es in meinem Sinne fortsetzt. Ich werde den Betrieb nicht verschenken, sondern einen reellen Marktpreis dafür verlangen. Es würde mich aber stören, wenn er in die Hände von Hedgefonds und Anlegern fiele, denen es nicht auf die Substanzerhaltung, sondern auf die kurzfristige Rendite ankäme. Simon Ocke traue ich zu, dieses Vermächtnis in meinem Sinne zu bewahren.«

»Ist er verheiratet?«

»Noch nicht.«

»Das heißt, er hat eine Partnerin?«

»Ja, eine zauberhafte Frau. Aus Persien. Schön wie Soraya in ihren besten Tagen.«

»Sie meinen Soheila Abdollahzahde.«

»Kennen Sie sie?«, fragte Sühnsdorf erstaunt. »Eine bemerkenswerte Erscheinung.« Er nahm einen Schluck Tee zu sich.

»Die beiden sind sehr vertraut miteinander?«

»Absolut. Soheila ist Simons Märchenprinzessin. Für sie tut er alles. Er verzichtet sogar auf Alkohol. Zumindest, wenn er ihr in absehbarer Zeit begegnet. In seinem Haus finden Sie keinen Tropfen. Nicht einmal einen Schluck Rotwein.«

»Wo wohnt er denn?«

»Simon Ocke hat ein Apartment mit Blick auf die Förde in Heikendorf.«

Dort wohnte Soheila Abdollahzahde, deren Nachbarin berichtet hatte, dass die Frau öfter von ihrem Freund begleitet wurde. Simon Ocke.

Langsam öffnete sich die Tür, und Frau Sühnsdorf erschien.
»Peter«, sagte sie sanft, aber bestimmt. »Ich glaube, es wird Zeit
dass du dich ein wenig ausruhst.«

»Hildegard. Wir sind mitten im Gespräch.«

»Zum falschen Thema«, erklärte seine Frau. »Ich sehe es an
deinem Kopf. Der Blutdruck ist wieder zu hoch. Du bist wieder
dabei, die Welt zu retten.«

»Eine letzte Frage«, sagte Lüder, als er aufstand. »Wie weit
sind die Gespräche mit Herrn Vierkant gediehen?«

»Vierkant? Kenne ich nicht.«

»Der betreibt ein Sicherheitsunternehmen.«

»Darum kümmert sich Simon.«

Lüder verabschiedete sich und wurde von Frau Sühnsdorf in
die Halle begleitet.

»Schon im Büro Ihres Mannes sind mir die filigranen Kunst-
werke aus Glas aufgefallen«, sagte er. »Auch hier schmücken sie
Ihr Haus.«

Sie wirkte fast ein wenig verlegen. »Das ist ein Hobby von mir.
Schon als Kind hat mich die Glasbläserei fasziniert. In der Nähe
meines Elternhauses war eine Glaskunstwerkstatt. So oft ich
konnte, bin ich dort gewesen und habe zugeschaut. Irgendwann
durfte ich es selbst probieren. Und dieser Bazillus hat mich nicht
mehr losgelassen. Peter hat es mir ermöglicht, dass ich mir eine
eigene Werkstatt im Gartenhaus einrichten konnte. Jetzt leiden
alle Freunde darunter, dass ich ihnen Selbstgemachtes schenke.«

Lüder nahm eine Skulptur in die Hand, die an einen Schwan
erinnerte. Das Glas war nicht durchsichtig, sondern wirkte im
Inneren wie angeraut.

»Das ist ein Schwan«, bestätigte Frau Sühnsdorf. »Ins Innere
habe ich feinsten Sand eingelassen. Daher kommt die Eintrü-
bung.« Sie nahm es Lüder ab und stellte es auf den vorgesehenen
Platz zurück. »Manchmal mache ich auch praktische Dinge.
Vasen. Gläser. Teller. Ganz einfache Sachen ohne jeden künst-
lerischen Anspruch.«

»Auch Glasballons?«

»Wenn es sein muss?« Sie lächelte. »Das ist keine kreative,
aber eine handwerkliche Herausforderung.«

»Hat Simon Ocke Sie gebeten, für ihn solche Ballons zu blasen?«

»Oh ja.« Sie wirkte ein wenig verlegen. »Viele Bekannte und Freunde staunen über das, was ich mache. Simon hat einmal gesagt, er würde durch mein Hobby inspiriert, sich auch eines zuzulegen. Etwas, das überhaupt nichts mit seinem Beruf zu tun hat.«

»Und das wäre?«

»Simon wollte Brände veredeln, Essig und Öle ansetzen.«

»Er wollte Schnaps brennen?«, fragte Lüder ungläubig.

»Nein. Nicht brennen. Sie haben meinen Mann gesehen. Der ist Genießer. Leider«, fügte sie leise an. »Simon wollte probieren, ob man Brände nicht durch die Beigabe von exquisiten Zutaten verfeinern kann. Dazu benötigte er Gefäße, die man nicht kaufen kann.«

»Glasballons«, riet Lüder.

Frau Sühnsdorf bestätigte es.

»Die haben Sie hergestellt?«

»Ja. Simon hat sich wahnsinnig darüber gefreut.«

»Weiß Ihr Mann davon?«

»I wo. Peter ist wie alle Ehemänner. Wenn ich eine neue Bluse habe oder ein neues Stück aus Glas irgendwo hinstelle … Er sieht es nicht.«

»Ich wünsche Ihnen weiterhin viel Freude bei Ihrem außergewöhnlichen Hobby«, sagte Lüder zum Abschied.

Lüder setzte sich ins Auto, fuhr aber noch nicht los. Peter Sühnsdorf hatte behauptet, Ocke würde keinen Alkohol trinken, während seine Frau ihm für das angebliche Hobby Glasballons erstellte. Das war ein Widerspruch. Waren es die Glasballons, die man bei Höpke in dessen Hexenküche gefunden hatte und deren Herkunft die Polizei nicht ermitteln konnte?

Bisher war Lüder davon ausgegangen, dass Rexhe Ajdarevic, der angebliche Internetcafé-Betreiber, nur ein Strohmann war. Das traf also zu. Shabani steckte dahinter. Der Kosovo-Albaner verstand es geschickt, sich hinter Leuten wie Ajdarevic zu tarnen. Lüder hatte lange geahnt, dass Shabani die Fäden zog. Bei aller Cleverness war er aber auch eitel und hatte sich unvorsichtigerweise ein auffälliges Auto zugelegt. Natürlich durfte der BMW nicht auf Shabani zugelassen sein. Dafür musste Ajdarevic herhalten. Der wiederum verfügte nicht über die Mittel, so ein großes Fahrzeug zu kaufen oder zu unterhalten. Finanziert wurde das Ganze von Soheila Abdollahzahde, der schönen Frau aus dem Iran.

Unklar war noch, ob die Perserin aus eigenem Antrieb oder im Auftrag Dritter handelte oder ob sie nur ein Werkzeug Simon Ockes war.

Nachdenklich startete Lüder den Motor und fuhr zurück nach Plön.

»Waren Sie erfolgreich?«, fragte die Mitarbeiterin in Sühnsdorfs Unternehmen, die Lüder zuvor erklärt hatte, dass der Chef zu Hause sei.

»Danke. Es hat alles geklappt. Jetzt möchte ich gern mit Herrn Ocke sprechen.«

»Ich weiß nicht, ob das geht«, erklärte die Angestellte unsicher.

Lüder zog seinen Dienstausweis hervor. »Zeigen Sie mir bitte das Büro von Herrn Ocke.«

»Aber …«

»Bitte!«, verlangte Lüder mit Nachdruck.

»Kommen Sie.«

Die Mitarbeiterin klopfte an und öffnete die Tür einen Spalt.

»Jetzt nicht«, kam es unwirsch aus dem Raum.

»Herr Ocke. Da ist ein …«

»Habe ich mich nicht klar genug ausgedrückt?«

Lüder schob die Frau ein Stück zur Seite und öffnete die Tür ganz.

»Moin«, sagte er. »Ihre Kollegin ist unschuldig. Ich hatte Sie darum gebeten. Und meine Bitte war auch klar formuliert.«

»Muss das sein?« Ocke saß an seinem Schreibtisch. Er hatte das Sakko über die Lehne seines modernen Ledersessels gehängt. Das Büro war etwas kleiner als Sühnsdorfs, zeigte aber deutlich, dass Ocke kein beliebiger Mitarbeiter war. Die Einrichtung war modern; Glas und Chrom dominierten. Ein paar Drucke zierten die Wände. Es war nicht erkennbar, was sie darstellen sollten. Um einen kleinen Besprechungstisch gruppierten sich vier Freischwinger. Bequem sahen sie nicht aus.

Ocke trug ein hellblaues Hemd. Auf eine Krawatte hatte er verzichtet.

Auf dem Schreibtisch lagen nur wenige Papiere. Dafür standen neben einem großen Bildschirm zwei Netbooks und ein iPad auf der Glasplatte. Und die Telefonanlage wurde durch zwei Smartphones komplettiert.

»Ich bin sehr beschäftigt«, sagte Ocke barsch.

»Dann teilen wir das gleiche Problem«, erwiderte Lüder, zog einen Freischwinger heran, sagte pro forma »Darf ich?« und nahm Platz. »Ich habe mit Peter Sühnsdorf gesprochen.«

»Ja und?«

»Wir haben in München einen größeren Anschlag auf die Teilnehmer der Sicherheitskonferenz verhindern können.«

»Glückwunsch«, presste Ocke zwischen den Zähnen hervor.

»Leider gab es noch einen zweiten Zwischenfall, bei dem ein guter Bekannter von Ihnen ums Leben gekommen ist.«

Ocke erschrak sichtlich.

»Von mir? Ein Bekannter?« Er schob das iPad zwei Zentimeter nach links. Eine überflüssige Geste.

»Lorenz Feindt.«

Simon Ocke war ein erfahrener Manager, aber seine Körpersprache hatte er nicht unter Kontrolle. Lüder registrierte, dass Ocke erleichtert zu sein schien.

»Kenne ich nicht. Ist das der Mann, der mit dem Bus in die Luft geflogen ist? Ich habe davon in den Nachrichten gehört.«

»Der Plan sah eigentlich vor, dass der Bus voller Journalisten sein sollte. Das hätte weltweit Aufmerksamkeit erregt.«

»Mag sein.« Das iPad wanderte wieder nach rechts.

»Sie haben Ihr Ziel nicht erreicht.«

»Ich … mein Ziel? Ich verstehe nicht, was Sie damit sagen wollen.«

»Es war ein genialer Schachzug, gleich zwei offenbar verfeindete Gruppierungen anzusetzen. Die sich zur Ausländerfeindlichkeit bekennenden Rechtsradikalen auf der einen Seite und die Kosovo-Albaner um Shabani andererseits. Sie waren der Überzeugung, das würden die Ermittlungsbehörden nie herausfinden, weil es ein unlogischer Widerspruch ist. Pech. Die Nuss haben wir geknackt.«

Ocke schüttelte den Kopf. »Irgendwie kann ich Ihnen nicht mehr folgen. Das klingt sehr abstrus. Da soll ein … Wie heißt der Mann?«

»Ismail Shabani.«

»Wie auch immer … Der hat *was* gemacht?«

»Der sollte dafür sorgen, dass in München der Bus mit den Journalisten an Bord explodiert. Die Reaktion in den Medien wäre gewaltig gewesen. Sie hätten die Presse gehabt, die Sie wollten. Jeder hätte strengere Maßnahmen gefordert. Wie es in solchen Fällen üblich ist. Man hätte vermutet, dass Islamisten dahinterstecken. Die Diskussion um die Terrorgefahr wäre noch mehr hochgekocht, angefacht durch die Medien, die plötzlich nicht mehr unbeteiligt wären, sondern Zielscheibe. Nicht zufällig, sondern bewusst ausgesucht.«

Das iPad wechselte den Platz mit einem Netbook.

»Warum … erzählen … Sie … mir das alles? Glauben Sie, hier säße der Drahtzieher einer großen Weltverschwörung?«

»Der Drahtzieher schon. Wir haben den Mann, der die Explosion auslöste, auf frischer Tat verhaftet. Können Sie sich vorstellen, dass nicht nur deutsche Behörden, sondern auch amerikanische Agenten bei der Abschirmung der Konferenzteilnehmer mitwirken? Die Amerikaner sind in solchen Dingen weniger zimperlich als wir. Da werden schnell Flugzeuge organisiert und das Land gewechselt. Ein Attentäter ist bei einem Verhör im Nahen Osten oder anderswo eher bereit zu plaudern.«

Ocke hatte ein Smartphone in die Hand genommen und besah sich das Display, als würde er die Symbole das erste Mal entdecken.

»Ajdarevic ist nicht der große Schweiger.«

»Adaritsch? Wer soll das sein?«

»Der Mann mit dem Finger am Auslöser. Und Shabani ist auch identifiziert. Von beiden führt der Weg direkt zu Ihnen.«

»Zu mir?«

»Geben Sie auf. Alles spricht gegen Sie. Viele Täter glauben, es besonders klug anzustellen, und unterschätzen dabei die Polizei.« Lüder führte Ajdarevics Verbindungen und seine Rolle als Strohmann an, den BMW, den Shabani nutzte, und berichtete, dass man von der Verbindung zu Soheila Abdollahzahde wisse, die die Werkstattkosten des Wagens beglich.

»Wollen Sie leugnen, Frau Abdollahzahde zu kennen? Es gibt nicht nur unabhängige Zeugen, auch Peter Sühnsdorf hat es bestätigt. Die Spurensicherung wird Beweise finden, dass Sie sich in ihrer und Frau Abdollahzahde bei Ihnen in der Wohnung aufgehalten haben. Die Bankdaten, mit denen wir den Weg des Geldes bis zur BMW-Werkstatt verfolgen können. Nein.« Lüder schüttelte den Kopf. »Das war stümperhaft. Sie sind nicht gut genug, Ocke.«

»Das ist alles aus der Luft gegriffen.« Die Hand mit dem Smartphone zitterte jetzt.

»Die Zahlungsströme sind eindeutig, auch wenn Sie sie über Ihre Freundin umgeleitet haben. Sie haben geglaubt, einen Typen wie Shabani damit locken zu können. Ein primitiver Gedanke.«

Ockes Augenlider zuckten. Lüder hatte den ehrgeizigen Mann tief bis ins Mark getroffen, als er ihm stümperhaftes Verhalten vorhielt.

»Jeder Anwalt wird Ihre Phantasien in der Luft zerreißen«, versuchte Ocke sich herauszureden.

»Der wird erst einmal staunen, wie dumm Sie sich verhalten haben.« Lüder registrierte, dass Ocke plötzlich von einem Anwalt sprach. »Nach Frau Abdollahzahde läuft die Fahndung. Ihre Freundin wird begeistert sein, wenn sie merkt, in was für Dinge sie hineingelotst wurde.«

»Blödsinn.« Es klang absolut nicht zuversichtlich.

»Sie haben noch einen anderen Gegner. Das Finanzamt. Dem werden Sie irgendwann erklären müssen, woher die Gelder stammen, die Sie für diese Aktionen eingesetzt haben.«

Wieder schien Ocke erleichtert zu sein.

Das Geld stammte nicht von ihm, überlegte Lüder. Sicher hatte der Mann an der Planung mitgewirkt, vielleicht manches eingefädelt, aber es musste noch jemand anderer beteiligt gewesen sein. Jemand, der der Initiator war. Und Financier. Welches Motiv sollte Ocke gehabt haben, eine so große Aktion durchzuführen?

»Wer ist Ihr Boss, für den Sie so schlechte Arbeit geleistet haben?«

Ocke hatte seine Gesichtsmuskeln nicht mehr unter Kontrolle. Die Hände schoben inzwischen wahllos die Utensilien auf dem Schreibtisch hin und her.

»Ich sage nichts mehr zu Ihren völlig aus der Luft gegriffenen Geschichten.«

»Wir hören uns erst einmal an, was Kurt Vierkant zu erzählen weiß. Der ist auch ein redseliger Mitbürger.«

»Der war hier und hat uns ein Angebot hinsichtlich der Sicherheit im Unternehmen gemacht.«

»Das würde ich gern sehen.«

»Wir haben nur ein Vorgespräch geführt.«

»Mailverkehr?«

»Das lief telefonisch.«

Lüder nickte bedächtig und zeigte auf die Ansammlung von Rechnern.

»Das alles beschlagnahmen wir. Es gibt hervorragende Experten im LKA, die finden die Cookies, falls Sie sich zuvor im Internet über die Angebote informiert haben. Sicher werden Sie mir auch andere Sicherheitsunternehmen nennen, mit denen Sie gesprochen und deren Angebote Sie eingeholt haben.«

Ocke fehlte mittlerweile die Kraft zur Erwiderung.

»Warum haben Sie bei meinem ersten Besuch in Sühnsdorfs Büro gelogen und die Verbindung zu Vierkant geleugnet?«

Ocke reagierte nur noch mit einer müden Handbewegung.

»Die Beweislast ist erdrückend. Geben Sie auf«, sagte Lüder. »Vielleicht rechnet man es Ihnen an, wenn Sie ein plausibles Motiv angeben können. Hat man Sie unter Druck gesetzt? Fahren Sie auf der Schiene von Sühnsdorf, der alles in Frage stellt und einen Neuanfang unter anderen Vorzeichen wünscht? Glauben Sie auch, dass es eines großen Knalls bedarf? So, wie es auf der Kreuzung an der Holtenauer Straße geschehen ist?

Eine unschuldige Mutter und ihre Tochter mussten sterben. Soll ich Sie dem Busfahrer gegenüberstellen, der als Letzter aus seinem Fahrzeug einen Blick auf die Vierjährige geworfen hat, die in ihrem Kindersitz saß und nicht ahnte, dass sie nur noch Sekunden zu leben hatte? Vier Jahre.« Lüder streckte vier Finger einer Hand in die Höhe. »Daran sollen Sie denken, solange Sie leben. Immer wieder soll das Bild eines in Stücke ...«

»Hören Sie auf«, schrie Ocke und hielt sich die Ohren zu. »Hören Sie auf! Seien Sie still!«

»Nein. Ich werde Sie jetzt mitnehmen. Mit dem Beamer werden wir uns Bilder an die Wand werfen. Zwei Mal drei Meter. Sie können jedes Detail erkennen.«

»Sie haben gar keine Ahnung«, schrie Ocke und stieß mit dem Zeigefinger vor Richtung Bürowand. »Da draußen sitzen Mitarbeiter. Männer. Frauen. Die haben Familien, die sie ernähren müssen. Wie sollen wir die beschäftigen? Uns ist der Markt weggebrochen. Ich teile nicht Sühnsdorfs missionarischen Eifer, dass die Republik erneuert werden muss. Unfähige Politiker betreiben Sicherheitspolitik nach Kassenlage. Die Bundeswehr wird verkleinert, Waffensysteme werden nicht erneuert. Sie sehen doch selbst, wie man bei der Polizei spart. Da muss etwas geschehen.«

»Und dafür bringen Sie Menschenopfer?« Lüder schlug sich mit der flachen Hand gegen die Stirn. »Das ist unfassbar. Sie wollen viele Menschen kaltblütig töten, um die Welt wachzurütteln?«

»Der elfte September ist in die Weltgeschichte eingegangen.«

»Und so ein Ereignis wollten Sie wiederholen?« Lüder war sprachlos.

»Nein«, dementierte Ocke. »Es sollte die Verantwortlichen treffen. So wie die Idee von der Neutronenbombe.«

»Sie können doch nicht Krieg spielen. Die Neutronenbombe ist unmenschlich. Sie vernichtet nur menschliches Leben und lässt Gebäude und Infrastruktur heil.«

»So war das nicht gemeint. Wenn diejenigen, die jede Bodenhaftung verloren haben, selbst getroffen werden, würde vielleicht ein Umdenken stattfinden.«

»Jedes Leben ist schützenswert. Wie nennen Sie die Unschuldigen, die dabei mitgerissen werden? Kollateralschaden? So etwas Widerwärtiges habe ich noch nie gehört.« Lüder hätte am liebsten ausgespien.

»Der Heiland …«

»Was haben Sie gesagt?«, fuhr Lüder dazwischen. »Wollen Sie jetzt auch noch Gott für Ihre unmenschliche Idee bemühen?«

Ocke sah ihn entgeistert an.

»Wieso Gott? Ich sprach vom Heiland.«

»Weiter!« Lüder wedelte mit der Hand und bedeutete Ocke zu sprechen.

»Die OEG mit Sitz in Schwentinental hat mit uns zusammengearbeitet. Wir haben gemeinsam innovative Produkte entwickelt. Auch im Bereich der Wehr- und Sicherheitstechnik. Die OEG, das steht für Optical Engineering Germany, ist von der Krise genauso betroffen wie wir. Irgendwann wird sich Peter Sühnsdorf zurückziehen. Sie haben es selbst gesehen, dass er gesundheitlich angeschlagen ist. Da ist es naheliegend, dass die OEG und wir uns nicht nur ergänzen, sondern unser Know-how bündeln. Das heißt fusionieren. Gemeinsam wären wir noch stärker.«

»Das ist Ihr Ziel?«

»Ich habe diese Idee unterstützt, weil wir uns technologisch ergänzen. Wie zwei Zahnräder, die ineinandergreifen. Sühnsdorf und Heiland …«

»Wer ist Heiland?«

Ocke sah Lüder ratlos an. »Den kennen Sie nicht? Gerhard Heiland, Gründer und Inhaber der OEG.«

Lüder fiel es wie Schuppen von den Augen. Plötzlich ergab alles einen Sinn. Shabani wollte seine Leute bei Heiland unterbringen. Das hatte Thomas Laimpinsl verhindern wollen. Und mit »der Heiland« war nicht Gott gemeint.

»Was ist mit Heiland?«

»Peter Sühnsdorf und Gerhard Heiland sind alte Freunde. Sie kennen sich vom Ingenieurstudium her. Über Sühnsdorf habe ich Heiland kennengelernt. Wir haben fachlich viel miteinander zu tun gehabt. So bin ich auch oft Zeuge geworden, wenn die beiden in die Spinnereien von der politischen Wachablösung verfallen sind. Da glühten die Köpfe. Sie haben sich in etwas hineingesteigert. Während Sühnsdorf nur über die Bürgerferne der Politiker geschimpft hat, wollte Heiland Taten folgen lassen. Er zweifelte an der Demokratie. Seiner Meinung nach besteht die nur vordergründig. Bei parteiinternen Wahlen gilt es als schlechtes Ergebnis, wenn der einzige Kandidat keine neunzig Prozent erzielt. Und wir haben uns lustig gemacht über die Wahlen im Ostblock. Niemand spricht aus, wie teuer uns Griechenland kommen wird. Die Nachsicht kostet ungemein viel Geld. Die da oben wissen nicht, was sie tun. Entscheidungen werden immer im Hinblick auf die nächsten Wahlen getroffen. Heiland meint, es müsse eine starke Hand her. Sehen Sie in die Emirate. Oder nach Singapur. Dort wird nicht diskutiert, sondern gehandelt. Und den Menschen geht es gut.«

»Das sind keine Demokratien«, warf Lüder ein.

»Was nützen Ihnen Wahlen? Wen wollen Sie wählen? Haben Sie wirklich eine Wahl? Cholera oder Pest. Und eine gewaltige Provokation ...«

»Umschreiben Sie damit das geplante Massaker?«

»Eine gewaltige Provokation würde dazu führen, dass man sich auf die Tugenden der Stärke besinnt.«

»Sie haben das eingefädelt?«

»Die Doppelstrategie war Heilands Idee. Wenn gleich zwei Ereignisse stattfinden, eines ausgelöst durch Rechtsextreme und ein zweites durch vermeintliche Islamisten, würde das zu Konfusionen bei den Ermittlungsbehörden führen, meinte Heiland. So ist das Ganze gereift.« Ocke schüttelte sich. »Ich distanziere mich ausdrücklich von allem.«

»Sie wollen sagen, Sie haben damit nichts zu tun?«

»So ist es.«

»Sie haben doch die Kontakte zu Vierkant und Shabani hergestellt?«

Ocke nickte langsam.

»Ich will als Kronzeuge auftreten. Sichern Sie mir Strafminderung nach der Kronzeugenregelung zu?«

Lüder sah angewidert zur Seite. Solche Menschen begegnen einem zum Glück nur selten.

»Ich werde jetzt die Kollegen von der Schutzpolizei rufen«, schloss Lüder.

»Aber warum denn? Muss das sein?«

»Geben Sie mir mal Ihre Hände. Vorstrecken«, forderte er Simon Ocke auf.

Der protestierte lebhaft, als sich die Handfesseln um seine Gelenke schlossen. »Ich bin doch kein Schwerverbrecher«, behauptete er.

Man würde ihn ins Untersuchungsgefängnis bringen. Das gesamte technische Equipment dieses Raumes würde beschlagnahmt werden, die Spurensicherung und die Kriminaltechnik würden akribisch Beweise sammeln und auswerten. Gerhard Heiland musste verhaftet und verhört werden. In München bemühten sich die Bayern, Kurt Vierkant und Rexhe Ajdarevic zum Reden zu bringen. Shabanis Freiheit würde ein Ende finden. Es gab noch viel zu tun.

Lorenz Feindt würde nicht mehr erfahren, dass er sich im Kieler Steakhouse mit Oberkommissar Große Jäger getroffen hatte, den Lüder darum gebeten hatte. Natürlich konnte nur der Husumer es fertigbringen, den trockenen Weißwein mit Süßstoff »zu veredeln«. Lüder war auch nicht überrascht, als Feindt ihm später am Telefon erklärt hatte, er hätte sich einen Kriminalrat des LKA anders vorgestellt. Große Jäger entsprach nicht Feindts Vorstellungen und war, was sein äußeres Erscheinungsbild betraf, sicher gewöhnungsbedürftig.

Es war Lüder geglückt, Feindt auszuweichen. Zumindest als Kriminalrat. Dafür hatte er sich das Vertrauen des undurchsichtigen Journalisten erschlichen, als er als angeblicher Schwede Göran Persson den Kontakt suchte. Es war ein gewagtes Spiel gewesen, das nie die Zustimmung der Behördenleitung erhalten hätte. Feindt war nicht aufgefallen, dass Lüders Schwedisch-Kenntnisse und seine Aussprache ihn bei einem Einheimischen sofort als Fremden geoutet hätte.

Nur über diesen Weg war es gelungen, Kontakt zum inneren

Zirkel zu bekommen. Natürlich wusste man in Deutschland, dass Rechtspopulisten auch in Schweden ihr Unwesen trieben. Das liberale Skandinavien ließ sie in einer Weise gewähren, die in Deutschland undenkbar wäre. Sicher, überlegte Lüder, hing das auch mit unserer Geschichte zusammen. Ihm war es recht.

Feindt war in München, als er Lüder am Treffpunkt der Journalisten sah, immer noch der Überzeugung, den Schweden zu treffen, dem er den Kontakt zu Vierkant vermittelt hatte. Da der Kieler Rechtsextremist am Vortag verhaftet worden war, musste Feindt befürchten, der angebliche Schwede würde ihn dafür verantwortlich machen. In einer Kurzschlussreaktion kaperte er den Bus und versuchte zu fliehen. Geplant war die Aktion nicht.

Kurt Vierkant hatte Lüder nicht als verdeckten Ermittler erkannt, nachdem Lorenz Feindt den Kontakt zum angeblichen Schweden hergestellt hatte. Und prompt hatte er angefangen zu plaudern. Es war immer wieder verblüffend, wie locker die Zunge war, wenn man sich überlegen wähnte oder gar von eigenen Heldentaten erzählte konnte. Vierkant war nicht zu bremsen gewesen. Als Lüder alias Göran Persson nach weiteren Referenzen fragte, hatte Vierkant Straftaten aufgezählt, die ihn für längere Zeit hinter Gitter bringen würden. Darunter waren auch Verbrechen, die man dem Mann bisher nicht hatte beweisen können. All das hatte Lüder auf dem Aufnahmegerät aufgezeichnet.

Leider konnte Lüder niemandem von seinem verdeckten Einsatz erzählen. Er hatte sich außerhalb des legalen Rahmens bewegt. Doch der Weg war erfolgreich gewesen. Dafür nahm er in Kauf, dass man in Deutschland und in Schweden nach Göran Persson fahnden würde. Lüder war sich sicher, dass der Schwede nie wieder auftauchen würde. Leider hatte Vierkant das Gespräch abrupt abgebrochen und war gegangen. Lüder hatte nicht gewusst, dass der Rechtsextremist die Bürgerversammlung in Schönkirchen aufsuchen wollte. Zum Glück war er dort an der Vernunft der Menschen gescheitert. In einem Punkt hatte Vierkant allerdings geschwiegen. Er hatte damit geprahlt, dass ein »wirklich großes Ding« am Laufen sei. Trotz

Lüders Drängen hatte der Rocker darüber nichts preisgeben wollen.

Jetzt saß Lüder zur Abschlussbesprechung seinem Vorgesetzten gegenüber.

»Herrn Gärtner«, erklärte Dr. Starke, »ist es gelungen, Ismail Shabani und Bledi Hysaj zu verhaften. Obwohl beide leugnen, sprechen die Indizien gegen sie. Hysaj ist eindeutig durch die DNA-Spuren überführt, die wir an seiner Hose gefunden haben. Zudem gibt es die Zeugenaussage von Thomas Laimpinsl ...«

»Ist er wieder ansprechbar?«, unterbrach Lüder.

»Ja. Aber es geht ihm noch sehr schlecht. Es ist nicht absehbar, ob nicht dauerhafte Folgen von dem brutalen Überfall bleiben. Laimpinsl hat bestätigt, dass Shabani und Hysaj ihn an der Bushaltestelle zusammengeschlagen haben. Sorgen bereitet uns noch, dass wir nicht wissen, wer uns anonym die Hosen zugeschickt hat. In diesem Punkt fehlt uns noch jede Spur. Shabani hat gesagt, er vermutet, dass James Bond bei ihm eingebrochen habe.«

»Wer?« Lüder ließ es überrascht klingen.

»James Bond. Shabani hat ihn zwar nicht beim Einbruch gesehen, er ist aber der festen Überzeugung, Bond wäre in seiner Wohnung gewesen.«

»Es ist unglaublich, auf welche Ideen die Leute kommen.« Lüder schüttelte den Kopf.

»Herr Gärtner hat es zur Kenntnis genommen. Wir gehen davon aus, dass es eine Schutzbehauptung ist. Eventuell will Shabani damit auf eine verminderte Zurechnungsfähigkeit hinaus.«

»Ganz bei Trost kann man nicht sein«, stimmte Lüder zu, »wenn man in einem demokratischen Land wie unserem Zuflucht sucht, dort beschützt werden will und gleichzeitig Lunte legt.«

Dr. Starke legte die sorgfältig maniküurten Finger zu einem Dach zusammen. »Ihnen sagt man auch so etwas nach.«

»Mir?«, tat Lüder überrascht.

»Es liegt eine Beschwerde aus Bayern vor.«

»Schriftlich und offiziell? Was wirft man mir vor?«

»Mich hat jemand vom bayerischen LKA angerufen.«

»Dopplmair?«

»Ja. Man hat Sie zur Persona non grata erklärt.«

Lüder lachte laut auf. »Die haben zu viel Hefeweizen inhaliert. Habe ich jetzt ein Einreiseverbot?«

»Irgendwem sind Sie auf die Zehen getreten.«

»Wir sind beide Juristen. Im Grundgesetz steht, dass alle Menschen gleich sind. Dort findet sich auch kein Verfassungszusatz ›Bayern sind gleicher‹.«

»Dort steht aber auch, die Würde des Menschen ist unantastbar. Das gilt auch für Bayern und US-Bürger, selbst wenn sie für das FBI arbeiten.«

Lüder verzichtete auf eine Antwort.

»Ich hoffe, wir können unseren Aktionsradius wieder auf unser schönes Land beschränken«, sagte er stattdessen. »Ich habe mich nicht danach gedrängt, ins blau-weiße Paradies der Amigos zu reisen.«

»Vergessen Sie nicht, dass die Keimzelle des Attentats hier bei uns im Norden war«, erinnerte ihn Dr. Starke.

Lüder sah durch den Kriminaldirektor hindurch und ließ den restlichen Teil der Unterhaltung an sich abprallen. Zwischendurch warf er einen Blick aus dem Fenster. Der Himmel war immer noch grau. Unangenehmer Schneeregen rieselte vom Himmel. Statt einer prächtigen weißen Schneedecke würden Matsch und Pfützen die Stadt überziehen.

Trotzdem!

Er liebte Kiel.

Dichtung und Wahrheit

Personen und Handlung dieses Romans sind frei erfunden, Ähnlichkeiten wären rein zufällig und nicht beabsichtigt.

Die realen Örtlichkeiten und Ereignisse wie die Sicherheitskonferenz dienen nur als Hintergrund der fiktiven Handlung. Ich durfte wieder die Unterstützung vieler kundiger Helfer in Anspruch nehmen.

Hauptkommissar Uwe Keller vom Landeskriminalamt Schleswig-Holstein hat geduldig meine Wissbegierde gestillt.

Von Michael Krohn von der Berufsfeuerwehr habe ich erfahren, wie Großschadenereignisse in der Landeshauptstadt abgewickelt werden und welche Maßnahmen die Kieler Feuerwehr in solchen Fällen ergreift.

Margarete von Schwarzkopf, Kulturredakteurin des NDR und ausgewiesene Expertin der Literaturszene, danke ich dafür, dass ich sie mit ihrem richtigen Namen in meinem Roman auftreten lassen darf.

Ich danke meinen Söhnen Malte und Leif für die – wieder einmal – fundierte fachliche Beratung. Mit ihrem Wissen sind sie mir oft eine wertvolle Hilfe.

Birthe hat meinen Text mit kritischem Auge begleitet.

Neben vielen anderen nicht namentlich genannten Ratgebern und Mitwirkenden an der Entstehung des Buches bleibt es meiner Lektorin Dr. Marion Heister vorbehalten, mit geübtem Blick und sicherer Hand die letzten Unebenheiten zu begradigen.

Und wenn sich dennoch etwas Fehlerhaftes eingeschlichen haben sollte, liegt es einfach daran, dass der Autor auch nur ein Mensch ist.

Hannes Nygaard
TOD IN DER MARSCH
Broschur, 240 Seiten
ISBN 978-3-89705-353-3
eBook 978-3-86358-046-9

»Ein tolles Ermittlerteam, bei dem man auf eine Fortsetzung hofft.«
Der Nordschleswiger

»Bis der Täter feststeht, rollt Hannes Nygaard in seinem atmosphärischen Krimi viele unterschiedliche Spiel-Stränge auf, verknüpft sie sehr unterhaltsam, lässt uns teilhaben an friesischer Landschaft und knochenharter Ermittlungsarbeit.« Rheinische Post

Hannes Nygaard
VOM HIMMEL HOCH
Broschur, 240 Seiten
ISBN 978-3-89705-379-3
eBook 978-3-86358-049-0

»Nygaard gelingt es, den typisch nordfriesischen Charakter herauszustellen und seinem Buch dadurch ein hohes Maß an Authentizität zu verleihen.« Husumer Nachrichten

»Hannes Nygaards Krimi führt die Leser kaum in lästige Nebenhandlungsstränge, sondern bleibt Ermittlern und Verdächtigen stets dicht auf den Fersen, führt Figuren vor, die plastisch und plausibel sind, sodass aus der klar strukturierten Handlung Spannung entsteht.« Westfälische Nachrichten

www.emons-verlag.de

Hannes Nygaard
MORDLICHT
Broschur, 240 Seiten
ISBN 978-3-89705-418-9
eBook 978-3-86358-042-1

»Wer skurrile Typen, eine raue, aber dennoch pittoreske Landschaft und dazu noch einen kniffligen Fall mag, der wird an ›Mordlicht‹ seinen Spaß haben.«   NDR

»Ohne den kriminalistischen Handlungsstrang aus den Augen zu verlieren, beweist Autor Hannes Nygaard bei den meist liebevollen, teilweise aber auch kritischen Schilderungen hiesiger Verhältnisse wieder einmal großen Kenntnisreichtum, Sensibilität und eine starke Beobachtungsgabe.«   Kieler Nachrichten

www.emons-verlag.de

Hannes Nygaard
TOD AN DER FÖRDE
Broschur, 256 Seiten
ISBN 978-3-89705-468-4
eBook 978-3-86358-045-2

»*Dass die Spannung bis zum letzten Augenblick bewahrt wird, garantieren nicht zuletzt die Sachkenntnis des Autors und die verblüffenden Wendungen der intelligenten Handlung.*«
Friesenanzeiger

»*Ein weiterer scharfsinniger Thriller von Hannes Nygaard.*«
Förde Kurier

Charles Brauer liest
TOD AN DER FÖRDE
4 CDs
ISBN 978-3-89705-645-9

www.emons-verlag.de

Hannes Nygaard
TODESHAUS AM DEICH
Broschur, 240 Seiten
ISBN 978-3-89705-485-1
eBook 978-3-86358-047-6

»Ein ruhiger Krimi, wenn man so möchte, der aber mit seinen plastischen Charakteren und seiner authentischen Atmosphäre überaus sympathisch ist.« www.büchertreff.de

»Dieser Roman, mit viel liebevollem Lokalkolorit ausgestattet, überzeugt mit seinem fesselnden Plot und der gut erzählten Geschichte.« Wir Insulaner – Das Föhrer Blatt

Hannes Nygaard
KÜSTENFILZ
Broschur, 272 Seiten
ISBN 978-3-89705-509-4
eBook 978-3-86358-040-7

»Mit ›Küstenfilz‹ hat Nygaard der Schleiregion ein Denkmal in Buchform gesetzt.« Schleswiger Nachrichten

»Nygaard, der so stimmungsvoll zwischen Nord- und Ostsee ermitteln lässt, variiert geschickt das Personal seiner Romane.« Westfälische Nachrichten

www.emons-verlag.de

Hannes Nygaard
TODESKÜSTE
Broschur, 288 Seiten
ISBN 978-3-89705-560-5
eBook 978-3-86358-048-3

»*Seit fünf Jahren erobern die Hinterm Deich Krimis von Hannes Nygaard den norddeutschen Raum.*«
Palette Nordfriesland

»*Der Autor Hannes Nygaard hat mit ›Todesküste‹ den siebten seiner Krimis ›hinterm Deich‹ vorgelegt – und gewiss einen seiner besten.*«
Westfälische Nachrichten

Hannes Nygaard
TOD AM KANAL
Broschur, 256 Seiten
ISBN 978-3-89705-585-8
eBook 978-3-86358-044-5

»*Spannung und jede Menge Lokalkolorit.*«   Süd-/Nord-Anzeiger

»*Der beste Roman der Serie.*«   Flensborg Avis

www.emons-verlag.de

Hannes Nygaard
DER TOTE VOM KLIFF
Broschur, 272 Seiten
ISBN 978-3-89705-623-7
eBook 978-3-86358-039-1

»Mit seinem neuen Roman hat Nygaard einen spannenden wie humorigen Krimi abgeliefert.« Lübecker Nachrichten

»Ein spannender und die Stimmung hervorragend einfangender Roman.« Oldenburger Kurier

Hannes Nygaard
DER INSELKÖNIG
Broschur, 256 Seiten
ISBN 978-3-89705-672-5
eBook 978-3-86358-038-4

»Die Leser sind immer mitten im Geschehen, und wenn man erst einmal mit dem Buch angefangen hat, dann ist es nicht leicht, es wieder aus der Hand zu legen.« Radio ZuSa

www.emons-verlag.de

Hannes Nygaard
STURMTIEF
Broschur, 256 Seiten
ISBN 978-3-89705-720-3
eBook 978-3-86358-043-8

»*Ein fesselnder Roman, brillant recherchiert und spannend!*«
www.musenblaetter.de

Hannes Nygaard
SCHWELBRAND
Broschur, 272 Seiten
ISBN 978-3-89705-795-1

»*Sehr zu empfehlen.*«   Forum Magazin

»*Spannend bis zur letzten Seite.*«   Der Nordschleswiger

www.emons-verlag.de

Hannes Nygaard
TOD IM KOOG
Broschur, 240 Seiten
ISBN 978-3-89705-855-2
eBook 978-3-86358-156-5

»Ein gelungener Roman, der gerade durch sein scheinbar einfaches Ende einen realistischen Blick auf die oft banalen Gründe für sexuell motivierte Verbrechen erlaubt.« Radio ZuSa

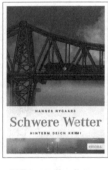

Hannes Nygaard
SCHWERE WETTER
Broschur, 256 Seiten
ISBN 978-3-89705-920-7
eBook 978-3-86358-067-4

»Wie es die Art von Hannes Nygaard ist, hat er die Tatorte genauestens unter die Lupe genommen. Wenn es um die Schilderungen der Örtlichkeiten geht, ist Nygaard in seinem Element.«
Schleswig-Holsteinische Landeszeitung

»Ein Krimi mit einem faszinierenden Thema, packend aufbereitet und mit unverkennbar schleswig-holsteinischem Lokalkolorit ausgestattet.« www.nordfriesen.info

www.emons-verlag.de

Hannes Nygaard
NEBELFRONT
Broschur, 256 Seiten
ISBN 978-3-95451-026-9

»Nie tropft Blut aus seinen Büchern, immer bleibt Platz für die Fantasie des Lesers.« BILD Hamburg

Hannes Nygaard
FAHRT ZUR HÖLLE
Broschur, 272 Seiten
ISBN 978-3-95451-096-2

Kriminalrat Dr. Lüder Lüders vom LKA Kiel steht vor seinem schwierigsten Fall und zugleich dem größten Abenteuer seiner Laufbahn: Die „Holstenexpress" aus Flensburg ist von somalischen Piraten gekapert worden, und er soll vor Ort den Dingen auf den Grund gehen. Kaum ein Europäer ist bislang in die Hochburg der Piraten am Horn von Afrika vorgedrungen, geschweige denn lebend zurückgekehrt. Lüder begibt sich in große Gefahr, und in der größten Not kommt ihm ausgerechnet sein alter Husumer Freund Große Jäger zu Hilfe.

www.emons-verlag.de

Hannes Nygaard
AUF HERZ UND NIEREN
Broschur, 256 Seiten
ISBN 978-3-95451-176-1

»Der Autor präsentiert mit ›Auf Herz und Nieren‹ einen spannend konstruierten und nachvollziehbaren Kriminalroman über das organisierte Verbrechen, der auch durch seine gut gezeichneten und beschriebenen Figuren und Protagonisten punkten kann.«
Zauberspiegel

Hannes Nygaard
DAS DORF IN DER MARSCH
Broschur, 272 Seiten
ISBN 978-3-95451-175-4

Bauer Reimer Reimers staunt nicht schlecht, als er am Morgen im Bullauge seiner Biogasanlage einen menschlichen Finger entdeckt. Gehört er dem aus mysteriösen Gründen untergetauchten Bürgermeister? Oder gibt es einen Zusammenhang mit dem Streit um die geplante Windkraftanlage? Christoph Johannes und Große Jäger, die Kultkommissare aus Husum, stoßen in der scheinbaren Idylle auf unheilvolle Allianzen und etliche Verdächtige: Denn die Nachbarn sind einander in herzlicher Mordlust verbunden …

www.emons-verlag.de

Hannes Nygaard
MORD AN DER LEINE
Broschur, 256 Seiten
ISBN 978-3-89705-625-1
eBook 978-3-86358-041-4

»›Mord an der Leine‹ bringt neben Lokalkolorit aus der niedersächsischen Landeshauptstadt auch eine sympathische Heldin ins Spiel, die man noch häufiger erleben möchte.« NDR 1

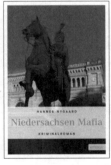

Hannes Nygaard
NIEDERSACHSEN MAFIA
Broschur, 256 Seiten
ISBN 978-3-89705-751-7
eBook 978-3-86358-000-1

»Einmal mehr erzählt Hannes Nygaard spannend, humorvoll und kenntnisreich vom organisierten Verbrechen.« NDR

»Nygaard lebt auf der Insel Nordstrand – dort an der Küste ist er der Krimi-Star schlechthin.« Neue Presse

www.emons-verlag.de

Hannes Nygaard
DAS FINALE
Broschur, 240 Seiten
ISBN 978-3-89705-860-6
eBook 978-3-86358-160-2

»Wäre das Buch nicht so lebendig geschrieben und knüpfte es nicht geschickt an reale Begebenheiten an, man würde ›Das Finale‹ wohl aus Mangel an Glaubwürdigkeit schnell beiseitelegen. So aber hat Nygaard im letzten Teil seiner niedersächsischen Krimi-Trilogie eine spannende Verbrecherjagd beschrieben.«
Hannoversche Allgemeine Zeitung

Hannes Nygaard
EINE PRISE ANGST
Broschur, 240 Seiten
ISBN 978-3-89705-921-4
eBook 978-3-86358-068-1

»Hannes Nygaard erzählt schwarze Geschichten zum Gruseln und Schmunzeln.«   Lux-Post

www.emons-verlag.de